不可不读的168个爱心故事

刘克升　孙　梅⊙主编

青岛出版社 QINGDAO PUBLISHING HOUSE | 国家一级出版社 全国百佳图书出版单位

图书在版编目(CIP)数据

不可不读的168个爱心故事/刘克升,孙梅主编.
—青岛:青岛出版社,2012.2
ISBN 978-7-5436-8029-6

Ⅰ.不... Ⅱ.①刘... ②孙... Ⅲ.故事—作品集
—中国—当代 Ⅳ.I 247.8

中国版本图书馆CIP数据核字(2012)第022538号

书　　名　不可不读的168个爱心故事
主　　编　刘克升　孙　梅
出版发行　青岛出版社(青岛市海尔路182号,266061)
本社网址　http://www.qdpub.com
责任编辑　裴　春
特约编辑　李先慧
封面设计　张伟伟
照　　排　青岛新华出版照排有限公司
印　　刷　青岛星球印刷有限公司
出版日期　2014年3月第1版　2014年4月第3次印刷
开　　本　16开(710mm×1000mm)
印　　张　15.5
字　　数　235千
书　　号　ISBN 978-7-5436-8029-6
定　　价　25.00元
编校质量、盗版监督服务电话　400-653-2017　(0532)68068670
青岛版图书售后如发现质量问题,请寄回青岛出版社出版印务部调换。
电话　(0532)68068629

序

本系列图书与《不可不读的198个中外温情故事》、《不可不读的198个中外启迪故事》、《不可不读的198个中外成功故事》一脉相承，作为当下哲理励志美文作品的集中展示，打造以“智慧读本、心灵样本、写作范本”为指向的经典选本的目标更加坚定，“启迪智慧、滋养心灵、拓展人生”的理念更加鲜明，“乐读”与“阅读”的品质追求更加执著，呈现给读者们的将是一场更加丰盛的文字宴会。

这次入选的美文作者，除了周海亮、孙道荣、朱成玉、崔修建、包利民、姜钦峰、仲利民、鲁先圣、李丹崖、凉月满天、感动、朱国勇、高兴宇、赵盛基、陈亦权、王国军、刘东伟、青秋、李良旭、薛峰、冯有才、程应峰、陶百军、陈晓辉、彭龙富、张小平等一批老作者，又新添加了50余位新朋友，如张小失、流沙、陈大超、澜涛、尹玉生、吕保军、刘会然、范泽木、崔鹤同、梁阁亭、刘学正、林华玉、路勇、付体昌、石兵、马晓伟、顾晓蕊、董建昌、李耿源、刘代领、郭龙、颜桂海等一批优秀作者。

这样一来，本系列图书就拥有了近百人的非常强大的作者阵容。这些当红著名哲理励志美文作家，年龄不一、工作不一、阅历不一，既有共和国的同龄人，也有“50后”、“60后”，更多的则是“70后”、“80后”。他们以充满灵性和智慧的汉字，形成一道缤纷灿烂的风景线，向我们展示着不同风格的文章风骨和美文风采，展现着不同行业、不同阶段的人生感悟和人生体验。

从文章内容来看，本系列图书的主题分别是爱心、智慧、诚信和自强。这四大主题，也正是我们做人处世所必须具备的最基本的品质。它们犹如一粒粒价值连城、品质纯粹的珍珠，串成一串美丽迷人的珍珠项链，特别有助于我们完善心智，锻造品格，提升能力，从而铺就一条成人、成才和成功之路。

谨以此为序，并与读者朋友们共勉。愿爱心、智慧、诚信和自强时刻伴随我们，愿我们的前程似锦，人生和满！

目　录

因为牵挂，所以强大

月光记得那些爱

曾经遇见的美好

善待生活的美丽

因为牵挂，所以强大

只要带着爱上路，走过的路旁就一定会开满芬芳的花朵。

——澜涛

浅春深喜

10岁那年的春天，我强拉起母亲的手，让她随我一起去田间寻找春天。

那时年幼，对春天没有什么特殊的印象，只知这个时节会开满大片的油菜花，柔黄的蓓蕾在沉醉的微风中散发出亲昵的花香，并透着淡淡的泥土气息。

我在田间小路上欢快地寻找着，脑海中勾勒出春天的种种模样，然后与眼前的景象一一对比。母亲就在我身后尾随着，不紧不慢，时不时喊喊我小名。最终，我停了下来，满脸无奈地对母亲说："老师说，春天在我们的眼睛里，可是，我寻找了半天，周围的一切似乎都和平时没什么差别，春天她到底在哪里?"母亲笑了，让我再仔细地观察一下周围，然后闭上眼睛，跟随她一起慢慢感受春天。

"小草就在你的脚底下，探着好奇而又欣喜的脑袋，嫩嫩的，绿绿的，她们是报春的使者;河边的柳树绿了，欣欣然，随风摆动着她的枝条，像在唱一曲明媚愉悦的童谣;远处有两三个农民伯伯，绽放着笑容，挥舞着手中的锄头，他们在锄田播种，因为春天是播种的季节，是万物复苏的季节。"

睁开眼，原本平淡无光的景物似乎真像被施了魔法一般，焕发了生机。我忙拉着母亲的手问为什么会有如此变化。母亲俯下身，抱着我说："孩子，心美则景美，浅浅的春天应当要深深地喜啊，这样，春天才会完美地绽开在你的心里。"

我眨着眼睛，似懂非懂，但记住了母亲怀抱的温暖和当时她说的话——浅浅的春天应当要深深地喜。

10多年后的春天，我陪母亲一起在田间散步。母亲挽着我的手，和我唠叨着家里的琐事，并叮嘱我出门在外，万事谨慎小心，当心身体，如此等等。我侧过头，看着母亲日渐憔悴的脸和染黑后又开始褪色的白发，心酸的同时，想起了儿时我拉她一起寻找春天的景幕。那时的她，优雅，年轻，美丽。时光荏苒，春天如是，可母亲却老了。

我突然拉住母亲的手，笑着说要和她一起寻找春天。她一个劲地摇头，说这已经是春天了，不必找。可是，我还是拉着她的手，让她随着我的视线一起观望：

"看，那是延绵起伏的山，连着湛蓝的天;看，那是田间劳作的农民伯伯，岁月消长了他们的脸；看，那是在微风中摇曳的柳枝，诉说着对春天的慕恋；看，那是油菜花，那是小草儿，那是，那是……”

母亲拉回我的手，笑着说：“傻孩子，什么时候成诗人了啊？”

母亲的笑，和当年一样温暖，注视着她，我突然就流泪了：“妈，您说的，浅春深喜啊……”

（陈晓辉）

妈妈教我烙油饼

操劳了大半辈子的妈妈得了重病。父亲早逝，于是，我就请了长假承担起了照顾妈妈的重任。

这一天，从不轻易麻烦人的妈妈突然对我说：“林子，娘忽然想吃葱花油饼了，但是，娘的身体不争气，没有力气烙了，你就为娘烙一张吧。”

自我出生以来，吃到的最好的饭就是妈妈烙的油饼。妈妈烙的油饼，又香又酥，咬一口满嘴是油。在那个缺衣少食的年月，只有在每次过节的时候，妈妈才会从瘪瘪的面袋里舀一勺子面出来。将面和好醒着，再剥一棵大葱，剁碎了之后，放在一只碗里，浇上几小勺子花生油，拌匀放在一边。等面醒好了，就把面团擀开，擀得薄薄的，然后浇上油葱花，再团起来，慢慢擀平，一张油饼就成形了。这时，妈妈会在平锅上浇上一层花生油，待油温上来之后，再把那张油饼放进锅里，时不时地用铲子翻上一翻，约莫十几分钟后，一张香喷喷的油饼就出锅了。

别看我说得这么具体，但我只会吃，并不会做。我看着母亲期待的眼光，又不忍心拂逆母亲，于是答应给母亲烙一次油饼。

别看一张小小的油饼，真正做起来，才知道有多么辛苦。要知道，从小就衣来伸手、饭来张口的我连面都不会和，更别说如何用那根粗粗的擀面杖将面团擀成薄薄的面皮了。但是，在妈妈的指点与鼓励下，我还是学着做了。

整整一个礼拜，我连烙了4次油饼，都以失败而告终。望着笸箩里自己做的那些丑丑的面疙瘩，我泄气了，对妈妈说：“妈，咱不吃油饼好吗？我出去给您买比油饼更好吃的东西。”妈妈并不同意，她坚持说：“不行，我只想吃你亲手烙的油饼，我相信我的林子一定会做出一张好吃的油饼的。”

妈妈不顾病体，颤巍巍地拄着拐棍，不厌其烦地指点我揉面、烙油饼。我噙着热泪，认真听讲，不断摸索，终于，经过无数次的失败后，我烙出了一张香喷喷的油饼。

我兴冲冲地将这张油饼端给妈妈，妈妈尝了尝，夸奖道：“真好吃，跟妈烙的一样！林子，你真棒！”

我说：“妈，您为我烙了30多年的油饼，我为您做一回是应该的，您快吃吧。”

没想到妈妈却说：“不，这油饼是给你吃的。妈这病妈心里有数，说不定哪天就去了。你打小就特别爱吃妈烙的油饼，妈想趁着还有口气，教会你烙油饼，以后妈不在的时候，你就可以自己做着吃了。”

原来是这样！我眼里的热泪奔涌而出。就在这一刻，我体会到了世间最伟大的母爱的含义。

（林华玉）

多少时光被打扰

一天，我和朋友出去打牌，回家时已是晚上10点。想到习惯早睡的母亲此刻肯定已经入睡，于是，我轻轻地开了门，又蹑手蹑脚地上了楼。“你回来了？”母亲问道，说完连忙到我房间，帮我打开灯。我惊讶地问道：“您还没有睡？”母亲回答：“本来想睡，但一想你还没有回来，就再等等吧！”

心里顿时一阵难过。这么多年来，母亲习惯早睡，今晚为了等我却一直熬到

10点。我可以想象母亲依在床头等我的样子,眼睛微闭,耳朵却始终搜集着门口的脚步声。我难以想象,在这段时间里,她经历了多少次失落。她这段原本静谧的时光,却因为我的晚归而被打扰。

想起去年的五一节。离家上车时,她一再叮嘱我,到单位后打个电话,好让她放心。我答应了,可到了单位,母亲的叮嘱早已抛至九霄云外。傍晚吃饭时,一个同事往家里打电话,我才想起母亲的叮嘱。于是,一阵愧疚涌上心头。电话里,母亲问我什么时候到的单位,车上是不是顺利,晚饭吃了没有。我一一回答之后,问她:"您是不是等了很久?"她说:"是啊,本来决定下午到田里干活的,可一想到你要来电话,就没去。后来,我想给你打电话,又怕打扰你工作就没打,心想你忙完了总会打来的。"

挂了电话,心里早已一片潮湿。本来母亲可以不用担心也不用等待,但这样的时光却因为我的遗忘而被打扰。

我想,可能天下所有的母亲都和我的母亲一样,原本可以拥有无数的静谧时光,只是这样的时光总是被一次又一次的牵挂所打扰。所以,母亲们的静谧时光越来越少,甚至可能会拥有一辈子的操劳。

（范泽木）

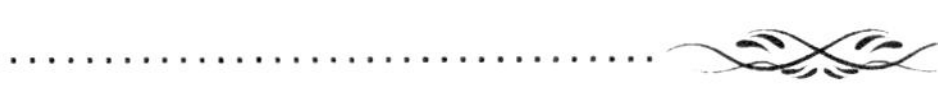

是谁欠我煤球钱

我上高三那年,父亲带着母亲和家里的全部积蓄到一个很远很远的地方给母亲治病去了。还有8天就要参加高考了,他们却还没有回来。我急坏了:到县城参加高考的路费和伙食费怎么办呢?亲戚那里父亲已经借遍了,再找他们是不可能了。

我咬了咬牙,趁着星期天的工夫,去邻居家借了一辆地排车,到镇上挨家挨户地卖起了煤球。一天下来,我累极了。晚上,我仰躺在学校集体宿舍的木板床上，闭着眼睛盘算开了：今天卖出去了5车煤球，还有一户没给钱，说是让我第3天去取。一车煤球挣25元，5车煤球的钱都收上来，就能挣125元，参加高考的路费和伙食费就有着落了。

到了第3天晚上，我没有上晚自习，向班主任请了假，去要煤球钱。镇上的小巷黑咕隆咚的，我连着敲开了几户人家的大门，奇怪的是他们都说没有买我的煤球。我感觉一下掉进了冰窟窿：都快9点了，还没有找到欠我煤球钱的人，是不是自己记错了地点？最后，我凭记忆又敲开了一家的大门。开门的是一个老奶奶。我哭丧着脸问道："老奶奶，是你家欠我煤球钱吧？"刚说完，我回想着自己遭受的委屈，忍不住放声大哭。老奶奶见状，动了恻隐之心，急忙把我让进了屋内，给我泡上了一杯加糖的热茶："小伙子，不要着急，慢慢说，慢慢说。"双手抱着那杯热茶，一股暖流涌上了我的心窝，我一五一十地把事情的经过告诉了她。

听完了我的诉说，老奶奶轻轻地戳了一下我的脑门："你看看你，怎么这么忘事？欠你煤球钱的，不就是我家吗？""可是，那天买我煤球的是位大婶啊……"我疑惑地问道。老奶奶微笑着解释说："哦，那是我儿媳妇！她今天晚上去亲戚家了，还没有回来。"说完，老奶奶颤巍巍地打开抽屉，拿出了一张100元的钞票，转身递给了我。我连忙说80元就够了，又掏出20元找给老奶奶。没想到她坚决不要，还说："小伙子，等考上了大学再来还我吧！"

高考前一天下午，学校里包租的客车来了。我正要上车和同学们一起赶往县城，忽然从远处急匆匆地赶来了一位大婶。我一眼就认出来了：这位大婶不正是那天晚上我要找的买我煤球的那个人吗？我正要向她表示感谢，并托她问候那个老奶奶，没想到她突然从兜里掏出了80元钱，说："小伙子，你让我找得好苦啊！那天，和你说好了去拿煤球钱，你怎么没有来啊？今天幸亏找到了，还好，没耽误你用钱！"说完，她把钱硬塞到我手里，转身走了，我一下子愣在了那里。

不久，高考成绩公布了，我考了全县第二名，被北京一所知名的大学录取了。这时候，母亲也治好了病，和父亲一起回来了。我把自己卖煤球的事情告诉了父亲。父亲拍着我的肩膀，郑重地说："孩子，我们一定要好好地报答那位好心的老奶奶！"

我和父亲拎了礼物，兴冲冲地赶到我卖过煤球的那条小巷，竟一下子呆住了：镇里搞小城镇建设，道路要拓宽，老奶奶一家早搬走了！我眼里满含热泪——我连老奶奶的名字都不知道啊,甚至还没有来得及亲口向她道一声“谢谢”。

(刘克升)

母　女

我是在公交车上看见这对母女的。她们几乎每天早晨都出来散步,母亲坐在小车上,女儿在后面推着她,慢慢地,慢慢地,前行。

母亲悠然自得,虽然行动不便,但有这样一个女儿陪伴,她心中是安稳的,幸福的。她偏着头,看街头的广告灯箱:上面也是一对母女,母亲正在喂女儿喝奶,女儿很温暖地向母亲甜甜地笑。

这位母亲也笑了,她轻声对后面的女儿说了什么,女儿点头,还用手指着灯箱发表评论。显然,这个温馨的广告打动了她们。女儿低下头,靠近母亲的耳朵,一番悄悄话,引得母亲乐呵呵地望着远方。

街头来来往往的人们并不会注意这对母女,这对母女也不注意任何人。她俩似乎构成了一方小天地,像两只相依为命的鸟儿紧紧偎依在自己的小巢中,叽叽咕咕地解除对方的寂寞。早晨的阳光很温柔,金色的,洒在她们身上。

一切都显得那么安静温和,她们给城市街头的繁忙带来一丝镇定和从容。她们的存在是那么的令我心动,就像镶嵌在红色绒布中的一片绿叶。我常常在上班途中透过车窗凝视着她们,内心因此获得安慰。

这对母女的缓慢前行就像一部电影,记录着生命之流中最平实、最淡然也是最本质的欢乐。一切景象在她们眼中都是一种偶然,充满别样的意趣。她们并不追求什么,就那样缓慢地前行,一切都在没有奢望的心境中悠悠展现。

女儿弓着腰,使了点劲,小车就动了。我要告诉你,这位女儿满头华发,年近八十,而她的母亲,已经是位百岁老寿星了。

(张小失)

最美的伤痕

在酷热难耐的夏日，一个小男孩来到自家房后的那条宽阔的河流旁边。清澈的河水静静地流淌着，小男孩快速地除去衣裤，纵身跳了进去。河水清凉沁人，小男孩在水中惬意地游来游去，舒适极了。妈妈在窗边看着在河中嬉戏的儿子，脸上写满了爱意。

这时，一条鳄鱼正悄悄地向小男孩游来，兴奋中的小男孩对此毫无察觉，妈妈却看到了这一可怕的情景，她一边对着小男孩大声地呼喊着，一边急速地从窗户上爬出来，疯了一般向河边奔来。小男孩听到妈妈的喊叫后，惊慌失措地向岸边游去，可惜还是太晚了——妈妈抓住了小男孩的手臂，但鳄鱼咬住了小男孩的一条腿。妈妈拼命地往岸上拉，鳄鱼使劲往水中拽，奇迹出现了：一边是瘦弱的女人，一边是凶恶的鳄鱼，在这样力量悬殊的较量中，居然形成了势均力敌的僵持，时间在一分分流逝，双方谁也没能占到上风。过了一段时间，一位邻居听到了小男孩的哭叫声，连忙带人赶了过来，大家看到眼前这一幕，都惊呆了。几位强壮男子急忙使用锄头、铁锹等工具击打、驱逐着鳄鱼，最终，大家从鳄鱼口中救出了小男孩。看着获救的儿子，妈妈却昏厥过去了。大家急忙将母子二人送往医院。

最终，小男孩的腿伤被治愈，可以正常行走了。

经常会有人想看小男孩腿上那些鳄鱼留下的噬痕，小男孩都欣然应允，卷起裤子让他们细细观看，但每次在别人看完腿伤之后，小男孩都要主动地拉起袖子，让别人看他胳膊上的醒目抓痕，人们都惊奇不已，女人的纤纤十指居然能留下这么深的痕迹。

小男孩说："与腿上的鳄鱼噬痕相比，我更喜欢让人们看到我手臂上的抓痕。我希望这些伤痕永远都别消失，因为那是妈妈爱我的标志。"

（尹玉生　编译）

无言的一刻

大学时班上有一个来自辽西山区的男生，他几乎是班上最穷的学生——省吃俭用，还要出去做家教；即使放假也不回家，为了打工赚学费，也为了省下路费。我们都从心里敬佩他，虽然他对每个人都很冷淡。

大三那年夏天，他的父母竟来学校看他了。他把父母安置在校外的小旅馆，我们知道他的性格，所以谁也不敢去看望两位老人家。他的父母住了一晚便走了，他送父母去客运站。我从心里很是佩服两位含辛茹苦供孩子念书的老人，便也偷偷地去了客运站。

长途汽车来了。在这之前，他们三人谁也没有说话，只是站在那里，两位老人不停地看着儿子的脸。上车前，父亲拍了拍儿子的肩膀，母亲则用手抚了抚儿子的头。汽车渐行渐远，他不停地向远方挥手，最后擦了擦眼睛。

回去的路上，我的心难以平静，总是回想着刚才送别时他们无言的一幕。忽然觉得，那一刻的无言，实是胜过千言万语。

那以后的日子里，在同学们真诚友情的感染下，他渐渐开朗起来，脸上也多了灿烂的笑容，这让每个人的心中都觉得温暖。转眼要毕业了，在告别晚会上，他对大家说："感谢几年来大家对我的关爱，我很感动。我不爱说话，并不是疏远大家，因为我的父母都是聋哑人，我从小就沉默惯了。但是，在沉默中我更能感受到他们对我那份无言的爱！"

我忽然回想起一年前他送别父母的那一幕，心中的震撼是难以形容的。此时我才真真切切地明白，那一刻的无言，包含了太多的爱与牵挂啊！

（包利民）

有一双眼睛，曾那样看着你

我每天都路过那所小学校。学校位于城市中心的一条大街边，操场的面积并不大，围墙也只是一道两米高的铁栅栏。透过栅栏的缝隙，可以把校园里的情形看得很清楚。

有时，我路过时，会赶上孩子们做早操；有时，是孩子们的下课时间，我能看到他们在操场上玩耍、嬉戏。除了校园里面，我还注意到校园外面的另外一个画面——总有几个人，有男人，也有女人，他们站在铁栅栏外，向校园里静静凝望。我曾多次观察过这些人，当操场里没有孩子时，他们就转过身来，脸冲着大街，在栅栏下面的矮墙墩上坐一会儿。一旦听到孩子们从教学楼里冲出来的喧哗声，他们马上就会站起来，转过身去，一双双眼睛在操场上急切地寻觅，直到定格在某个孩子身上。我渐渐猜到了这些人的身份，他们应该是某些孩子的父母。

他们总是那样静静地看着，看着孩子玩耍，他们眼神里有喜悦闪现，看到孩子淘气时跌倒了，他们又流露出焦急的关切。但是，他们从不呼喊孩子，来表明自己的存在，而只是站在铁栅栏外面，偷偷地注视着。

这就是天下的父亲和母亲，他们对孩子的关爱无以复加。但是，他们又是如此低调和内敛，只是默默地倾注着这种爱与关切，并因此而满足和愉悦。

其实，这样的画面有许多许多。在你儿时，每一次安然的睡梦外，都会有他们幸福的注视；当你长大后，每一次离开家门，他们都会失了心一般，凝视着你渐行渐远的背影；当你不在身边时，你的照片又成了他们目光的寄托……

有一双眼睛，曾那样看着你，关注着你。而这些关注，你可能根本不会知道。于是，这成了他们的秘密，一个幸福而动人的秘密。真的希望，每一个为人子女的，都知道这个秘密，然后以百倍的爱，来关心他们，回报他们。

（感　动）

身后的光束

有一位中年摄影家在一档电视访谈节目中谈起自己的母亲。他讲了母亲的两件事情。

每当摄影家离开老家时,总不让年迈的娘送。有一次,娘也答应了不送,但是走到了村头,当他下意识地猛一回头时,居然发现娘就跟在身后。

还有一次,摄影家离开老家时正赶上黑夜。娘亲自打着手电筒送他出门。来到村口后,他说,娘,不用再送了。娘没有说不送,也没有说继续送,默默地握着手电筒站在了原地。等摄影家走出了很远的一段路后,他回头一看,从自己的身后射来了一股隐隐约约的光束。光束是从娘止步的地方发出的。娘的脚步止住了,可是娘的爱没有止步。他知道,始终举着手电筒为自己照明的那个黑影,除了自己的亲娘,不会是别人!

这位中年摄影家,就是以连续20余年拍摄摄影专题《俺爹俺娘》而闻名的摄影家焦波先生。1998年,焦波先生在中国美术馆举办《俺爹俺娘》摄影展,患有严重肺气肿的母亲乔花桂老人带病赶到北京,亲自为儿子的摄影展剪彩,见证了他们的母子情深。2005年2月15日,乔花桂老人病逝,焦波先生在山东淄博老家为母亲举行告别仪式。从那一刻起,娘永远留在了儿子的身后。

有参观者观看了《俺爹俺娘》摄影展后,连夜买了火车票赶回老家看望老爹老娘。而焦波先生两个"母送子"的情节,更是感动得我差点掉了泪。

孩提的时候,娘在你前面,怕你摔跟头,怕风吹你,怕雨淋你,不断为你扫除着各种障碍。等你长大了,娘老了,退到了你的身后,像一股照你前行的光束,默默地尾随着你,温暖着你。这种躲在身后的爱,就像光束一样,总是无声无息的,如影随形,以致你忽略了她的存在,忽略了她对你的影响。

娘就是你身后的光束。等你长大了,不论你是沉默,还是抱怨,总会在你的身后。

(刘克升)

带着微笑回家

隔壁住着一个20多岁的年轻人，是从偏远的乡下来城里打工的，听说在一家餐馆当厨师。两个月后，他把60多岁的母亲也接来了，那是一个和蔼的老太太，每次见面总微笑着打招呼。不知是年轻人的工作轻便，还是收入不错，每天晚上他回来，脸上总带有像他母亲那样的笑容，快乐而满足。因此，住在隔壁的我，经常听见从他们那间小屋子里传出的笑声。

后来，有一次吃午饭，朋友请客，我们正好进了年轻人所工作的餐馆。由于认识，我便想到厨房看看他是怎么工作的。可是，刚到门口，就听见餐馆老板在大声训斥他。由那些刻薄的字眼中，能猜出老板是经常责骂厨师的。年轻人满脸是汗，急得脖子都涨红了。后来老板走了。他看见我，有些尴尬地笑笑，说："客人的要求太高了，味道把握不准，而老板的脾气又不好。"看他狼狈不堪的样子，我问他薪水如何。"很低，"他说，"一个月600元。"在我们这个城市，像他这样的外来打工者，一个月600元除了吃住几乎没什么剩余了。我诧异地问："那每天晚上回家，为什么总见你乐呵呵的呢？"

年轻人停了一下，说："干我们这一行，烟熏火燎的，很艰难，尤其是像我这样的外来者，手艺又不怎么精，难免遭训斥。但是，每晚回家前，我总要把脸洗干净，微笑着回家，因为我不想让母亲看到我在外受苦。"

顿时，我惊呆了，心里猛地一震。

想起崔永元在《不过如此》中记述的一个细节：他的一个不喜打扮的同事有一次竟然忽然把头发染得乌黑发亮，崔不解地问原因，同事叹了口气，说："老母亲要来看我，我不想让她因见到我的白发而操心。"

是啊，一个人在外，肯定要遭受委屈和磨难的，可是，无论我们遇到多么大的艰辛和苦楚，都不能轻易让母亲知道啊！把我们抚养成人，她们已经够不易的了。这是平凡的孝心，亦是伟大的孝心，更是一个普通人的孝心。年轻人面对烟熏火燎和训斥，但依然微笑着回家，这是最温暖的表情；中年人用染发来告慰母亲，也是动人的风景。

所以，在敲门之前，请先活动一下你的面孔，微笑着进入吧，因为迎接你的，是母亲！

（薛　峰）

纸条上的温情

因为一些琐事，我跟母亲闹得越来越僵，我们两个都是倔脾气，谁都不肯服输，我索性收拾好东西，准备去远在千里之外的朋友家住些时日。

临行前，最让我难以割舍的是我珍藏的那些书籍——有画册，有小说，也有厚重的大部头。它们伴随我从牙牙学语到参加工作，它们记录了我一路走来的岁月。我打算将每个时期的书都带走一本，在翻到《安徒生童话》时，里面掉出了一张纸条，上面是稚嫩的笔迹，有些字还是用拼音代替的：

早上我自己起床dié好了被子，应给5角钱；

中午我帮妈妈去商店买tiáo料，应给1元钱；

下午我帮妈妈去苹果园拔草，应给2元钱。

…… ……

我想起来了，这应该是我刚上3年级的时候写的，那时候正流行家长有偿让小孩帮助做家务，我不禁笑出声来，重新把纸条夹回书中。这时，我却发现书里还有一张纸条，是母亲的笔迹：

妈妈每天为瀚瀚买好吃的，是免费的；

妈妈每天为瀚瀚洗衣做饭，是免费的；

妈妈每天送瀚瀚入校读书，是免费的；

妈妈每天都会为瀚瀚奉献，是免费的；

…… ……

纸条最后是一个大大的吻。

我心头一震，这种时隔多年的宽容深深打动了我，每一个母亲对孩子的爱都是无偿的！

小时候，母亲用这种独特的方式，将对儿子的爱淋漓尽致地表达了出来，而现在，我是否也应该像她当年那样，将对母亲的爱说出来呢？

转过身去，发现母亲正站在门口注视着我，目光里满是期许。我知道该怎么做了，走过去，抱住她，轻声说："妈妈，我也爱你，我不走了。"

（刘学正）

还能与孩子相处多久

在一个媒体颁奖大会上，杭州有位女新闻编辑上台发表感言。站在聚光灯下的她，脸是蜡黄的，头发蓬松而无光泽，这显然是熬夜缺乏睡眠之故。

她说了做新闻的感受，有快乐、感动、愤怒和无奈。末了，她说起了自己与孩子。她说自己每天凌晨3点多回到家，早晨6点一定会醒来，为上高中的儿子准备早餐。全家人都觉得她是在残杀自己的生命，但她给家人算了一笔账：儿子明年就要高考了，如果到外地上学，只有寒暑假才能回来。接着是毕业找工作，然后是分居两地，母子相处的时间会越来越少。如果寒暑假儿子能回家来与家人相处两个月，工作后每年能回家两次相处几天，倘若自己能活到80岁，那与儿子相处的时间总量也不会超过半年，甚至更少。

她对家人说这些话的时候，儿子在书房里听到了，哭得一塌糊涂。

不知人们有没有算过这辈子还剩多少与亲人相处的时间。是那些越来越繁重的工作，越来越多的欲望，以及越来越强的诱惑，让我们堕入尘世，去追求万千浮华。我们知道家的重要和亲人的重要，更知道如果没有了家和亲人，自己要那些浮华也没有意义。但是，我们说服不了自己，也看不清自己，当虚荣心泛起，理性的光辉就荡然无存了。

前几天在网上看了一个帖子，结果帖子没看完，我差点哭了。有位杭州网友在重庆读大学,毕业后留在了重庆工作。因为工作繁忙,路途遥远,一年只有春节可以回家一次 ,除去来回时间,真正在家的时间不会超过 5 天。但是,这 5 天中,有 3 天需要出门与朋友、同学聚会,然后就是逛街、吃饭、睡觉,一个春节假期能和父母在一起的时间最多只有 20 个小时。她妈妈今年 55 岁了,如果妈妈能活到 85 岁,那么在妈妈晚年的 30 年中,自己与妈妈相处的时间只有 600 小时,也就是短短的 25 天。

这个帖子把许多网友给“弄”哭了。

父母赐予了我们生命,含辛茹苦养育着我们,他们是我们最忠实、最温暖的后方,即使整个世界都沦陷了,父母也会捧出一块地方容你栖身。当我们踏入社会能自立时,父母已经老了,生命之花开始慢慢凋零,他们与孩子的相处时间越来越少,甚至少到只有短短的几十天。但是,他们怕影响你工作,满心盼望着你事业有成,生活幸福。他们虽然内心强烈地希望你能时常回家看看他们,与他们聊聊天, 但他们宁愿忍受孤独,默默地走向生命的无尽黑暗。

父母之爱,何其伟大。可是,我们算过与亲人相处的“账”吗? 我们在追逐名和利的时候,有没有回首看过自己的亲人?

什么才是你生命中你最重要、最珍贵,逝去了难以挽回的? 亲爱的朋友们啊, 多给父母一个电话,多回家看看吧!

(流　沙)

娘的银行卡

“儿啊,咱家门前你栽的那棵小槐树又长高了许多你知道不? 儿啊,咱家里已经存了 3000 多斤麦子你知道不? 儿啊,娘的头发又白了很多你知道不?”

虽然只有从家里带来的破旧行李和一身的疲惫,可今天,当他站在零零落落的过年鞭炮声里,似乎又能听到娘每天夜里的咳嗽声。他愤恨地掏出口袋里仅有的那几张薄薄的钞票,忽然灵机一动:留下来回的路费,将剩下的 200 元钱存到银行，换一张银行卡。第二天中午，他就推开了家门。

“娘，我回来了。”一进家门，他就揽着娘的肩头，把娘头上的白发看了个仔细。娘果真没想到他的回来，自然是欢喜万分，一脸的沧桑就马上变成了欲放的雏菊。

“娘，这是 2000 元钱，您先拿着。”他把那张银行卡小心地放在娘的手里，对娘说道。

“我刚把存的 3000 斤麦子卖了 2000 元，家里不缺钱。”娘把银行卡又放回他手里。

“娘，这钱还是你拿着好了，工地上还欠我许多钱呢。”听娘这样说，他心里一下子就有了底。同时，他还想到，也许过年后工地上就会发钱，那样的话，银行卡上就真的有 2000 元了。这样想着，他就更加用力地把银行卡塞到了娘的手里。

“也好，有了两个 2000 元，我去给你打听亲事就不愁了。”娘接过了那张银行卡。

过完年后，虽然很不情愿，但他还是要返回去了。娘没有拦他，只是在他临出门时，又把那张银行卡交给他，说出门还是多带点钱好。

本来他没打算拿回那张银行卡的，可想着卡上就只有 200 元，又想娘刚卖了 2000 元的麦子，于是，便把卡从娘的手里接了回去。

他揣着那张银行卡刚回到工地，便听到了一个噩耗：工头竟然卷了他们打工的血汗钱逃了！

听到这个消息后，他马上就有被人抽去了脊梁骨的感觉，一气之下，发起了高烧，工友们不得不送他去医院。

去医院就要花钱，他想到银行卡上还有 200 元，于是，就在工友的搀扶下到银行取钱。可是，当他来到银行要求把银行卡上的钱全部取出来时，银行工作人员竟然给了他 2200 元。

他不相信，以为银行弄错了，况且他不是那种爱占便宜的人，就要工作人员重新核对一下。可是，工作人员告诉他，他的银行卡上的确是 2200 元，并且有 2000 元是前一天刚刚打到卡上的。

那一刻，站在银行的柜台前面，他陡然感觉到，手中的银行卡上面，正有母亲拉了装着麦子的地排车，隆隆碾过。

“娘啊！”他失声喊道。泪雨滂沱里，他一把将那张银行卡捂上了胸口。

（青　秋）

疤　痕

她长得很漂亮。可是，她左边的眉骨上有一道深深的疤痕。

那时她还小。父亲推着独轮车，把她放在一侧的车筐里。田野里到处是青草的香味，她坐在独轮车上唱起歌来。后来，她听到山那边响起“哞——”的一声，便站起来观望，车就翻了。

那天很多村人对她父亲说，怎么不小心一点呢？这么小的孩子。

她喜欢唱歌和跳舞。小时候在村人面前唱唱跳跳，便有村人夸她：“唱得好哩，妮子，长大做什么啊？”她就会自豪地说：“电影演员！”

她慢慢地长大。长到一定的年龄，她意识到自己的脸上有一道难看的疤，从此不在外人面前唱歌，她怕别人问她长大后干什么。

后来，她去遥远的城市读大学。她读的是与“演员”毫不相关的专业。但是，有那么一个机会，她还是去试了试某电影学院的外招。结果，完全如她想象的一样，她被淘汰了。

她不知道是不是那道疤痕的原因。

大二暑假回家的时候，父亲为她准备了一个小的敞口瓶，瓶子里盛着一种黄绿色的黏稠的糊糊。父亲说，这是他听来的偏方，里面的草药都是他亲自从山上采回来的，听说抹一个多月疤就会被去掉。父亲很兴奋，似乎对自己的话深信不疑。

她开始往自己的疤上涂那黏稠的糊糊。每天，她都会照一遍镜子，可那疤却一点儿也没有变淡。暑假里的一天，有几位高中同学要来玩，她便没有往眉骨上抹那黏糊糊。父亲说怎么不抹了呢，她说有同学来玩。父亲说有同学怕什么，她说今天就不抹了吧。可是，父亲仍然固执地为她端来那个敞口瓶，说，还是抹一点吧。一刹那间她突然很烦躁,厌恶地说不抹了不抹了,伸手去推挡父亲的手。瓶子掉到地上,“啪”的一声,摔得粉碎。

父亲的表情也在那一刻变得粉碎。还有她的希望。

之后的好几天,她没有和父亲说话。有时在吃饭的时候,她想对父亲说声“对不起”,但终究还是没说。她的性格,如父亲般固执。

回到学校,她的话变得少了。她总是觉得别人在看她的时候,会先看那一道疤。她搜集了很多女演员的照片,她想在某一张脸上发现哪怕浅浅的一道疤痕。但所有的女演员的脸全都是令她羡慕的光滑。

她变换了发型。几绺头发垂下来,恰到好处地遮盖了左边的眉骨。她努力制造着人为的随意。

大三那年暑假,她再回老家,父亲仍然为她准备了一个敞口的瓶子,里面盛着的,仍是那种黏稠的黄绿色糊糊。父亲嗫嚅着:“其实管用的……真的管用。”父亲挽开自己的裤角,指着一道几乎无法辨认的疤痕,“看到了吗?去年秋天落下的疤,当时很深很长……现在不使劲看,你能认出来吗?我这还没天天抹呢……”

看她复杂的表情,父亲忙解释是下地干活时不小心让石头划的,小伤不碍事。可是,之前却又说,疤“很深很长”……

她特别想跟父亲说句“对不起”,但她仍然没说;她特别想问问当时的情况,但她终于没敢问。她怀疑那疤是父亲自己用镰刀划的,她怀疑父亲刻意为自己制造一个和她一模一样的疤。她害怕她所想的真的是事实。她说不出来理由,但她相信自己的父亲会那么做。

整整一个暑假,她都在自己的疤上仔细地抹着那黏稠的糊糊。她抹得很仔细,每次都像第一次抹雪花膏般认真。后来,她惊奇地发现,那疤果真在一点一点地变淡。开学的时候,正如父亲说的那样,不仔细看,竟然看不出来了。

好友寻不到那道疤痕。问,你的疤呢?

她笑笑,说,没有疤了。

其实,她知道,那道疤还在。

疤在心上。

（周海亮）

躺在母亲身边

母亲病了,躺在床上,我就坐在母亲的床边玩着电脑。

有时母亲睡着,但更多的时候她醒着。她醒着,除了偶尔起床到阳台上活动一下外,就只好睁着眼躺在床上。母亲大多数时候是悄无声息地躺在床上的,但有时候她也会试试探探地想跟我说话,说她又觉得哪个地方不太舒服了,说她又做了一个可怕的梦了,说她年轻时有多么健康,一个人能干多少活了。这时我总是很不耐烦,眼睛半寸也不离开屏幕地说:“你想点别的事不行?怎么总想自己的病?”每当这时,母亲就不再说话,但过一会儿,她又开始不自觉地说了。于是,又会惹出我的一顿埋怨。

有一次,母亲突然探过身来凑近电脑说:“你一直在电脑上干什么?不累吗?”

“聊天。”我不耐烦地说。

“聊天?跟谁聊啊?”母亲又问。

“一个外地的,不认识。”

“不认识?”母亲好像很是不解,“那说什么呀?”

“反正也无聊,随便说什么也行。”我说。

“哦。”母亲若有所思地看了一会儿,又像很累似的长出一口气,重新躺回床上。

我又聊了一会儿,无意中转头看看母亲,她正睁着眼看着天花板出神。

我心里突然一痛。

名义上我是在这里陪伴母亲,可除了能为她做饭倒水外,我还做了什么?

母亲是生我的时候落下的病根,多年来一直备受疾病的折磨,近年又更添上了许多老年病。也许因为母亲常年生病,她自己不在乎了,我们也习以为常了,有时周末回家,也很少想着要主动帮她干点什么,总是她一个人里里外外地干这干那。母亲这次犯病,就是因为拆洗了过冬的棉衣,又刨了楼后的一块空地才累病的。母亲病了不但得不到我们的同情,反而谁见了她都会抱怨,都觉得她把自己累病了，害得我们也跟着受累。每当我们抱怨的时候，母亲总是一声不吭，仿佛是她真的做错了什么似的。可是，她做错了什么呢？

关掉电脑，我给母亲倒上一杯水。还没等我说什么，母亲却说：“看电脑累眼吧，快躺下闭着眼歇一歇。”

我答应着，拉了一床被子就躺在母亲身边，母亲却又把她的一件羽绒服往我的被子上压，说：“暖气停了，盖一床被子睡着了会冷。”

我说：“我不睡。妈妈，你给我说说你以前的事，我看看能不能写篇文章。”

母亲惊喜得一时不知该说什么，但我静静地躺着，耐心地等着她说。

突然又觉得，原来，躺在母亲身边，就是这样的感觉啊——暖暖的。

我却已经遗忘了很多年了。

（王晓明）

两盒火柴的温暖

她曾怀揣几多憧憬，在心中许下宏愿——像蚂蚁一样工作，更要像蝴蝶一样生活。然而，现实总比理想沉重，不如意的事时有发生。那天，她因一些琐事，跟同事发生了争吵，羞愤、悲伤、迷茫……心情坏到了极点。她扭身冲进暮色里，搭车前往城西母亲家。

见她回来，母亲脸上闪过一丝惊喜，随后从厨房端出做好的饭菜。望着闷声吃饭的她，母亲劝道：“别急，慢点吃。只要你身体好好的，妈妈心里就高兴……说起来，还得感谢那位老中医。”母亲念叨多次的一件往事，如老电影般在她的眼前回放。

冬日的阳光透过窗格洒在床单上，一朵挨着一朵，开成灿灿的一片。牡丹图案的棉被下，两岁多的她睡得正香。母亲做好早饭后，撩起门帘进屋，给她穿好衣服，让她站在床沿。意想不到的事情发生了——昨天还满地乱跑的她，两条腿绵软无力，竟然无法站立。

母亲慌了神，抱起她就往村卫生所跑。医生敲敲她的腿，挠挠她的脚心，没有任何反应，就赶紧对母亲说："孩子患的是脊髓灰质炎，这里治不好，快带孩子到县医院，找一位姓刘的老中医，他专门治这种病。"听了这话，母亲急得直抹眼泪。

村里离县医院几十里路，母亲将她揽进怀里，急匆匆往县医院赶去。母亲带着她来到县城，找到县医院的刘中医。经过进一步诊断，他对焦急的母亲说："孩子的病发现得早，可以进行针灸治疗。"

得知医疗费为 20 元时，母亲犯了愁，说："我只有 12 块钱，孩子的病你先治着，其余的我再想办法，你看行不？"老中医和气地说："行啊，下次让孩子她爸带着来，这么大老远的，来一趟不容易。"母亲说："她爸在部队。"老中医听了，说："看你也挺难的，剩下的钱就免了吧。"

"这怎么行，这怎么行……"母亲不安地说，"要不，我送你两盒火柴，你抽烟用得着。"在那个贫困的年代，火柴两分钱一盒，但因是限量供应，所以很难买得到。老中医正给年幼的她做针灸，随口应道："记得按约定时间，带孩子来做治疗。"

母亲坚持带她去做针灸，半个月后，她的腿完全康复，母亲悬着的心落了地。母亲将家里的布票、糖票跟左邻右舍换成火柴票，跑了好几家供销点，终于买到了两盒火柴。

母亲把火柴揣在兜里，带着她又一次来到县城。可是，没见到老中医。屋内有位年轻人，是老中医的儿子，他说："我父亲有气管炎，已戒烟多年。火柴是稀缺品，你带回家用吧。"母亲怔住了，眼泪流了下来。

…… ……

"幸亏治疗及时，你的腿没落下后遗症。孩子，你遇到了好人，要懂得感恩啊。"

母亲的话如一缕轻柔的风，吹散了她心中的乌云。曾经有一位老人，用很小的善改变了她的人生，让她的生活充满阳光。想到这里，一团火苗在她的心底跳跃着，跳跃着。此后，她用善良和感恩的心对人对事，渐渐走出心情的低谷，生活变得宁静而安然。

她知道,那是两盒火柴的温暖,让她改变。对她来说,这是一辈子的感念。

(顾晓蕊)

母亲灯

第一次进城,母亲去送他。通往城里的过路车每天只有一班,他和母亲在路边等了很久。母亲一直替他扛着那个大大的背包,她把背包从左肩换到右肩,从右肩换到左肩,再从左肩换到右肩。他对母亲说:“把背包放下来歇一歇吧。”母亲摇摇头说:“我背着就行了。”刚下过雨,路还没有干透,他知道母亲怕弄脏了他的背包。背包虽然廉价,却是新买来的。母亲想让他干干净净地进城,母亲不想让她的儿子被城里人嘲笑。

车很久不来,疲惫的母亲将背包抱到胸前。背包敞开一条缝隙,里面竟然露出一个小小的纸灯笼。那是家里唯一的灯笼,是晚上走夜路时用的。他问母亲:“你把灯笼塞进背包里干什么?”母亲说:“万一你在城里走夜路,这灯笼就用得上了。”他说:“不是跟你说过吗?城里的街道有路灯。”母亲说:“我知道城里的街道有路灯,可是万一赶上停电呢?咱们的村子里也有电灯,还不是一两天就停一次电?”母亲用村里的情况来分析城里的景状,他知道自己不可能说服母亲。他想他只能带上这个灯笼,然后在到达城里以后,把它当成一件装饰品挂在床头。车来了,他从母亲手里接过背包,挤上了车。背包里有一个他注定不会用上的灯笼,那是母亲的灯。

他很快在城里扎下了根,又买了很宽敞的房子。几年后,他走在街上,没有人能够看出来他曾经是个乡下人。他接来了母亲,教母亲用燃气灶,教母亲开关电视机,教母亲去超市买东西,教母亲认识马路上的红绿灯……母亲当然很不习惯。母亲解决问题的办法是不去用燃气灶,不去动电视机,只去农贸市场买菜,尽量少出门,尽量少经过红绿灯……那个灯笼挂在书房的一角,灯笼里有一根从未点着过的蜡烛。灯笼土气并且陈旧，与那个书房的整体格调极不协调。

他常常嘲笑母亲的迂。在夜里，他和母亲站在窗前，看城市的夜景。他问母亲："你来到城里这些日子，见过停电吗？"母亲笑一笑。他说："城里根本没有白天和黑夜之分。甚至夜里因为有灯光，反而比白天还亮，还繁华。再说，即使真碰上停电，这么平坦的马路，又能有什么事呢？"母亲再笑一笑。他想，母亲的微笑等同于默认了自己毫无根据的多虑。

几天后的晚上，他接到一个电话，需要马上去公司一趟。他匆匆整理一下公文包，又从鞋柜里取出自己的鞋子。这时母亲从书房里出来，他看到，母亲的手里，竟然提着那个小小的灯笼！"带上灯笼，"母亲说，"万一赶上停电好用。"

他说："怎么可能停电呢？你去窗口看看，现在外面不是没有停电吗？"

"可是，万一你回家的时候停电了呢？"

"可是，我要打出租车回来的。"

"可是，我知道出租车只能停在小区门口。你仍然要走一小段路的。"

"可是，那段路上有路灯啊。"

"可是，万一正好赶上停电呢？"

"可是，这么长时间，你见过停电吗？"

"可是，万一今天晚上正好被你赶上了呢？"

他愣愣地站了一会儿，终于哽咽。他接过母亲手里的灯，匆匆下楼。他不敢回头，他怕眼泪被母亲看见。

他提着那个灯笼去公司，将灯笼挂在桌边，然后开始工作。不断有同事们问他："你买这个工艺品干什么？"他总是认真地对他们说："这不是工艺品，这是母亲的灯。"

灯里有浓浓的牵挂和爱，以及母亲对儿子看似多余的永远的担忧。

（周海亮）

回家的路

这个小城来了一个穿囚服的流浪者，不少人开始关注：他是谁？他来自哪里？是不是监狱的逃犯？

警察来了大家才知道，他是一个神志不清的人，不知道自己来自何方，也不知道自己叫什么名字。

警察很在乎那件囚衣。后来找到了生产厂家——原来是一个影视剧组定制的戏服，可能是剧组遗失的。一场虚惊。

他的身世成了一个谜团。这件事引起了媒体记者的兴趣。记者想帮他找回自己，于是把他的照片登上了报纸和网络。

第3天，几千里之外的四川有人打来电话说，那个人是他弟弟。仅凭一张照片如何确定？两地距离万水千山，即便坐火车也要3天！记者想到了视频认亲。

热心的人们让神志模糊的他坐在电脑前。打开视频，两边的画面开始连通。

第一个人是一中年人。中年人在那边欣喜地大声喊着他的名字，他依然神情木讷，呆呆地摇头。显然这个自称是哥哥的人，他不认识。

第二个人是他的父亲，老人在那边大声喊着他的名字，他依然无动于衷，眼神冷漠，表现出很不耐烦的样子。旁边的人们很失望。老人说，他左腰上有个很大的痦子。大家一看，果然有。但是，记者问他是否认识老人，他却连连摇头。人们空欢喜了一场。

这时，一个老太太在别人的搀扶下坐在了视频那边。只看了一眼，头发花白的老人就哭着喊起了他的乳名。他还是呆呆地看着视频上的人，一脸的陌生，嘴里嘟囔着什么，不停地摇头。所有的人都泄气了。

记者对那边说，你们仔细看看，这人到底是不是你儿子。老人泪眼婆娑地靠近了显示器仔细端详。老人的脸布满皱纹，左眼角有一道明显的疤痕，那是一张被泪水模糊了的乡下女人的脸。

突然，这时一直冷漠的他眼睛倏然红了，泪水夺眶而出，半天没说话的他大声叫了一声："娘，我想回家！"接着，他像个孩子一样哭得一塌糊涂……

当记者把他送到故乡，才知道患有精神疾病的他于13年前离家出走，从此一去不返。从遥远的四川流落到辽宁盘锦，他忘记了自己的名字，忘记了回家的路，彻底把自己丢了。

没人知道十几年间他经历了怎样的苦难，当疾病与时间的潮水将亲人的面容侵蚀得模糊不清时，唯有母亲脸上的伤疤唤醒了他沉寂多年的记忆闸门，让他找到了回家的路。

他告诉记者，他清晰地记得，娘脸上的那道伤疤是他5岁那年溜冰掉进池塘，娘跳进去救他被划伤的……

（付体昌）

母亲没有主打菜

母亲的一生是平淡无奇的一生，为儿女劳碌的一生。此时此刻，母亲已经去世3年多了，但是她曾和我们相处的岁月却难以磨灭，那些生活里的感动和快乐依旧涌动在心。

和许多母亲一样，母亲也会在厨房里打转，始终如一地为一家人准备一日三餐。母亲的饭菜滋润了我们的味觉，满足了我们饥饿的胃。不过，说到母亲有什么主打菜，这确实是一个让人为难的问题。坦白来说，母亲没有像样的主打菜，餐桌上的每一道菜都来去匆匆的，不足以在我们的心底驻扎记忆。

"熟能生巧"不是真理，母亲在漫长的岁月里虽然解决了我们的温饱，厨艺却并没有实质性的提高。很多时候，我们甚至会在吃饱喝足后，还拿母亲糟糕的厨艺开玩笑。母亲总是窘窘的，有时便佯装生气地说："再这样取笑我，让你们一家老小喝西北风去。"我们没真的去喝西北风，而是坦然地接受了母亲平庸的厨艺，也渐渐没了期待，没了失落。

当然，我们也不是总没有口福的，毕竟我们还有一个厨艺超群的父亲。父亲的拿手菜很多，排骨藕汤、沔阳三蒸这样的家乡菜，虽然满街都可见到它们的踪影，但是父亲的手艺仍然让我们迷恋。不仅是贪吃的我们，就算是日日下厨的母亲，也时不时央求父亲大展身手，让一家人一饱口福。

如果说父亲的厨艺是牛市里的股票，母亲便只好在熊市里打转了。纵使这样，依旧无法否定母亲对整个家庭的贡献，母亲靠自己的勤劳支撑着这个家。在身体不佳的父亲早早退居二线时，母亲凭借出卖劳动力，赚取了我和妹妹的学费，还有家庭繁杂的开销。也正是因为母亲的操劳，刚过半百，她的身体状况就每况愈下。母亲先后两度遭遇脑溢血的“袭击”，最终，家人的爱和牵挂都没能留住母亲，母亲含笑离开了人世。

母亲离开后的日子，我们再也吃不到母亲做的菜，那些当时不觉得可口的菜肴，此刻却让我们分外地怀念。今时今日，我们终于明白，母亲并不是没有主打菜，她做的每一道菜，都是爱的主打菜。

（路　勇）

孝心流经66个啤酒瓶

父亲死得早，是母亲将他和两个弟弟苦苦地拉扯大的。母亲现已70岁开外，含辛茹苦操劳了一辈子，也早该颐养天年了。

过完春节，他正在修整鸡舍。母亲从河里提了一大桶水，准备烧水洗澡。“咳咳……咳咳……”秸秆不易点着，厨房里，母亲呛得眼泪直流。记忆里，从小到大都是这样，洗澡、洗衣服都要烧一大锅水。冬天风大，烟囱排不出烟，加上柴草湿，整个屋子烟气弥漫；夏天灶膛热，火光辉映中，她常常是满头大汗的，还弄得满脸是灰。

“要是有台热水器该多好啊！妈就可以……”他这么感叹道，但转瞬，他眼前迷惘起来。眼下，正是青黄不接的时候——年前，辛苦一年挣下的工钱，老板还没给；去年，家里种的几亩薄地，在大风中伏倒了一大片，瘪谷多；眨眼间，孩子又要开学了，学费也没着落。想到这里，他犯愁了，放下手中的活儿，眉头紧蹙地蹲在墙角，一根接一根地抽着闷烟。

冰雪消融，温暖的阳光晒得人懒洋洋的。大地回春，难得的一个好晴天。他若有所悟，隐约记起小学课本上颜色与光照吸热的关系，脑中灵光一闪。“嗯，就这么办！”他一拍大腿，兴奋得几乎蹦起来。

他陆续找来一块旧门板和66只啤酒瓶，先用玻璃刀在所有瓶子底部都打了洞，大小正好是瓶子的口径的大小。再在木板上把瓶子分成6排，每排11个，排与排之间，瓶口套瓶底，接口处用橡皮圈封好。最后，将所有瓶子固定在木板上，将木板倾斜60度，下面用支架撑牢。最上排瓶口用一根管子连接好，作为进水口。进水口与一个大木桶相连，平时不断往里面加水。最下排的瓶底处同样用一根管子连接，作为出水口。下端则一直通到屋子里，只要轻轻扭开阀门，水就会源源不断地流出来。就这样，一个简易的“热水器”诞生了。经过半个下午的日晒，他试了一下水温，不是很热，但洗澡、洗衣服已足够了！

从此，母亲洗澡就再也不用烧水了。他煞有介事地给自己的“酒瓶热水器”取名为“宝瓶牌太阳能热水器”，还给许多经济拮据的村民家制作了这样的热水器。他说，自己最初的目的，是给母亲带来一点点方便和温暖。现在，他要把自己的制作技术加以推广，提供给更多的人。后来，海尔公司知道这件事后，对“酒瓶热水器”的环保、资源回收利用功能给予肯定，还给他送来一台大容量太阳能热水器，并派专业技术人员，针对密封、保温、吸热等性能提出合理的建议和改良方案……

他叫马彦军，是陕西一个普普通通的农民。在乡下，像他那样的身影随处可见——但却不是每个人都有如此别出心裁的孝心。66个啤酒瓶里流着的温水，载着他的感恩与回报，汩汩滋润着母亲的心田。

（马晓伟）

奶奶的药粒

奶奶住到我家的时候，已经有些神志不清。

奶奶经常在吃完午饭后小睡片刻。有时醒来就一个人念叨："午饭呢，怎么还不吃午饭？"弄得母亲不得不向偶来的客人解释。

有时，奶奶会长时间地盯着床边的一角，然后一边挪动着身子，一边叫着爷爷的名字："你倒是向里坐一坐呀，一半屁股坐着，你累不累？"

其实那时爷爷已经过世两年，奶奶的话让每一个人毛骨悚然。

奶奶每天都要服药，她经常说："怎么这些药粒都不一样呢？花那么多冤枉钱干什么呢？"奶奶以为，世界上的药都是治同一种病的。

奶奶吃药需要别人提醒。即使这样，她也是嘴上应着，一会儿就会忘得一干二净。

那几年，父亲的生意不好，我病休在家，也是天天吃药，家里日子捉襟见肘。

后来，姑姑从南京回来，说什么也要把奶奶接走。家里人拗不过，只好放行。

临走前，奶奶把我叫到身边。她一边笑着，一边从床角摸出了一个黑塑料袋，哆嗦着打开，里面竟装满了大大小小花花绿绿的药粒。

奶奶说："这都是我每天吃药时故意省下来的。我去你姑姑家了，你留着慢慢吃。别再让你爹买药给你吃了。家里没钱。"

奶奶以为，她省下的药可以治好我的病。

奶奶在我家住了3个多月。3个多月的时间里，奶奶为我省下了100多粒廉价的药。那些让奶奶的生命得以维系的药粒，对她的孙子来说，却毫无意义。

奶奶上车时，仍然朝我挤着眉毛。只有我知道她的意思。

现在奶奶已经辞世。我常常想，假如奶奶不为我省下这100多粒药，那么，她会不会活到现在？

（周海亮）

风是很重很重的

夏末秋初是山林探险的好季节，我和几位驴友一起，来到了贵川交界处的一个偏僻深山里探险旅游。

走进山林后的第3天，我们无意中发现了一座只有十来间泥砖房的小村子，在村外的空地上，几只羊儿正在吃草，一个七八岁的小男孩坐在一块大石头上，翻看着一本破旧的数学书。小男孩身上的衣服和那本书一样破旧，沾满灰尘和污屑，但人却长得圆头圆脑，非常可爱和机灵。他睁着一双大眼睛，好奇地看着我们。

好不容易遇见一块平坦的空地，我们决定在这里休息片刻，顺便和这位小男孩说说话，逗逗乐。见他看书这么认真，我就问他说："小朋友，读书了没有？读几年级了？"

"再开学就是二年级了！"小男孩回答。

"好，那我来考考你！"我接着给他出了几道简单的算术题，还有几个拼音测试和组词造句的语文题，小男孩全都回答了出来，看来学习成绩还不错。

见这些都没法难住他，我就给了他几道比较玄的问题："你知道什么东西最大吗？"

"地球！"小男孩回答说。

我接着又问："那你知道什么东西最重吗？"

"嗯……房子？不，大山！"小男孩眼睛一转，又纠正着说，"不，应该还是地球！"

这些答案虽不至于无懈可击，但对于一个这么小的孩子来说，也算是非常不错了。我接着又问："那什么东西最轻呢？"

"鸡毛！不，羊毛！"小男孩歪着头说，"还有蒲公英！"

我笑笑告诉他，这些东西的确很轻，但却并不是最轻的，例如空气、烟雾，还有风，这些东西才是最轻的。

小男孩睁着一双大眼想了想后，有些不赞同地说："空气很轻，风却很重很重！"

"风只是流动的空气，与空气是一样的！"我正说着这句话，突然有点明白了他想说的意思——对，台风，它可以刮倒大树甚至是房子！于是我接着告诉他说，台风与空气一样很轻很轻，只是它的力量很大，但那并不是风的重量。

小男孩显然对我的话非常不屑，他用极不信任的眼光看了我一眼，然后站起来坐到了另一边的大石头上，不再理睬我，嘴巴里还轻轻地重复了两遍那句话："风是很重很重的！"

这么固执的小男孩，我不再打算再教他一些什么，反正也休息够了，就和驴友们接着赶路。离开村口两公里路之后，我们突然发现身上已经没有水了，最要命的是，我们走进了一片干燥的秃岩山，别说山涧泉眼了，就连一棵小树都看不到。我们决定往回走，到那座小村里去取水。

回到村里的时候，已经是下午 1 点多了，可能是都在午睡的缘故吧，我们走了好几户人家竟然都关着门。翻过一座小坡，终于看见有一座泥房子还开着门，门口有一间矮草棚，关着十来只羊，而在大门里侧的地上，则铺着一张竹席，上面躺着一个 60 多岁的老人和一个小男孩，竟然就是我们之前在村口遇见的那个小男孩，他睡得很香甜，老人用一把麦秆扇为他扇着风。

见有陌生人到来，老人连忙站了起来。我们说明来意以后，他非常热心地把我们带到厨房，给我们的水壶灌水，灌到第 3 只的时候，水壶突然从他的手中滑落到了地上，老人连忙弯腰捡起来，面带愧色地接着灌水。我说我们自己来吧，他却笑笑说："来的都是客，哪能让客人们自己动手？"帮我们把所有的水壶都灌好水后，老人说现在太阳太猛，不妨先在他家休息一两个小时，等太阳弱一些再上路。

我们欣然答应，在门口坐了下来。老人则回到竹席上，一边轻轻地对我们介绍附近的地形山势，一边继续用麦秆扇给小男孩扇着风。没多久，他手中的扇子又突然滑落了下来，掉在小男孩的肚子上，小男孩被惊醒了，他先是惊讶地看了我们一眼，然后心疼地对老人说："爷爷，我说了我不热，你不要为我扇扇子了！"

"好，好，爷爷不扇了，你接着睡吧！"老人慈祥地微笑着说。

小男孩逐渐睡去，虽然他说自己不热，但睡去后，扇额头就冒出了细微的汗珠，老人又拿起麦秆扇，轻轻地给他扇着风。老人边扇着风边对我们说起了自己的孙子：孩子命苦，父母亲在他很小的时候就被滚落的山石砸中，双双离开了人世，留下他们祖孙俩相依为命。家里穷，买不起电风扇，所以热天里都要给孩子扇扇子，可从今年开始，老人的双手有些不对劲，经常莫名其妙地抖动，握不牢东西，以前一只手可以拎起50斤稻谷，现在连给孩子扇点风都觉得特别费力，使不上劲。不过，小孙子特别懂事，再热的天也不让爷爷给他扇扇子，怕累着了爷爷。

老人说到这里，眼眶变得潮湿起来，但脸上却浮现出一种欣慰的微笑！他的脸黝黑黝黑的，爬满皱纹，他那双粗糙而且布满青筋老茧的大手，因为怕扇子掉落而使劲地攥着扇柄。此情此景，我不禁再次回想起了小男孩的话："空气很轻，风却很重很重！"我猛然间意识到，他说的是对的，风确实很重很重，甚至比50斤稻谷还要重，重得连他的爷爷都不太拿得动！

在起身离开的时候，老人走到门口替我们指路，我趁这时间从口袋里掏出300元钱，悄悄地塞到了小男孩睡觉的那张竹席下——这足够他们买一台电风扇了！

我不知道这算不算是在做慈善，我只是觉得，风不应该有那么重，而我所做的，只是力所能及地让风轻一点，再轻一点……

（陈亦权）

那个神圣的称呼

那是一天下午。一位中年妇女在马路上正走着，突然犯了癫痫病，一下子摔倒在地上，口吐白沫，不省人事。看到中年妇女的样子后，立即就有行人打了"120"。

很快，就有救护车呼啸着奔驰而来。可当救护车上的医生走下车，给中年妇女检查过后却犯了难，因为这名中年妇女患的是一种很特殊的癫痫病，一旦发病昏迷后，必须用最快的速度让她苏醒，不然的话，病人就可能永远醒不过来了。

于是，医生赶紧给昏迷中的中年妇女做按摩，做人工呼吸，还给她打了一针……然而，当那名医生尝试完所有的抢救措施后，那名中年妇女却还是没有苏醒过来。时间一分一秒地过去了,在周围人的欷歔感慨中,虽然已经汗流浃背,可医生却只能眼睁睁地看着中年妇女的生命逐渐远离。

就在这个危急关头,一直站在旁边观看的另一名中年妇女走上前来,对医生说道:“我来试一下,看看能不能让她醒过来,怎么样?”

听她这样说,医生有些不相信地问她:“我所有的办法都用过了,你还能怎么样?”

那名中年妇女回答:“我自有办法。”说着话,她来到了昏迷着的中年妇女跟前,蹲下身来,凑近地上那名中年妇女的耳朵,然后,小心翼翼地深情而又亲切地叫道:“妈妈,妈妈……”

奇迹发生了,当几声“妈妈”叫过之后,人们惊喜地发现,昏迷中的中年妇女竟然慢慢地睁开了眼睛!

接下来,医生又进行了一系列抢救措施,已经醒过来的中年妇女终于被抬上了救护车。

就在救护车刚要开走之时,人们这才想起刚才那名中年妇女,于是就问她:“你跟那名妇女是亲戚或者是认识的吧?”

“不,我并不认识她。”中年妇女平静地答道。

“既然你不认识她,那你为什么就那么了解她,只叫了几声‘妈妈’,就能把她叫醒呢?”人们继续问道。

“虽然我不认识她,可我看得出,她与我一样也是一位妈妈。所以,我知道她的感觉。你们别看她昏过去了,可她怎么也忘不了自己的孩子,怎么也忘不了自己是一位妈妈!”

在场的每个人的眼睛都湿润了。尽管我们都曾无数次呼唤过“妈妈”,可是,对于这个称呼里面的神圣含义,如果不经过一次生与死的洗礼,也许我们永远都不会懂。

(青　秋)

父爱 -3℃

10 年前,相对于我们这个小城,特别是乡下的普通百姓来说,冰箱还是一个可望而不可即的东西。然而,在那个炎热的夏季,我却意外地拥有了一台。

我皮肤不好,本就容易过敏,在经受夏季长达两个月的强太阳光线的辐射后,我终于感到了不适,直到后来浑身蜕皮,难受得很。

我先是在本地一家医院治疗,但一段时间后,感觉效果不是太好。于是,父亲又陪我去南京看医生。那家医院的医生确实不错,在他的建议下,我采用西药(针剂),再辅以中草药(服用),一个月就有了效果。到第二个月的时候,他说,现在可以不用住院观察治疗了,你们可以将药带回去治疗。听说可以不用住院,我们当然很高兴,但医生又补充说,西药和中草药是需要放在冰箱里,-3℃冷藏的。我们便又一筹莫展起来——我们家里没有冰箱,这药带回去怎么办?

没办法,父亲只好将我安排在南京的一位亲戚家住下来,然后自己先回了乡下。一个月左右后的一天,父亲打来电话说,你将药带回来吧,我们家有冰箱了。"我们家有冰箱了?"我很诧异,我刚工作,那点工资除了吃饭,只能够买两本书,自然无法给家里汇钱。家里的那点底子我也清楚得很,4 年大学,家里的那点积蓄早被我消耗殆尽了,哪里还有钱买冰箱?父亲只是说,你先回来吧,看病要紧。到家后我才发现,东厢房里的粮食还剩两蛇皮袋,猪圈里的猪没了……

10 多年过去了,我们从乡下搬到了城里,又从小居室换成了小别墅,电器也是不断地更新,但那台冰箱我一直没有舍得淘汰,而且无论寒冬酷暑,我一直习惯将其调在 -3℃。我知道,在我的心里,那冰箱已不仅仅是冰箱了,而是父爱的代名词。

(董建昌)

天国的微笑依然灿烂

他37岁的生日就要到了，可是他却没有了往年这个时候的情调和浪漫。往年，他从生日的前一个周就开始收到来自爱妻的浪漫祝福了：第1天一定是一束火红鲜艳的红玫瑰；次日一定是一件他最喜欢的T恤衫；第3天是一双他喜欢穿的鞋子；第4天则是一张妻子精心制作的贺卡，上面一定是爱妻用她娟秀的字体写的最常说的那句话；第5天，爱妻会开动他们的爱车，带他去他们常去的咖啡厅，重温他们当年爱情的浪漫；第6天，她会推掉所有的事情，把家里整理得焕然一新，然后准备一桌丰盛的晚餐，一家人团聚，让他享受家庭的温馨；第7天，他的生日，她会邀请所有他们共同的朋友，去郊外他们常去的那家酒店，为他举办隆重的生日宴会，让他尽情享受进入新一个年轮的幸福与欢欣。

可是，今年，他不会再有这一切了，她挚爱的妻子，在一个月前，永远地走了。她是一个多么浪漫的人啊，她怎么能够患上那种可怕的疾病？自从她查出疾病以来的半年多里，他时刻都在这样质问，她那样单纯，她那样纯洁，她那样热爱生活，她对于生活抱着多么美丽的憧憬啊！

妻子去世一个多月了，他始终无法从失去爱妻的痛苦中自拔。他向单位请了病假，他拒绝了很多朋友的邀请，他把自己关在家里，时刻沉浸在对爱妻的怀念与追忆之中。她的音容笑貌，她的一举一动，都依然在他的眼前闪烁。他冷漠地对待这个世界上的一切，他消极地对待自己的生活，每天就这样把自己一个人孤寂地锁在家里。

他的生日还有一周就要到了。如果是在往年，妻子一定会手捧一束火红的玫瑰出现。可是，今年，再也不会了。他独自坐在客厅的沙发上，回忆着往年这个时刻的浪漫与温馨。

正在这个时候，门铃响了。谁还会来呢？他自言自语着开了门。一个美丽的年轻姑娘手捧着一束红玫瑰出现在她的面前："先生，祝您生日快乐！"

他很愕然，是谁记得他的生日呢？他问那姑娘，姑娘只是嫣然一笑："送花的人不让我们告诉您，她要我们为她保守秘密。"

一天当中他都在猜测,是谁会像自己的爱妻一样,在还差一周生日的时候送他一束红玫瑰?他猜不出,但是,火红的玫瑰却让他这一天的心情有了一些亮丽。

次日的上午10点,当他还在猜测着昨天玫瑰的时候,门铃又响了,是物流公司的送货员。送货员送来了一件包装精美的红色T恤衫,这是他最喜欢的颜色和款式。他万分纳闷地问送货员相关情况。送货员一无所知,他只是按照公司的要求准时把货送到顾客的手里。

是谁啊,到底是谁会像爱妻一样,用爱妻的方式,为自己庆贺生日?

第3天,他如期收到了一双自己喜欢的鞋子。第4天的时候,他相信今天不会再像往年一样了,因为,这一天他收到的是爱妻亲手写的贺卡。可是,他没有想到的是,10点钟的时候,门铃又响了起来,邮递员给他送来了一张精美的生日贺卡!而且,贺卡是爱妻亲手制作的,上面依然是爱妻那娟秀的字体:亲爱的先生,尽管你收到贺卡的时候我已经身在天国,但是,我依然给你送上我最真诚的祝福,生日快乐!

接下来的几天里,他和她的朋友们都来了,他们是接受了她一个月前的邀请,她要他们代替自己,像过去一样,向他表达真诚的祝福。

咖啡厅里的浪漫和家里的温馨,还有大酒店里的热烈隆重,在盈盈的烛光里,在朋友们美好的祝愿声中,他冰封的情感之门终于开启。他感觉到了,自己的爱妻在天国的微笑依然灿烂,他的生活也依然美好。

(鲁先圣)

本　钱

初到那个城市,他只带了200块钱和一提包烧饼。他在一家很小的铝合金厂做工,是下料员。烧饼装在一个帆布提包里,是临行前母亲为他烙的。他一天只吃两顿饭，一顿饭只吃一个烧饼。一开始那烧饼是软的，后来硬得像石头。他取出一个烧饼，擦掉上面的霉斑，掰碎，放进开水里泡泡，就是一顿饭。那些烧饼，他整整吃了两个月。那200块钱，他花了整整一年。

那一年，他给家里寄回600块钱。是分12次寄的，每次50块。过年回家时，母亲惊恐地把他拉到一旁，说："你从哪里弄这么多钱？"母亲从没见过这么多钱。她被"600"这个数字吓坏了。

第二年他换了工作，生活慢慢好起来。后来他辞了职，一个人办起了公司，生意越做越大。再回家时，他穿着笔挺的西装，打着面料考究的领带，很有些衣锦还乡的样子。母亲当然高兴，因为他赚了很多钱，更因为村人看他们时羡慕的目光。母亲说："你在外面做什么买卖？"他想这怎么跟母亲解释呢？母亲很少出门，一天书也没有读过。于是他给母亲打了一个比方。他说："比如，从村东收到一毛钱一斤的西瓜，再两毛钱一斤卖到村西，基本是这个道理。"母亲就乐了。母亲逢人便说，她儿子在城里卖西瓜。很大的买卖，能赚很多钱。

他不再给家里寄钱。他想把生意再做大一些。然后，把母亲接进城里。

可是，他的公司突然倒闭了。他想不到行业的竞争竟然这样残酷，更想不到人与人之间多年来建立起来的友谊竟然这样脆弱。他挽救了半年，终于变得一无所有。他再一次回到几年前的样子，城市对他来说，再一次变得陌生。他可以接受失败，可是他接受不了这种失败的方式以及由失败所带来的对于自信心最致命的打击。他想算了，回老家算了。他真的回到了老家，整天把自己闷在屋子里，不说一句话。

他在老家待了半年。

母亲说你怎么还不回去卖西瓜？他说我赔了钱。母亲说赔了钱再挣，这有什么？他说我赔光了所有的钱，我已经没有本钱了。母亲说一点办法也没有了吗？他说是，一点办法也没有了。母亲说，不，有办法。然后母亲取出12个纸包。她把12个纸包一一打开，每个纸包里，都包着50块钱。母亲说这是你寄回来的钱，我一笔一笔全给你留着，一分钱也没有动。用这些钱当本钱吧。够了吗？他笑笑，说够了。其实这些钱，不够请客户吃一顿饭。这几年时间里，他花掉太多个600块钱，吃掉过太多600块钱一顿的饭。

可是，他还是决定回到城市，因为母亲让他心酸。

那夜母亲通宵未眠。她为他赶烙了一锅烧饼，装进那个曾经的大帆布包。她让他带着这包烧饼上路。她说："每顿吃一个，等吃完了，你的买卖就好了。"他盯着那包烧饼，突然想大哭一场。他知道这基本不可能。可是，他决定试试。他想大不了从头再来。大不了，他再从铝合金厂的下料工开始做起。

他一个人走出村子，走上村外的小桥。几年前他带着200块钱和一包烧饼，那时他什么也不懂；现在他带着1000块钱和一包烧饼，他已经有了太多处世的经验。他想，或许真像母亲说的那样，其实他并没有赔光。他有600块钱，有一大包烧饼，这些，都是他的本钱。

突然，母亲在身后喊住她。母亲说了一句什么，他没有听清。他大声问，娘你说什么？母亲颤颤地跑来，往他的手里，又塞了一个烧饼。母亲说："案板上漏掉一个，你再带上。"

他盯着母亲，终于流下眼泪。他想，现在他拥有的本钱，其实远不止1000块钱和一包烧饼啊！

（周海亮）

伟大的卑微

正是初三如火如荼地为中考准备的冲刺时期，他却迷上了网络游戏——魔兽世界。每次网络"工会"一有任务，哪怕他要付出爬窗越墙、吃榨菜泡面、被老师厉声呵斥的沉重代价，也要义无反顾地冲进网吧，戴上耳机，杀个昏天暗地。那个周一，班主任百般劝说无效，只好勒令他回家思考两天，如再执迷不悟，将……

他坐在回村的车上，心想正好可以趁此机会回家好好休息两天，然后向母亲再要些零花钱，买张新的游戏充值卡，回校后对老师采用缓兵之策，说自己已经痛改前非，如此一举三得。

车子颠簸许久，终在他们村口停下，他飞奔着回家。门虚掩着，家里没人，瓦墙，木凳，藤椅，一切景致依旧，只是多了些灰尘，这样的灰尘像落在他心上一般，原本欢腾的心突然多了些忧郁之感。他似乎觉得有些饿，于是将书包往椅子上一放，走进厨房，打开橱柜，里面除了一盘腌萝卜和一小碗似乎都要结块的豆酱外，什么都没有。他呆住了，心，那一刻仿若从尖锐的草尖上滑过，刺疼。

邻居告诉他，母亲是去田里收割稻谷了，现在正是农忙季节。他行走于田间，眼前是一片萧瑟，原本生机勃勃的自然之景，似乎全都变得颓废、深沉，炙热的阳光几乎让他睁不开眼，只得用手挡于眼前。小路上不时会有村民挑着大篓小篓的稻谷从他身边走过，笑着和他打招呼，他只是笑，似乎有一些话，如鲠在喉。恍惚之中，他见到了那熟悉的身影——此刻的母亲正头围围巾，手握镰刀弯腰割稻，然后将割好的稻置放一边，如此反复。母亲的腰一直不太好，每隔5分钟左右，她总要用手护住腰坐在田埂上休息一会儿，有时会站起来喝口水，用围巾擦擦汗。

在金黄色的阳光下，母亲的影子似乎越缩越小，直至他眼里模糊不清。他一直在犹豫着该不该上前去帮忙，腿却像灌了铅一样沉重，内心一片荒芜。原来，那个光鲜安逸的母亲，只有在他周末回家的时候才会出现。因为以前，每到周末，母亲总是穿着干净衣服，把家里打扫得纤尘不染，然后烧上一桌好菜，在家门口微笑着等他回家。可是，现在，她是如此劳累和俭朴，甚至卑微。想到这母爱的凝沉和自己的玩世不恭，他眼里再次泛起一片汪洋。

他最终没有去喊母亲，而是回家把染了灰尘的桌椅等都擦干净，给母亲煎了两个荷包蛋，然后留了纸条给她，说自己只是回来拿本书。掩上门，他行走于返校路上，心悔着不该在游戏的青春里让母亲也黯淡了容颜。

原来，真正的温暖之爱，一直卑怯地深藏在我们自以为然的享受之中。

（陈晓辉）

这样，台阶就会矮一点

下雪了。这是新年里的第一场雪，虽然下得不算小，但马路上只存了几汪积水。如果不是房顶上那一层耀眼的白，我还真看不到一丝雪的痕迹。

傍晚时分，我办完事回来，想写点有关雪的故事，却一直无从下笔。于是，我干脆立起身，站在阳台上，透过窗户看路上的行人解闷。说是解闷，其实也不完全是，潜意识里，我是在等一个人。不，是两个人——两个看上去有70多岁的老人。

每天傍晚的时候，我都能透过窗子看到一位满头银发的老者推着一辆残疾车从窗前经过，而车上也总是坐着一位同样满头银发的老太。我一直在想，他们一定是一对相濡以沫的老夫妻吧？每次看着他们进入我的视线，缓缓经过，又从我的视线里消失，我的心底都会生出一份莫名的感动！

今天是个雪天，天气冷，地上又潮湿，我想他们也许不会再出门散步了吧。可是，就在我准备坐回电脑前的时候，那辆残疾车再次撞入我的眼帘：只见那位老者推着车，一路走着，一路俯首与老太说着什么，而老太却一直低着头，似乎对老者的话无动于衷……正瞅着，忽然，我发现老者在这样的天气，在这样潮湿的路面上，竟然还穿着一双老式大嘴巴布棉鞋。难道老人没有皮棉鞋？他们的子女呢？我有点疑惑。但是，从老者的衣着来看，也不像生活在一个困难的家庭啊！我有点想不通。

这两位老人是我们小区的，这一点我可以确定。但是，到底是哪一栋楼、哪一家的，我就搞不清了。就这样，我在窗口傻傻地站着、想着……

大约过了20多分钟，两位老人折了回来，我赶忙下楼去探个究竟。远远地，我看着两位老人走进一个单元，便紧跟几步，追了上去。只见老人用双手极缓慢地将老太扶下车，慢慢地走近楼梯，然后，老人伸出左脚，老太则很自然地将右脚踩在老人的脚背上，左脚跨上一级台阶……

看着这一幕，我的心不禁为之一颤。这是怎样的一位老人啊！接下来，我协助老人将老太扶上楼，然后，又帮他们将残疾车搬到家里。老人连声感谢，坚持要我去家里坐坐。

那是一个装修豪华的三室一厅,家里现代化的电器、家具一应俱全。只是,我感觉好像少点什么。

老人似乎看出了我的疑问。他说他有三儿两女,可都在外地工作,一年难得回来一趟,就他和一个老妹在家。“老妹?”我不觉很诧异。老人向老太一指,就是她。“她是你老妹? 我还以为……”我不觉一阵脸红。

“是的,”老人说。“她是一个聋哑人,在年轻的时候丈夫就去世了,后来就一直跟着我们过。现在,她上了年纪,腿脚不好,身体状况也大不如前,所以,我想每天带她出去透透气,看看外面的世界,将来留个想头吧。”

“那,您在这个潮湿的天气里,穿一双老布棉鞋是怎么回事呢?”我问。老人说:“我每天要带她出去散心,可我们住的是二楼啊,上下楼都不方便,所以,我每次出去都要穿一双老布棉鞋,这样台阶就会矮一点,她也不会觉得吃力……”

从老人家出来,天已经黑了,天气依然很冷。但是,我却一点都不觉得冷,因为,在我的心里一直装着老人的那双布棉鞋,一双非常温暖的老布棉鞋!

(董建昌)

无声的关爱

桥头上,一位十来岁的盲人男孩固执地要自己过桥,不然他就扒着桥栏不往前走。送他的姐姐拗不过却又为他担心。就在她左右为难的时候,一位守桥战士走了过来,示意她可以放心地离开,由他悄悄地护送男孩过桥。

从此,每天护送男孩安全过桥的义务就落在了守桥战士的肩上。斗转星移,12 个春秋匆匆而过,守桥战士换了一批又一批,但这种悄悄的护送 12 年来却从未间断。

12 年后,这个盲人男孩长大了。他凭着自己学到的高超按摩技艺开了一家私人诊所。每天，他总是热情地接待病人，为他们提供许多服务，却收费低廉。来这里就医的每一位病人也被这位好心肠的盲人大夫所感动，主动承揽了一切杂务，诸如打水、扫地等，诊所里洋溢着一份温馨之情。他的生意越做越火。每一位来过这里的人，几乎都听他讲述过这样一个故事：

“在我不谙世事的时候，双目失明的痛苦就降临到我头上。刚开始学按摩时，每天要经过一座桥去上课。有一天，我支开了护送我的姐姐，想跨越桥栏跳下去一死了之。可是，很快我就发现身后有人暗暗跟着，听脚步声绝非姐姐。我只得暂时打消了轻生的念头。谁知从此以后，每回过桥，总有人暗暗护送我，我这才想起是守桥部队的解放军同志。就这样，每天一个来回，12 年来从未间断。12 年啊！尽管他们故意放慢步子唯恐我听到，但我还是从那或轻或重的脚步声里感受到了一份无声的关爱，细数他们的脚步声成了我每天最温暖的时刻，是他们陪我走过了生命中最坎坷的一段路。直到如今，每当静下来的时候，我总觉得他们还在我身后不远处，那亲切的脚步声仍在生命深处回响……”

每一个听完这个故事的人都会把它讲给更多的人听，因为他们都愿意分享这份感动。

（吕保军）

遇到好人的条件

功成名就的李嘉音风度优雅地在电视上接受采访。她办了一个很大的公司，做了很多别人做不到的事，也赚了数不清的钱，但她真正打动我的，却是发生在她身上的一件很小的事。那是有一天，她的一位朋友突然来电求援，说是父亲病危，急需北京同仁堂的“安宫牛黄丸”救命。

中午接到朋友的电话，李嘉音立刻拿上药赶往机场，不料却没有乘客肯帮忙带药去台北。时间一分一秒地过去，眼看一架架飞机离港，李嘉音手捧救命药，急得直掉眼泪。她明白,不是人家不愿做好人,只是万一你让人家带的是“那种药”怎么办? 那可是会给人家带来牢狱之灾、杀身之祸啊! 她当然明白自己绝对不会有害人之心,但人家却绝对不可能不存防人之心。

但是,她并没有离去。她仍然是一个人一个人地去说好话,无比诚恳甚至泪流满面地去说好话。到了最后一个航班的时候,就在她求的人全都拒绝她之后,一个人却走上前来,主动提出愿意帮她把药带过去。原来,这是一个台北的导游。这位导游一直在默默地观察她。观察的结果,是她觉得一个如此心诚的人,一个被无数人拒绝却能仍然满怀热望的人,不可能是一个心存恶意的坏人。

李嘉音遇到的这位好人当晚就将药送到那个朋友家,那个朋友的父亲服了药,竟然真的被救活了。

李嘉音由此得出这样的结论:任何时候,都不要说世上没有好人,都不要说你一定遇不到好人;当你没有遇到好人的时候,你要首先问问你自己:你是否尽到了最大努力,拿出了最大诚心。人活着,就是要做一个好人,就是要创造遇到好人的条件。

后来,她在办公司的过程中,遇到很多事,都是别人觉得那是无论如何也办不成的,但最终她都办成了。因为她总是能在关键时刻,遇到挺身而出乐意帮助她的好人。而那些帮助她的好人,却反过来说她是好人,是她的那种精诚所至、竭尽所能的精神感动了他们。

或许可以说,精诚所至和竭尽所能,就是一个人遇到好人的两个最基本的条件。

(陈大超)

最后一课

1988 年 7 月,是我们参加高考的日子。

高考的前一天下午,上课铃声响过以后,班主任陈老师带着一个脏兮兮的小男孩走进了教室。大家一看,都认识这个小男孩。他是一个乞丐,因为有先天唇裂的缺陷,被父母抛弃了。他经常在我们学校附近乞讨,我们都很熟悉他。大家都叫这个小孩“松子”,不知道是他的名字还是外号。

陈老师对我们说:“大家马上就要毕业了,这个小松子很可怜,大家能不能帮帮他,给他捐一点款?”我们班的同学都是住校生,每人兜里都多少会有一点钱的。

陈老师说完就不再言语。那时我有一个感觉,认为陈老师的动员讲话讲得不够好。比方说她可以讲讲雷锋啦、爱心啦,效果肯定会更好。

陈老师拿出一个笔记本,记录着每个人的捐款数额。有 2 角的,有 5 角的,还有 1 元、2 元的。那时我正在暗恋同桌小梅,为了在她面前表现自己,我捐了最大的一笔:5 元。

很快,高考过去了,我们的中学时代结束了。到了发榜的那一天,我们又聚集到陈老师的身边。在公布成绩之后,陈老师发给每人一个信封,告诉我们:这是她送给同学们的告别礼物。

我打开一看,一下子愣住了:那里面居然是一张钞票,一张 10 元的钞票。再看我的同学们,他们的表情也都很惊讶,因为每人都收到了陈老师馈赠的一笔钱。更令人不解的是,每人收到的数目并不一样,有的 1 元,有的 2 元,还有 3 元、4 元的。我环顾四周,没有发现和我一样是 10 元的,就赶紧把那张钞票塞进了口袋。

当时有的同学金榜题名,大多数人是像我一样名落孙山,我们谈论更多的是今后的打算。两个月后,我们送“佼佼者”们上大学的时候,有个同学偶然说起陈老师送钱的事情。我们相互报了一下收到的数目,才有了一个惊人的发现:原来陈老师送给每人的钱数恰恰是那天我们给松子捐款数的 2 倍。直到这时,我们才知道陈老师的用意。她在告诉我们:当你付出爱心,你就会得到双倍的回报。

那其实是陈老师给我们上的最后一课。

(陶百军)

大爱无痕

央视一套有一个节目，名字叫《我们》。其中有一期，央视编导王阳从幕后走向台前，走到演播现场的红话筒前，深情地讲述了一段让现场的观众泪洒荧屏的亲情故事。

王阳的母亲得了脑癌，躺在病床上无法动弹，而且大便板结无法自己排泄。有一回，王阳用手帮母亲将大便一点一点地、小心翼翼地抠出来，忙了很久后回过身，才发现父亲早就站在他身后，老泪纵横。王阳说，这是他第一次看见父亲流泪。父亲落泪是因为不忍心让孩子跟着父母一起遭受病痛的折磨。

母亲去世，王阳把从小到大与母亲以及一家人在一起的照片放在灵堂上展览，让所有来吊唁的人知道，这是怎样优秀的母亲，这是多么和睦的家庭。王阳不禁声泪俱下："这个世界上最好的妈妈，离我而去了！"

后来，从来不爱锻炼身体的王阳父亲，每天坚持健身锻炼。王阳知道，父亲加强锻炼，爱惜身体，是担心如果自己生病了，会给王阳带来巨大的负担与痛苦。父亲曾对邻居说："我要把身体锻炼得好好的，如果有可能，到了生命结束那一天，我宁愿自己走着去火葬场，而不要让孩子知道，不要让孩子痛苦！"

这是怎样的一种爱啊！

王阳还细腻地描述了一件"神奇"的故事。他小时候和多数中国孩子一样，都听过关于"田螺姑娘"的故事：一位渔夫捡回一个田螺，养在家里。后来，每回渔夫出去打渔，回到家时，饭菜都已经被煮好上桌了。原来，是那个田螺变成一位美丽姑娘给他烧火做饭。

王阳说，原来他一直以为"田螺姑娘"只是个传说，可长大后才知道"田螺姑娘"的的确确存在。每当他下班回宿舍，才到楼梯口，他就知道"田螺姑娘"来过，因为楼道是干干净净的，而家里更是被打扫得一尘不染，衣服和被单洗好了晾在阳台上，还飘着清香。就是不见"田螺姑娘"的身影。

王阳热泪盈眶地说："我家的'田螺姑娘'就是我的爸爸和妈妈，他们要走时，一人拿着一块抹布，从里屋到客厅再到大门，是跪着倒退着擦地的，绝对不会让自己的脚印和痕迹留在房间里。这就是‘大爱无痕’吧!”

大爱无痕——这是人世间最伟大的亲情!看着王阳的讲述,我也流泪了。我原以为“大爱无痕”只是抽象的,没想到竟能有如此真实、真切、具体而形象的表达。

其实,王阳的故事并不特别,他能引发我们内心共鸣的原因,是这样的故事我们太熟悉了——你、我、他,我们所有做子女的都应该感受到,“田螺姑娘”从小到大一直都在我们身边,他们常常在我们毫不察觉的情况下,悄悄地为我们奉献出了天底下最无私的爱!

大爱无痕。我们千万不要因为“无痕”而忽略了“大爱”,也千万不要等到无法报答这份爱时,才因未报答而懊悔。

(李耿源)

10 美元先生

里德是一名美国青年。大学毕业后,他在一家汽车销售公司找到了一份工作。可是,才干了不到一年,就遇到美国经济危机。去年底,他失业了。

失业后,里德到处去找工作。在到处找工作时,他也看到了这样一种情景——许多人比他生活得更差,他们急需得到别人的帮助。他想,如果我能给予他们一点帮助,将是多么大的人生快乐和幸福啊,即使这点儿帮助微不足道,但是众人拾柴火焰高,如果大家都加入这个行列中,那么将会给予那些穷人多么大的温暖啊!

他想出来一个方法,那就是送给那些急需帮助的人 10 美元,以帮助他们解决暂时的困难。他觉得这也是一份十分有意义的工作,他决定用一年的时间来回报社会,他为自己这个创意而感到自豪。

从此,他每天走上街头,流连于繁华街市,穿梭于街头巷尾,只要发现陷入窘困并需要帮助的人，他就会热情地迎上前去，问清原因后，递上 10 美元给他，以解燃眉之急。10 美元，可以买 2 盒快餐，可以坐 20 公里的地铁，可以买一本书，可以买 3 瓶可口可乐……总之，在平时看起来毫不起眼的 10 美元，在关键的时候能派上大用场。

里德说，中国有句俗话，“一分钱难倒英雄汉”。对此，他是深有体会的。他出去找工作时，曾因为身上就缺 10 美元，以至于 2 顿饭没吃到。每每想起那个窘况，里德目光里总是流露出深深的无奈和沮丧。

就这样，里德每天送出一张 10 美元的钞票。目前，他已送出了 1000 美元。这些钱都是他的积蓄和失业金。他将这些钱送出去后，有的人又将这些钱送给更需要的人，同时，还有更多的人加入了他的行列。人们称他为“10 美元先生”。

10 美元先生在美国经济不景气的情况下，好似一缕清新扑面的春风，给人带来一股温暖和力量，激励人们互助友爱，共渡难关。

（李良旭）

真爱是佛

事情发生在去年冬天的一个晚上。那天下着雪。雪不是很大，但从容不迫，很缠绵。因为一点家庭琐事，我和老婆斗起了嘴。老婆的嘴很厉害，机关枪似的，吵得我头都大了，我就感觉自己像一个气球，要爆炸了。一气之下，我甩手走出了家门。

外面白茫茫的一片。出了门我才想起——去哪儿呢？看了看家的方向，我知道家里还弥漫着硝烟，是不能回的。想想很久没去好伯那儿了，到他家坐坐吧！

好伯今年 70 多岁了，一个人住在村子的边上。以前我常去他那儿的，在他那儿,我学了很多做人做事的道理。好伯是一个很有智慧的人。

好伯见我进门很惊讶。就笑着问我:“你可是有好长时间没来了。”

我说:“是的,有很长时间了。天天写,忙啊!”

好伯递给我一个马扎,让我坐下。我苦笑着说:“好伯,很久没听你讲古了,讲一个吧!”

好伯笑着看了我一会儿,接着就讲了——

在很久以前,有一对母子相依为命,当儿子长到二十来岁的时候,迷上了修仙成佛。由于年轻人心思都在烧香念经上,所以家里地里的活儿都落在他母亲身上。有一天,年轻人听说在千里之外的龙山上有一个开悟的和尚,是天下最有智慧的得道高僧,世上没有能难住他的事。年轻人就想:我天天这么虔诚地烧香念经,为什么就是见不到真正的佛呢?不行,我得去龙山。

当然,那也是个冬天,年轻人就瞒着母亲,偷偷地打点了行囊,悄悄地去龙山了。

他翻了很多的山,蹚了很多的河,终于来到了龙山,见到了那个开悟的高僧。年轻人虔诚得像见了佛祖一样纳头便拜,请高僧给他指点迷津。

年轻人问高僧:“我天天磕头烧香,天天念经祷告,可我一次佛也没见到,世上到底有没有佛呢?”

高僧说:“有。怎么没有呢?!”

年轻人问:“怎样才能见到我一心参拜的佛呢?”

高僧问明年轻人的身世和他的状况,知道年轻人是一个很虔诚的修炼者,于是说:“佛其实很好见,关键是看你的眼睛能不能看到啊!”

年轻人说:“我的眼睛非常非常好,就是在漆黑的晚上我也能看个百米以外。”

高僧笑了笑说:“佛其实很好找,就是为你赤脚开门的那个人!”

年轻人从此就踏上了寻佛的路。他专门在夜晚去敲旅店和客店的门,敲亮着灯或不是亮着灯的门。可是,每次出来给他开门的人都不是赤着脚的。转眼一年过去了,年轻人没有遇到一个赤脚为他开门的人,就有些失望了。年轻人想,也许这世上没有佛吧。于是,他踏上了回家的路。

那天,也是下着雪,很大很大。来到村子时,已是深夜了。年轻人敲响了自家的门,喊着:“娘,开门!我回来了!”

年轻人话音没落,门很快就打开了。娘满脸泪花地站在年轻人的面前。娘有些不相信地说:“我儿,真的是你回来了?真的是你回来了!”

年轻人说:“娘,真的是我回来了!”年轻人这时才发现:娘是光着脚的——

望着光着脚的娘,年轻人猛地明白了。

…… ……

好伯给我讲完,有好一会儿没说话。许久才说:“天很晚了,回家吧,过日子哪能都是上坡呢!回家吧,晚了,小孩的妈牵挂!”

我踏上了回家的路。现在雪很厚了。别看着雪花小,其实一个劲儿地下,照样积成大雪。我敲响了家门。

门很快打开了,老婆站在了门口,看见我,眼里的泪哗地流下了。

我这时才发现:老婆是光着脚给我开的门!我的心湿润了……

(闵凡利)

因为牵挂,所以强大

1995年6月29日下午6时许,韩国汉城(今叫首尔)市中心的标志性建筑三丰百货大楼北半部突然倒塌。有2000名以上的顾客和职员被埋在了废墟之中。

因为担心误伤到废墟下的被埋人员,所以救援人员不敢使用一些重型机械,救援工作进展十分缓慢。救援初期,每天都不断有人被救出。但是,在救援工作进行到第17天的时候,救援人员已经不抱希望了,因为,17天,已经超过了生命坚持的极限,废墟下不可能再有人生还了。

然而,就在这时,一名救援人员听到了地下传来敲击钢管的声音。

地下还有人活着!所有救援人员都加快了进度。

经过一整天的摸索探测，第二天早上，救援人员终于发现有一个年轻的女孩子还活着，几块巨大的混凝土叠架在一起，组成了一个狭小的空间，这名女孩就猫着腰躺在里面。整个救援现场都沸腾了，这简直就是奇迹！全国人民都在通过电视转播，密切关注着这个女孩，连总统金泳三先生都亲自来到现场，向女孩喊话鼓励。

为了防止二次塌陷给女孩造成更大的伤害，救援人员采用了纯人工操作。经过一整天的开凿，傍晚时分，人们终于凿开了一个直径45厘米的圆洞，一名救援队员爬了进去。

这名队员后来回忆说，黑暗中，这名女孩眼睛明亮，面容宁静，安详得就如天使一般。

经过紧张的抢救，半个月后，这名女孩终于脱离了危险。主治医师卢晚达不住地感叹：是奇迹，真是奇迹！一定有一个异常强大的信念支撑着她，这才创造了奇迹！

记者们蜂拥而至，纷纷问她，是什么信念支撑着她？

女孩深情而平静地回答，我的奶奶朴兰真，已经失去了儿子儿媳，我不能让她再失去我——她唯一的亲人。

这位女孩子叫金冬儿，从小失去了父母，一直与奶奶相依为命。她被困在黑暗中接近虚脱时，一直在想，自己死了，奶奶可怎么办！这个坚强的信念默默支撑着她，度过漫漫18天的死亡之旅。

第二天，各大报纸头版头条均报道了金冬儿的事迹，文章的名字就叫“奇迹的名字叫牵挂”。

如今，奶奶朴兰真已是91岁的高龄，金冬儿也已经结婚生子，她们生活在首都近郊的一个小村庄里。每个美丽的黄昏，金冬儿都会扶着奶奶去村口散散步，绚烂的夕阳在她们的身上投下斑驳的光影，宁静美丽而安详。

牵挂，是一种十分强大的力量，它往往能支撑我们挺过一段十分艰难的岁月，强大得往往超出我们的想象。

（朱国勇）

领略尽情挥拍的魅力

我上初一下学期的时候，操场边上忽然多了两个乒乓球案子，这可把我们高兴疯了！每天放学后，那里成了人最多的地方，无论看球的还是打球的，灵魂深处都涌动着一股异样的激情。我的目光总追随着那些打球的人，看得心里直痒痒，却根本轮不到我过一回瘾。啥时也能领略到尽情挥拍的魅力呢？我暗暗发誓：一定得买副球拍！有了球拍，就能玩个尽情尽兴。

我问过了，商店里一副球拍要2元8角钱。在那个1分钱能买两块糖，2分钱能买一盒火柴，1角6分钱能买一斤盐的特殊年代里，2元8角对于一个靠土里刨食的家庭来说，该是多大的天文数字！我的心沉进了无边的忧郁里。

哪知老天还真开了眼。这天，我手里竟然一下子拥有了3元2角钱！说实话，我还从未攥过这么多钱——3元2角能买多少东西啊！

那天恰好逢集。放学后，我不由自主地转悠到集市上来了。那里人声鼎沸，卖什么的都有。卖梨膏糖的老头大声吆喝："1毛钱3块儿啦！2毛钱加1块儿！"旁边卖蜜饯糕的也不甘示弱："3毛钱两大块啦！不买别后悔呀！"我在那儿停了一会儿，咽了几下口水，赶紧走开了。最吸引我的当然还是乒乓球拍。我拐进那家商店，豪气十足地让售货员把球拍拿给我，我反反复复地摩挲着，脑海里闪现出自己在球案边姿态优雅地发球的情景——轮番的腾空跃起，招招凌厉的扣杀，令围观者佩服得五体投地——他们终于看到了什么是高超精湛的球技！正陶醉着，我听见售货员不耐烦地催问："要吗？"她不知道，矛盾的潮水此刻正异常汹涌地撞击着我心灵的堤岸，汗水顺着发梢直往下淌，耳边回响着母亲无奈的叹息。上午临出门的时候，母亲像是自言自语又像是对我说般嘟囔着："唉，明天就是中秋节了，家里只剩下1元钱，这节可该咋过呀！"终于，我把球拍又还了回去。

走进家门，母亲正失神地倚在门侧。望着她忧郁的眼神，我想都没想，迅速掏出捂热了的3元2角钱递过去："今天老师找回了多余的书费。"母亲眼里顿时放出异样的光彩："真的吗？3块2，这下好啦！可以过个像模像样的节啦！"望着又惊又喜的母亲，我叹了口气。

第二天，母亲买来一斤肉、一斤红糖，又破天荒地买了些便宜水果，钱还有剩余。母亲炒了几样小菜，又用红糖做了月饼。当全家人围坐在一起吃饭时，母亲感叹："要没有那雪中送炭的 3 块 2 毛钱，这节咋能过得这么丰盛呢？"看我吃得很少，母亲关切地问："怎么了，你不舒服吗？"

我没吭声，站起身回到自己的小床上，脑海里又浮现出尽情挥拍的一幕。泪水，早已扑簌簌淌了一脸。

（吕保军）

那些火把

小时候，我们对时间的感觉，就是看日头的高低，天色的早晚。那时候农村生活极其艰辛，为了减轻家里的负担，我们兄弟和要好的伙伴一有余暇就结伴上山打柴。那时候，我们还没见过手表，头脑中还没有时间的概念，到了啥时候，只能凭直觉去判断。有太阳的日子，就看太阳离远山的高度；没太阳的日子，唯有看天色行事了。常常因为把不准时间，准备下山回家的时候，天已经漆黑。

有时挑着柴火在路上，走着走着就伸手不见五指了。当时的情形，现在的孩子恐怕是想象不到的。那个时候我们毕竟小啊，不过就是八九岁。挑着几十斤、甚至百来斤的柴火，又累又饿不说，在黑寂的山间小道上行走当然十分恐惧，我们只好尽量照应着走在一起，走在前头的尽量放慢脚步，走在后头的使劲甩开脚步，我们互相呼唤着彼此的乳名，为对方加油壮胆。如果拗不过肩头担子的压力，就走一程，歇一程，再赶一程。

总算有火把出现了，一下子照彻了我们前头那条崎岖不平、曲折延伸的道路。我们知道，这是家人擎着火把接我们来了。要知道，我们那个年龄，天黑了还在外头，他们无法放下心来，更无法不担惊受怕。其实他们在外头做工也劳累了一整天，即使骨头累得散了架，他们还是一刻不停地赶来了——有埋怨，有火气，但心里装得更多的是亲情。

记得有一次，我和兄长两人各自挑着满满一担柴火，天漆黑了才到家。进门之后，父亲并没有夸我们，而是让我们跪下，怒斥了我们一顿，说送我们读书有什么用，越读越傻，越读越笨，天黑了都不知道回家，难道多一根柴火就发财了？又不是不知道山间多野兽，难道为几根柴火连命都不顾了？父亲说着抓起我们的书包就要往火塘里丢，幸好祖母在一边拦下了。

那时，我们并不懂什么大道理，但我们知道父亲是为我们好，他对我们说的话我们也听明白了：他是心痛我们，怕我们因小失大，累坏了身子，或是晚上在外面出现什么不测。在当时的条件下，他含辛茹苦送我们上学是多么不易，多么艰难啊！能够上学读书，简直就是一份奢侈了。

这以后，我们有空还是上山，竭尽所能为家庭生活分忧，但心里总是装着父亲的话，日头偏西了就赶紧下山回家，绝不去贪那几根柴火。我们知道，只要我们平平安安，父亲就会过得快乐。如果我们出了什么意外，带给他的会是无尽的伤心。

随着时光的流逝，我们渐渐明白，那时候，父亲将人生的希望全部寄托在我们身上了。当时我们固然受了委屈，但心里还是十分感激父亲。他那一顿怒斥，恰似那些山道上出现的火把，照彻了我们的生命，让我们在一生之中，能够胸怀光亮，远离混沌。

（程应峰）

爱就是“逃跑”

这是好伯给我讲的一个故事。

那是20世纪60年代初期的事了，有这么一对夫妇，他们都是地质勘探工作者。他们非常恩爱,一直形影不离一起做勘探。中国的东南西北,都被这对夫妇的足迹踏遍了。他们一直到了35岁才结了婚。为了能和丈夫天天在一起,妻子在生产完孩子的一个月后就跟着丈夫又踏上了勘探之路。那时,中华人民共和国成立没多久,还属于一穷二白。这对夫妇为了给国家多寻找矿藏,让我们的国家尽快繁荣富强,可谓披肝沥胆,不辞劳苦。他们不分黑夜白天,踏高山,穿森林,足迹遍布了中国的每一处深山密林。

有一天,这对夫妇为了寻找新的矿藏又走进东北的一处高山。山上密布着森林,森林里虎狼成群。这对夫妇走着走着就和伙伴们失去了联系。好在这座山他们在一年前踏过,也就没当回事,只是想着能在天黑之前赶到营地就行了。于是,他们立即又投入了紧张的勘探工作中。从树影里筛下的阳光看,这对夫妇知道已是下午了。他们在这儿勘探出了一座铁矿,若能开采,那将是一大笔国家财富,在当时,我们国家的钢铁有很大一部分是靠进口的。夫妇两人为今天的发现高兴。他们决定把今天的成果尽快地告诉大家,好让大家高兴一下。于是,他们收拾好机器就开始踏上返程了。

可是,当夫妇两人爬过以前他们走过的那个小山坡时,两人顿时呆住了:在他们的前面,有一只老虎正对着他们。老虎的肚子瘪瘪的,看样子是有几天没有打着食了。老虎目露凶光,直瞪着他们。他们身上只带着一点机器,没带猎枪或者其他防身工具,因为他们与勘探队的专门持枪人员走散了。如今,老虎就在前面,逃跑是不可能的。夫妇二人都脸色煞白,对视了一下,只好一动不动地看着老虎。老虎也站着,也一动不动地看着他们。

就这样僵持了不知多久,还是老虎打破了这个僵局——它开始向他们走来,走了几步,就开始小跑了。这时,妻子想到了丈夫。因为丈夫是她的最爱,是她遇到的最优秀的地质勘探工作者,是新中国最年轻的地质勘探专家。不论怎样,为了自己,为了孩子,为了国家,自己都应该牺牲。于是,妻子就慢慢地向老虎走去。丈夫想拉妻子,没有拉住。就在这时,丈夫突然对妻子喊了一声,就自个儿跑开了。已经快跑到妻子跟前的老虎就突然改变方向,向那逃跑的丈夫追了过去。不一会儿,从丈夫逃跑的方向传来了惨叫声。后来,妻子哭着平安地逃了回来。

当好伯一停下话头，我说了声“活该”。我说天底下怎么还有这样的男人！好伯等我发泄完了问：“你知不知道那个丈夫喊的是什么？”我说：“老婆，我先逃了。”好伯摇了摇头。我又说：“老婆，你往另一个方向逃。”好伯也摇了摇头。我说：“老婆，对不起，我会年年给你烧纸的！”

好伯把头摇成了拨浪鼓。好伯问我：“你知道老虎的特性吗？”我摇了摇头。好伯说：“你都说错了。那个男的对他妻子喊的是：‘照顾好孩子，好好地活着！’”说到这儿，好伯眼里涌出了泪。那泪很浑很稠，莹在了他那深如古井的眼里。我很愕然，好伯知道我的心思，他接着说：“你知道动物园里为什么人们常常往老虎园里扔活鸡活兔吗？”我说：“那是锻炼老虎的野性。”好伯说：“在那种特殊的情况下，老虎绝对只攻击逃跑的人。这是它的特性。”最后，好伯说：“那一对夫妇就是我的父亲、母亲。在生命攸关的时刻，我的父亲就是用这种逃跑的方式表达了他对我母亲的爱。在那种最危险的时刻，世上还有什么方式比‘逃跑’更能表达爱的呢？”

我摇了摇头说：“没有。世上真的没有！因为那‘逃跑’就是重过生命的最爱啊！”

（闵凡利）

赢得花香

多年以前，我还在那座海滨城市闯荡时，认识了一个叫文心的女孩。她曾给我讲了一个故事——听了就记住了，就忘不了了。

那一年6月，一所高级保育院高薪聘请5名教师，报名人数达300多人，竞争十分激烈。当时，文心刚从乡下到那座城市不久，也报了名。文心的自身条件不算差，可参与者众多，未必胜券在握。

考试那天，快进考场时，周围拥挤吵闹，一个小孩的哭声还是吸引了大家。

小孩因找不着家人，哭得很伤心。考试开始了，大家都走进了考场，文心犹豫了一阵之后，留在了孩子身边。文心将小孩哄好后，抱进考室，向监考人说明了情况，便匆匆忙忙地答卷。包括文心自已都认为她没有希望了。朋友责怪文心不该在这个紧要关头去照顾一个不知来历的小孩。文心却微笑着说："我考不上不要紧，万一小孩有个三长两短，那就麻烦了。"

结局出人意料，文心被录取了，而且被校方作为一个教育典范极力表扬。学校强调，作为一名幼儿教师最重要的是要有一颗爱心，任何的专业技能都能学，而爱心却难以在课堂上学到。

赢得花香有时竟这样简单，只要能够带着爱上路，走过的路旁就一定会开满芬芳的花朵。

（澜　涛）

大山深处的土屋

土屋隐在大山深处，周围古木参天。土屋里有一张桌子，一把椅子，一张木床，一个灶台，一堆木柴，一铺被褥，一盒火柴，一把刀。除了他们父子二人，从没有其他人进入过这间土屋，当然更不会动用过这些东西。可是，每隔一个月，父亲仍然会领着他的儿子过来，擦一擦桌子和椅子，晒一晒被褥和木柴，磨一磨刀，装走灶台上已经潮湿的火柴并更换一盒新的干燥的火柴。当这一切忙完，父亲就会领着儿子静静地离开。门上挂一把锁，却从来不曾锁上。那锁是为防止野兽们闯进土屋的。它对任何人都不设防。

父子俩住在另一座大山的山脚，距这间土屋大约 25 公里。从家来到土屋时，再从土屋回到家，需要整整 3 天。离开家走不远就没有路了，3 天时间里，父子俩几乎都是在密林中穿行。尽管世界上可能不会再有人比他们更熟悉这一带的山野，可是他们还是经常会在途中迷路。这绝对算得上是一次遥远艰苦的危险跋涉。

父亲以前靠打猎为生,后来禁猎了,父亲就在山脚下开了几亩荒地,闲时再上山采挖些草药,日子倒也安逸舒适。儿子第一次跟随父亲来到土屋时只有5岁;现在他已经15岁了,父亲仍然坚持着自己“怪异”的举动。整整10年,整整120个月,父亲和他在家和土屋之间整整往返了120次。120次或许并不算多,可这是120次毫无意义的举动。每一次,儿子都会心存不满,疲惫不堪。

他问父亲原因,父亲总是笑笑说:“到时候,自然会让你知道。”

每个月,父子俩仍然要去一趟土屋,忙完再锁了门离去。儿子认为这一切完全多余:不会有人来到这片没有人烟的山林,更不会有人来到这间土屋——父亲究竟想要干什么?

终于,那一次,当他们推开木门,父亲惊奇地发现,屋子里竟有了住过人的迹象——灶台边的柴火少了,火柴被划过,椅子被挪动,被褥尽管叠放整齐,却不是他们上次离开时的样子。并且,那把小刀也不见了。

父亲开心地笑了。他对儿子说:“这就是我们10年来一直坚持的理由。”

儿子听不懂。

父亲说:“很明显,有人在这里住过至少一夜。现在,虽然他已经离开,不过这间土屋和土屋里的东西却帮他在这片山林里度过了最难挨、最危险的夜晚。甚至还有可能挽救了他的生命。”

儿子问:“难道我们每个月往返一次,每次用去3天时间行走50多公里,并在这土屋里准备这么多的东西,就是为了等待这个人吗?”

父亲说:“是的,我们等待的虽然不一定就是这个人,但我们等待的无疑是来到这间土屋并需要帮助的第一个人。我们不过每个月来这里一次,却将一个人的生命挽救,难道这不值得吗?”

“可是,万一这个人没来呢?”

“那我们就把这件事坚持做下去。”

“假如永远不会有人来呢?”

“那就永远坚持做下去。”

“可是,这样做有意义吗?”

“当然有意义。”父亲说,“你知道吗?在你来到这个土屋以前,我已经一个人在家和土屋之间往返了10年。就是说，其实我们并不是用了10年时间才等来第一位需要帮助的人，而是用了20年。”

“你是说，这土屋是你垒起来的？”

“不是，我只是修了修而已。这土屋是一位老人垒起来的。他垒这个土屋，和我们每个月来这里一次的目的完全一样，那就是——帮助一位未曾谋面却真正需要帮助的路人。他的家住在山的另一侧，每个月他都会从家来到这里，擦一擦桌子和椅子，晒一晒被褥和木柴，磨一磨刀，换走灶台上的火柴，然后离开回家。他也用了整整20年的时间，才等来第一位需要帮助的人。那个人在山里迷了路，他筋疲力尽，急需一把柴火……”

“那个人是谁？”儿子好奇地问他。

“我。”父亲淡淡地说。

几年后，父亲老去，难以翻山越岭来到这间土屋。不过，每隔一个月，土屋里就会迎来一位与他长得非常像的青年。他在土屋里擦一擦桌子和椅子，晒一晒被褥和木柴，磨一磨刀，换走灶台上的火柴，然后离开，一个人回家。

一切只为了明天，或者后天，或者明年的某一天，或者后年的某一天，或者20年后的某一天，或者永远都不会到来的某一位路人。

（周海亮）

用嘴孵卵的鱼

横亘东非的大裂谷，形成了一连串的湖泊，其中以马拉维、维多利亚、坦干伊克三大湖最为著名。

三大湖湖水清澈，水温过高且含氧量低，水草也非常稀少。这种环境非常不适合鱼类的生存，因为鱼类的繁殖策略是靠数量来取胜的。它们往往将大量的受精卵直接散布到河床上，任其自然孵化。但是，在三大湖里，如此繁殖的后果很严重。水太清澈，鱼卵被产下后，马上会被环伺四周的竞争对手发现并抢食殆尽；水温过高，又会使很多鱼卵在孵化过程中变质腐烂；而缺氧和没有水草，则会让那些侥幸孵化成功的幼鱼因无氧和缺少食物而死亡。

尽管生存环境如此恶劣，三大湖却不是鱼类的禁区。在这里，仍然生存着许多鱼类。其中，非洲慈鲷种类最多，数量最庞大，它们是湖里最成功的居民。慈鲷在三大湖里繁衍生息，引起了一些水产专家的注意。经过多年的跟踪研究后，他们发现，慈鲷的生存秘密在于，它们进化出了一种非同寻常的育幼方式。

为了应对三大湖的环境，非洲慈鲷在产卵后不会让受精卵自生自灭，雌性慈鲷会做出一个令人无法想象的举动：将所有的鱼卵都吞进自己的嘴里。从这一刻起，它的口腔，就成为世界上最安全的孵化室。再强大的天敌，也无法猎食到一粒鱼卵。在孵化过程中，雌鱼会通过不断呼吸，来降低口腔里的温度，以保证鱼卵的孵化率，同时，也为孵化出的幼鱼提供足够的氧分。为了下一代，雄鱼也在奉献着，它们会将辛苦捕捉到的食物毫不保留地都塞进雌鱼的嘴里，自己则忍饥挨饿。而对于入口的美食，雌鱼吃不到一分一毫，因为那样会把幼鱼也一起吞下去。

据观察，这些孵化幼鱼的慈鲷父母们，往往长达整月不吃一点食物，直到幼鱼长到足够大，具有逃避天敌、独立生存的能力时，雌鱼才会张开嘴巴，放幼子进入湖水中。自此，慈鲷父母的繁育任务完成了。而此时，因为饥饿，它们已经瘦弱不堪，没有了抵抗天敌的力量。这就会使它们被其他鱼类追杀、咬伤、吃掉——这就是这些非洲慈鲷父母最终的命运。何其悲壮，何其动人！与人类相比，它们对子女的奉献和牺牲精神，可谓有过之而无不及。

非洲慈鲷的付出换来了下一代的成长，乃至整个种群的繁荣昌盛。这使得它们在三大湖里成为优势品种。当其他鱼类濒临灭绝时，它们却生存得越来越好，成为三大湖里特有的一道生命景观。

（感　动）

仙华佛光

她大学毕业后在浦江仙华山当导游。这天,她接待了一个特殊的团队——客人中有个叫刘天杰的人,他是坐在轮椅上的。她接待过很多客人,但坐着轮椅攀登仙华山的客人,她还是第一次见到。

客人们轮流背着刘天杰一步步向山上攀登。当他们到达中途景点试胆石时都累趴下了,她也累得气喘吁吁。望着悬崖陡壁,刘天杰再也不愿向上攀登,他们恋恋不舍地下了山。

没几天,她又看到刘天杰来攀登仙华山。这次是10多人的团队,其中最引人注目的是个老太太——刘天杰的母亲,跑前转后忙个不停。在游览中,她了解到,刘天杰才18岁,小时候患病造成双腿瘫痪。不知什么原因,他一定要攀登仙华山。

经过努力,大家来到仙坛峰。这里岩石陡峭,一条叮当作响的铁链是登上顶峰的天梯。面对绝境,大家束手无策。这时候,老太太拿出一条布带,把刘天杰绑在身上,然后抓着铁链,一步一个脚印地向峰顶爬去。半个多小时后,母子俩终于登上了仙华山最高峰。

在顶峰,刘天杰惊喜地叫着:“妈妈,我看到佛光了……”她四处张望,远处云海茫茫,她什么也没看到。

10年后,当了记者的她去参加图书《佛光》的首发式,她发现作者就是刘天杰。刘天杰告诉她,他听人说,看到仙华佛光,就能实现梦想。于是,他就千方百计想去攀登仙华山。

刘天杰说:“从母亲背我登上顶峰那刻起,我的心头就充满了佛光。”他还说,他母亲很胆小,但为了他,母亲竟背着他登上了悬崖绝壁。想到伟大的母爱,他再也不会惧怕任何困难。

心中拥有爱的佛光,前行的路上就能无所畏惧,一往无前。他是这样,我们亦然。

(张以进)

月光记得那些爱 

当我们把爱分成许多份赠予他人时，往往也在不经意间成就了自己。

——顾晓蕊

我与父亲的经济往来

1985 年我上学之前，爸爸给我最大的一笔钱是压岁钱，10 元。最少的记不清了，大概够买一包“五香瓜子”喂饱我的馋虫。那时候，他每月工资三四十元钱。

1990 年之前，我过年收到的压岁钱都由妈妈代管；自从上了中学，那些钱都归我自己了。住在学校伙食自理，每周爸爸给我 20 元钱，其实那些钱根本花不完。初中 3 年我居然攒了 200 多元，后来给家里买了两只小羊。

1994 年上高中后，我在县城住校，父亲给我的钱也在逐渐增加。每年近 2000 元的学杂费，每月还给我 200 元生活费。那时候他的工资是 280 元。

1998 年我上大学的学费每年 2300 元，住宿费 120 元，雷打不动。另外，父亲每月还给我 300 元的生活费，每次都要 7000 元左右。大学 3 年有增无减，直到我工作。

我给父亲的第一笔钱是在 1999 年春天，23.5 元是我的第一笔稿费。那年寒假，父亲把那本发表我文章的杂志摆在家里最显眼的地方。

2001 年我工作第一个月的薪水是 650 元。我打电话给父亲要寄给他，他坚决不同意，我一再坚持，他后来没有办法就说，给你妈买点东西吧，咱家她最辛苦。我给妈妈买了一枚金戒指，680 元。当年爸爸的工资是 360 元，企业面临破产。

2002 年我用 2000 元稿费给下岗的爸爸买了一台彩电，过年给了妈妈 1000 元钱。他常对客人自豪地说，大儿子写出来的电视啊。

2003 年父亲的生日我汇款 1000 元。秋天他来我工作的城市送妹妹读书，我请他吃饭，他不去大饭店。我没有时间陪他在城里游玩，一周之后他说想家便回去了。火车票是他自己买的。

2004 年冬天母亲生病住院，我拿出 1 万给爸爸。当时他揣在棉大衣里一个劲儿摸，惹得妈妈在床上笑话他“没见过世面”。

2005 年父亲被查出患有严重的高血压，每天服药。我给他买了一台电子血压仪，打7折，398元。弟弟上大学我给父亲6000元。父亲常拿血压仪给串门的邻居用，妈妈很不高兴。

2006年春节，父亲催我赶紧结婚。我说等弟弟大学毕业再说。他一脸不高兴地说，你妹在你那边念书就给你添了不少麻烦了，我和你妈还能干活，年底刚卖了一头小牛，2300元呢。我不说话，自从下岗他的工资只有100元，弟弟第二年的学费、生活费少说也得7200元，差得远哩。父亲默默去了东屋。

我正和弟妹打牌，父亲过来说，你俩出去一下我跟你哥说点事情。他俩出去后，父亲说，我的事情不用你管，你28岁该成家了，不能耽误你，这两年你邮回来的钱我一分没动，你若买房子我把河堤上的树卖了再给你添点……

我打开存折，储户名付体昌，连利息总计32136.2元。存钱的次数很多，最少的560元，最多的1万元。

我的眼泪不争气地流了下来。

（付体昌）

月光记得那些爱

那时候，父亲在20公里外的砖厂打工，砖厂每个月末会放假一天。那是父亲最盼望的日子。他会在放假前一天晚上，换上母亲做的千层底的布鞋，翻山越岭往家里赶。

父亲回家的路很难走，有沟壑，有小溪，有独木小桥，有时干脆就是荒草丛生的小径，有时则是乱石林立。若是赶上了雨季，天黑，路滑，风硬，稍不小心，便会跌倒，弄得一身狼狈。然而，不管天气如何，父亲总会雷打不动地回家。因为一家子的人都在期盼着他，他回来了，家里便有了节日的气氛。

母亲会把好吃的东西留在父亲回来那天拿出来，慈眉善目地劝父亲多吃一点儿，父亲嘴上说着吃吃，却不停地把好吃的向我和弟弟妹妹面前推。一家人高高兴兴地聚在一起，听父亲讲完砖厂里的那些新鲜事，我和弟弟妹妹又抢着把自己的那一点点得意的好事讲给父亲听。然后，接受兴奋的父亲慷慨的赞扬，再接过他从兜里掏出的那些花花绿绿的小礼物——糖块、蜡笔、玻璃弹子、连环画册、羊拐等等。那些给我们的童年和少年时期带来无数快乐的小礼物，一直让我难以忘怀，在远离父亲的那些日子里，每每想起那些小礼物，心里总有说不出的温暖，像秋天和煦的阳光。

饭后，母亲会端来一大盆热水，看着父亲极舒坦地泡脚，母亲心疼地问父亲："累吧？走那么远的夜路。"

父亲笑呵呵地："不累，有明亮的月光一路陪着，还可以想想你和孩子们的模样，脚底下就像生了风，很轻快。"

"其实，你可以两个月回来一次，家里的一切你都看到了，不用挂念的。"母亲轻轻地搓洗着父亲磨出大洞的袜子。

"我知道你挺能干的，孩子们也都懂事，可是，我还得回来看看，看看一家子人都好好的，我回去干活儿轻松。"父亲慢慢地挑开脚底的血泡。

"有时候，我就想砖厂放假的前一天晚上，要是都能赶上满月该多好，在亮堂堂的月光里往家里走，心里也会亮堂的。"母亲能够想象到父亲晚归的路走得有多辛苦。

"不是满月也可以，有一点点的月光就行，还有那么多大大小小的星星呢，路上不会寂寞，也不会害怕的。"父亲很知足的样子，让我想起了小说家迟子建的小说《踏着月光的行板》里的那位农民工，想起了许多和父亲很相像的陌生面容，他们都身处卑微的社会底层，却都有着令人羡慕的快乐。

其实，父亲完全可以搭乘那班客车回家的，可他一直坚持步行回家，他说走路总比干活儿轻松多了，还可以呼吸山间乡野的新鲜空气，既锻炼了身体，还不用花钱。我知道，步行20多公里的坎坷路回家，可以省下两块钱的车票，那是他首先考虑到的，他可以用那钱给我们买一把糖块，买几个本、几支笔，也可以给母亲买一把漂亮的木梳。

（崔修建）

崔永元的慈善观

那是1988年的一天，当时还在中央人民广播电台《午间半小时》工作的崔永元正在拆看群众来信。一封信里隽秀的字体吸引了他。那是一封高三学生的来信，信中说他马上要参加高考了，但是家里很穷，即使考上大学，也没钱读。他写信来，就是想在回乡前和他所喜欢的电台节目告个别。

看了这封信，崔永元想，这孩子的字写得这么好，学习成绩也应该很好吧，如果就因为缺钱上不了大学，太可惜了。他马上拿起电话按学生所留的地址和学校联系，核实情况后，崔永元决定资助这个学生。后来那个学生考上了黑龙江大学，崔永元先后资助他学费、生活费共3000多元，直到他大学毕业。

转眼10年过去了，崔永元从幕后走到了台前，成了人们喜爱的主持人，而他也把做过的这件好事忘得差不多了。1998年，当他到黑龙江为自己的新书《不过如此》作签售时，一位老人突然跪在他面前，接着便哭了起来。后来才知道，这位老人正是他资助的那位学生的父亲。他特意赶过来，就是要当面感谢这个改变他儿子命运的人。

后来，崔永元每次到黑龙江，那位受过他资助的年轻人都会买贵重的礼物去看他。那一次，他又提着大马哈鱼来了。崔永元看出来了，年轻人这样做是在不断地还债，他总觉得自己欠崔永元的，一直背负着感恩与还债的双重心理负担。

崔永元说："挣钱了吗？挣钱了就把钱还我吧。"年轻人立即从兜里掏出了3000元，交给崔永元。"两清了，你不再欠我什么，以后我们都放下包袱，各自过好自己的生活。"说完这些话，崔永元没再与他联系过。

作为中央电视台的主持人，崔永元的收入不是很多，但这些年来，他却给慈善机构捐了不少钱，还先后资助了20多位学生，他组织的大型电视活动《我的长征》，筹集慈善捐款1500万元，帮助了230所学校，新建了20所小学。每次捐款，崔永元都只有一个要求，就是不要宣传。

"帮助别人，不是为了让对方感激你。"在谈到慈善事业时，崔永元说，"让施者与受者更为坦然，让眼泪少些，让下跪少些，让'一辈子感谢您的大恩大德'这样的话少些,我们的慈善机制才会真正完善起来。”

崔永元让受捐助者还回他的3000元钱,给对方心灵解脱,让对方找到尊严,这样的细节实在令人钦佩,它展现了他为别人着想的高贵品格。他让那些以一场拍卖会、一部电影、一场演唱会、一张唱片、一场时尚party等形式进行义演、义卖或捐赠的明星们黯然失色。

(薛　峰)

火　驴

那年麦收季节,我在乡村偶遇一场野火。那火烧得热烈,将夕阳的光辉都掩盖了——麦田里,一道长长的火墙竖起来,农夫们一筹莫展,眼睁睁看着麦秸白白浪费。

就在这时,附近一头健壮的公牛忽然发怒,冲向一匹小驴娃子。这驴娃子张皇失措,撒腿就跑,却被公牛撵上,一角戳在屁股上。驴娃子惊叫一声,“噌”地跃起来;但没等它落地,公牛冲上前,又一拱,驴娃子就地翻滚,滚到了火墙边。当时火势熊熊,温度很高,驴娃子显然被烫着了,一声惨叫,跳起来,倏地不见了——原来它跳到了火墙的那边。

惊恐的驴娃子呼声连连,而这边的母驴急得团团转,“吭吭”乱叫。火墙挡在面前,足以吓退一群狼——我很同情这“天涯”相隔的母子俩。其实,等火灭了,也就可以母子团聚,但驴不知道,以为末日降临,一直在那里大呼小叫,一“喊”一“答”。

这时,一个农夫走到母驴身边,拾起缰绳要拉它离火墙远点。驴子向来是温顺的,但此刻的母驴一反常态,挣着缰绳不愿意走。火墙那边的驴娃子还在叫,母驴“吭吭”作答。农夫拽急了,使了点劲,要母驴离开;母驴又一挣,缰绳“扑”地掉了。农夫面有愠色,在母驴屁股上拍一巴掌,说:“真是头蠢驴!”旁边的乡民们哈哈笑了。

就在农夫要捡起缰绳的那一刹，意外情况出现了——只见情急的母驴飞身跃起，向火墙猛冲过去——熊熊烈火挡不住一个母亲焦灼的心——在观众们的惊叫声中，“倏”，母驴不见了……

火熄灭后，人们面前出现的母驴简直丑陋至极：整个脖子上的鬃毛烧光光，黑糊糊地黏在皮上，还散发出浓烈的焦臭气。驴娃子紧贴母亲，它们缓步行进，神态安详，恢复了驴的温顺本性，一副与世无争的样子。

我有幸目睹了这一幕，它让我深深地感受到母爱——关于母爱的最动人的文字，也比不上母驴那奋不顾身的一跃。

（张小失）

女士优先

这次旅途是我一生都难以忘却的，虽然并没有发生什么惊天动地的事件，但我还是想把它告诉我身边的每一个朋友……

那天我出完差后，从乡镇搭车回城里。城乡公路路况很不好，坑坑洼洼的，还有一段正在整修。客车上的乘客也不多，除了我还有几位乡下中年妇女。

当客车经过一个叫枣花的小山村，有 10 多位上了年纪的大妈和大爷站在路边，他们都是等车去城里的，听他们的议论，好像是去城里参加一项什么老年活动。

看到这群老人颤颤巍巍地上来，我赶紧让出自己的座位。经过售票员前扶后托，那群老人终于全部上来了。这时，车厢里也热闹起来了，他们前呼后拥，纷纷寻找自己的位置。还不要说，今天真巧，他们刚好坐满了位置。等他们都坐稳后，客车马上要启动了。这时，路边又有两位大妈蹒跚着小跑过来。售票员对她们说，车上没有位置了，你们就等下一班车吧？可是，她们说有要事去城里，不能耽搁。售票员只好把她们俩扶上车来。

两位大妈上来后，发现真的没有位置了，只好把手里提的东西放在脚下，用双手紧紧抓住车厢里横杆上的拉环。我环视了一下，座位上除了两位上了年纪的老伯外，其余的都是女性。

这时，我听到了两位老伯嘀咕了几句，开车的刹那，他们"呼"地站起来，右手一摆，像外国绅士一样，很洒脱地对两位抓住拉环的大妈说了一句："女士优先，你们坐吧！"俩大妈先是一惊，然后说了几声"谢谢"，顺势坐了下去。

车子就这样摇摇晃晃地开着，到了修路的那一段，我和那俩老伯死死地抓住拉环，身体左右晃动，活像吊在树上的秋千一样，在车厢里飘荡。

我一直在想，当俩老伯说出那句"女士优先"的时候，是需要多么大的毅力和勇气啊！他们本来就70多岁的年纪，上车的时候脚腿就很不灵便。再说，老年男性与老年女性一样，身体同样很弱。"女士优先"这句很平常的一句话，对我们年轻的男同胞来说是很轻而易举的，可对两位70多岁的老伯……

有时候，生活中一句很看似很平常的话，就像这句普普通通的"女士优先"，却砸响了生命的最强音。下车后，看着这两位老伯互相搀扶着，蹒跚着渐行渐远，我的目光久久地停留在他们的背影之上……

（刘会然）

做贵人的贵人

表妹凤前年大学毕业，凭借一口流利的外语，应聘到一家外贸公司。她这只山窝窝里飞出的草根"凤"，能在繁华的都市落脚不容易，因而很珍惜这难得的就业机会，工作上格外勤勉踏实。

有一天，她正埋头写企划案，听到走道里一阵嘈杂声。她走出去一看，见琳拎起白色长裙，指着几颗米粒大小的污渍，尖声叫道："你怎么拖地的，泥点乱甩，也不瞅着点？”

对面站着新来的清洁工，是位50多岁的妇人，她歉意地说：“姑娘，对不起啊。”琳杏眼轻挑，冷讽道：“我这条裙子可是范思哲的，国际名牌，要是洗不干净，你赔得起吗？”

妇人低头不语，尴尬地站在那里。凤走上前替老人解围，说：“这条裙子，我负责帮你干洗。她也不是故意的，你多担待些。”

几位同事小声地议论着，琳不好再说什么，鼻子轻轻一哼，高跟鞋踏着清脆的足音，“咯噔咯噔”地走了。

凤留意起负责清洁的阿姨。每天干完活后，她便倚在仓库门前，拿起回收的旧报纸，翻过来翻过去地看。她的两鬓之间有星星点点的白发，神色安详慈爱，让她想起远在家乡的母亲。

从那以后，凤每天早上冲茶时，不忘了给清洁工阿姨送去一杯。她递上的是一杯水的关怀，却滋润了阿姨的心。之后，每次遇到她，阿姨都报以感激的微笑。

工作后的第二年，受金融危机影响，企业效益大幅滑坡，作为职场新人的凤被列入裁员名单。凤整理东西，准备离开公司，想起这一年的辛苦打拼，以及未知的前途，眼泪无声地滑落。

这时，清洁工阿姨走过来，轻轻拍拍凤的肩膀，递给她一张写有电话的纸片，说：“你明天打电话过去，到这家公司应聘一下试试。”凤不解地抬起头，阿姨已转身离开。

第二天，凤抱着一线希望，按那个电话打过去，受到对方的热情邀请。经过面试，凤被一家规模较大的中外合资企业聘用。

原来，清洁工阿姨是那家公司人事部经理郑凯的母亲。凯是个孝子，把在乡下寡居的母亲接来同住，但劳碌了一辈子的母亲，不惯于城市的清闲，便给自己找了份差事做。凯倒也开明，只要母亲高兴，挣的全是快乐。

颇具戏剧性的是，凤后来和凯牵手婚姻。善良的种子竟开出最美的爱之花，促成了一段佳话。

在一次家庭宴会上，凤讲起这段经历。大家纷纷说她运气好，遇到婆婆这位贵人，不料一向讷言的姨父说：“只有多去帮助别人，才会得到别人的帮助。”

人生路上遇贵人，就此峰回路转，花香满径，是许多人暗暗期许的。其实，不妨先放低自己，做贵人的贵人。当我们把爱分成许多份赠予他人时，往往也在不经意间成就了自己。

（顾晓蕊）

那些幸存的孩子

2010年5月12日，这是一个令人悲伤的日子。利比亚航空公司一架客机坠毁，有92名乘客和11名机组人员遇难，只有一名荷兰籍10岁男童幸存，创造了一个生命的奇迹。

看完这则新闻，我陷入了沉思。那么多体格健壮的成年人，那么多飞行经验丰富的机组人员，为什么偏偏一个柔弱的小男孩成了唯一的幸存者呢？

科技人员们是这样解释的：因为小孩子体型小，易于躲过四射的爆炸碎片，而且小孩子体液多、造血快，较易存活。

对于这个答案，我是不满意的。覆巢之下，焉有完卵？体积再小的孩子，也躲不过那般密集的碎片，也承受不了爆炸时那般巨大的冲击波。

空难的具体经过已经无从探求，但我宁愿相信：飞机遇险的消息传来，机舱里一片惊恐。父亲与母亲彼此对望一眼，然后，母亲把孩子紧紧地搂在怀里，父亲迎面搂住了母亲。就这样，两个大人双臂互搂，身体微微弯曲成半弧，合成一个细长的“心”形，孩子被严严实实地护在中间。突然，轰隆一声巨响，浓烟滚滚，大火纷飞，碎片四溅。父亲与母亲的身上插满了飞溅的钢片，鲜血汩汩地流淌。终于，他们痛苦又颇感欣慰地阖上了双眼，但是，他们的双手仍然紧紧地搂着对方，他们的怀里，孩子如天使般安详……

我不是科学家，对于小男孩的幸存，我只能这样解释。我相信，这是真的，这是唯一的真相。我更相信，任何一对父母，在这样的危难情境中，都会做出同样的选择。

2009 年 6 月，也门航空一架空客 A310 飞机遇到恶劣天气，在科摩罗群岛附近坠毁，153 人遇难。仅有 1 名 12 岁的女孩儿幸存。

2003 年的苏丹航空公司空难中，116 名乘员丧生，仅 1 名 3 岁男孩生还。

1998 年，中国台湾发生的空难造成了 196 人丧生，仅 1 名 10 岁男孩生还。

1997 年，一架越南航空公司的飞机坠毁，除了 1 名泰国男孩幸存外，机上其余 65 人全部遇难。

1995 年，在哥伦比亚，一架飞机在半空中发生爆炸，1 名 9 岁的女孩是唯一的幸存者。

1987 年 8 月 16 日，美国西北航空公司客机起飞不久引擎瘫痪坠毁，154 人死亡，4 岁女童生还。

…… ……

所有的这些难道仅仅是巧合吗？

那么多的空难，那么多幸存的孩子，汇成一条感动的河，刹那间将我击得泪流满面。如果，这个世界上有人能毫不犹豫地把生的希望留给他人，把死的结局留给自己，我相信，只有父母对孩子才能做出这样的行为。这是一种无私无求无怨无悔的人间大爱，无论是布衣还是王侯，无论是恶霸还是善民，他们的胸中都有着一颗相同的，对子女晶莹剔透的心。

（朱国勇）

名厨的乐趣

杰夫·甘比诺的祖父年轻时便从印度移居澳大利亚。他很小的时候，便对厨师这一职业产生了浓厚的兴趣，而家人的鼓励和支持，更给了他孜孜不倦钻研厨艺的热情。他进步飞快，凭着高超的厨艺和管理能力，不到 40 岁就成为澳大利亚餐饮界赫赫有名的人物，并建立起了自己庞大的餐饮帝国。

事业成功的杰夫·甘比诺购置了许多奢侈品，包括17匹良种赛马和一辆顶级的劳斯莱斯轿车。然而，巨大的财富和安逸的生活，并没有给他带来太多的乐趣，他很快便厌倦了那种追逐名利的享乐生活。45岁那年，他毅然地放弃了正蒸蒸日上的餐饮事业，卖掉了许多家产，投身慈善事业，把主要精力转向为社会底层的人们提供帮助的公益活动。

杰夫·甘比诺在首都堪培拉创办了技能培训班，专门为那些因缺乏谋生技能而流浪街头的人提供免费培训。他亲自筛选培训的内容，制订了详细的培训计划，并自掏腰包聘请经验丰富的培训师。他还亲自走上前台，一板一眼地教那些毫无基础的流浪者掌握烹饪技术，把自己高超的本领无偿地传授给那些城市游民。如今，他坚持不懈，以一己之力，已帮助1000多人掌握了谋生本领，让他们无需再沿街乞讨，让他们不再露宿街头。

杰夫·甘比诺还常常走进脏乱不堪的贫民聚集区，为那些无家可归者提供食物。每个星期，他都会抽出两天的时间亲自下厨掌勺，为流浪者做一些免费的美餐。当有人看到他乐呵呵地在厨房中忙忙碌碌时，不解地问他："为什么放着那么多赚钱的事情不去做，却甘愿在这里为流浪者服务？"他坦然道："我从来没有像现在这样享受烹饪的乐趣，虽然不赚钱，但我赚到了快乐。"

其实，就在杰夫·甘比诺将目光投向慈善事业的那一刻起，他就真切地感受到了比赚钱更大的乐趣。一次，他受邀参加一个重要慈善活动。他在活动现场只选用了几个西红柿、土豆和少许的作料，便魔术般地烹制出一道色、形、味都别具一格的佳肴，令前来参加活动的宾客赞不绝口，他由此为一所孤儿院募集到了一笔可观的善款。后来，他曾几次对记者得意地提及此事，欣然地表白："我骄傲自己拥有很棒的厨艺，更骄傲的是我能够用自己的厨艺为他人做一些看得见的好事，那种无法用语言形容的乐趣，真实而美好。"

原来，真正的慈善，不只是出于富者的爱心、慷慨、社会责任等，还出于对自己行动的一种发自内心的喜欢，出于一种造福社会、奉献他人的乐趣。而正是慈善者们的这些高尚的乐趣，才使许多社会公益事业得以蓬勃而恒久地发展。

（崔修建）

带上一包泥土

二舅是南沙群岛的渔民。因长年遭受南沙强烈紫外线的照射，二舅的脸庞变成了古铜色，结实的肌肉，像一块块铁疙瘩，在阳光的照射下，泛着诱人的光泽。

记得孩提时，我常常问母亲，舅舅家为什么住在那么远的地方啊。

母亲听了，总是和蔼地抚摸着我的头，说道："孩子，那是我们祖祖辈辈生活的地方啊，你二舅熟悉南沙大海的一切，大海的鱼儿也认识你二舅。每次出海，海底的鱼儿就会欢快地跳出海面，像在欢迎你二舅呢。"

上学了，通过地理课，我对南沙群岛有了更多的认识和了解。知道了南沙群岛主要岛屿有太平岛、中业岛、南威岛、弹丸礁、郑和群礁、万安滩等，知道了曾母暗沙是我国领土的最南点。

我想起了二舅。他一定到过曾母暗沙，在那里，他捕到过祖国最南边的鱼，那鱼味美、细腻，是天下最好吃的鱼。累了，二舅会躺在松软的沙滩上，洁白的浪花轻吻着他的脚丫，痒痒的、酥酥的。他幸福地笑了，笑得很甜，很纯。

去年我去看望二舅，正赶上二舅要出海捕鱼。我发现二舅出海前，先从陆地上装一包泥土，神情十分庄重、虔诚。

我笑道："二舅，您出海捕鱼，带一包泥土干吗？"

听了我的问话，二舅站起身来，眺望着远处深蓝色的大海，深情地说道："南沙群岛自古以来就是我国的领土，我国渔民世世代代在南沙群岛海域作业。但是，这些岛屿海平面很低，每当涨潮时，这些岛屿许多地方都会被海水淹没，只露出一点岛尖。从祖辈上开始，我们渔民就留下了一种习俗，每次出海时，什么都可以不带，但唯一不忘的是带上一包泥土。到了南沙群岛，我们就将这些泥土填在岛上。天长日久，这些岛屿渐渐长高了、长宽了，涨潮时，这些岛屿就不会被海水淹没了。"

从陆上带上一包泥土到南沙群岛，这么一个细微的细节，让我看到了二舅他们心中的那份虔诚和挚爱。南沙群岛，那些星罗棋布散布在大海上的岛屿，在二舅他们心中，就像是自己的孩子，总免不了对它们百般地呵护和牵挂。

我弯下腰，也装上了一小袋泥土。我将泥土双手递到二舅手里，对二舅深情地说道："也替我带上一包泥土吧，把这包泥土埋填在南沙群岛上，也填上我的一颗心！"

二舅听了，激动地说道："孩子，放心吧！我一定会把你这份泥土填在南沙群岛上，填在我们的心坎上。"

（李良旭）

母亲的潜能

同事小陈刚刚做妈妈不久，脸上洋溢着遏止不住的幸福神情。每隔几天，她就会往自己的空间里上传几张宝宝的照片。宝宝长得虎头虎脑，煞是可爱。每张照片，还都起了个充满诗意的名字。例如：有张照片，标题是"宝宝的白日梦"，宝宝趴在枕头上睡着了，印花枕头上的碎花，像是满天的星星。

还有一张，取名"手指的滋味"，宝宝斜躺在沙发上，将一根手指含在嘴里，正有滋有味地吮吸着呢，大大的眼睛眯成了两条细缝，很陶醉的样子。照片构图巧妙，灯光恰到好处，最关键的是捕捉到了宝宝最可爱的瞬间，一看就是专业水准。然而，让我们绝没有想到的是，这些照片竟然是出自小陈之手。这怎么可能？从来没听说过她会拍照片啊。记得以前单位集体旅游，她是从来不带相机的，她说自己对机械的东西很不开窍。

小陈脸红红地说，真的都是自己拍的。宝宝出生后，为了记录下宝宝的一举一动，一笑一颦，从来没有拍过照片的小陈，开始学起了照相，为了拍好照片，她还特地让丈夫买回了专业的单反相机。与我们平时用的傻瓜相机比，这可是真的机械的家伙。对照着书本，几天下来，小陈就基本摸清了照相机的门路。很快，什么用光啊、对焦啊、构图啊，这些摄影的基本问题也都一个个迎刃而解。拍出来的照片效果也是越来越好。开始的时候，连她自己都不敢相信，这些照片是出自自己之手。几个月拍下来，小陈已经很有些摄影师的范儿了。

可是，有一个问题我们还是难以相信——怎么就能捕捉到那么精准的瞬间，那么生动传神的表情呢？小陈笑着反问我们，还有谁比她更了解自己的宝宝？每位妈妈的眼睛，其实就是最好的快门，如果妈妈们都拿起照相机的话，每个妈妈都一定是孩子最好的摄影师。

妈妈的眼睛，就是最好的快门。她的话让我豁然开朗。是的，还有谁比妈妈更了解自己的孩子？而在伴随孩子成长的过程中，妈妈的潜能也是被慢慢挖掘、升华起来的。

上个月，我接到一位老乡的电话，他说他的妻子要到杭州来陪孩子参加艺考。他的女儿报考了一家高校的艺术专业，专业课要提前考。老乡的妻子我们也是认识的，一个典型的家庭妇女。接到老乡的妻女后，将她们安顿好。第二天，孩子去考试了，我和妻子陪她在考场外等待，便闲聊起来。她告诉我们，孩子从幼儿园开始就喜欢写写画画，他们就有意培养她学习绘画，开始是在少年宫学，每周两节课，都是她陪同接送的。后来，孩子的绘画有了提高，他们又花大价钱，给孩子请了家教，直接到老师的画室上课。她说，这些年，都是她陪着孩子在画室度过的，为了给孩子开阔眼界，她还到处陪孩子看美展，参加各种各样的美术比赛。

讲到孩子和绘画，老乡的妻子似乎有说不完的话题。她朝考场里幽幽地望了一眼，叹口气说，孩子特别喜欢克里姆特和莫奈的画。她的绘画基础不错，就是色调处理得不大好，特别是明暗对比，比较欠缺，老是会出现处理不当的色块……还有个就是笔法也常常处理不好，最担心的就是她的“刮”和“砌”，因为不到位，缺乏立体感和纵深感，三度空间不明晰……

说实话，听她讲这些的时候，我简直如坠云雾。以前在老家时，我们常到她家蹭饭，她烧得一手好菜，话题也是围着厨房转，没想到，几年不见，在伴随孩子学习的过程中，她自己也几乎成了半个行内人，那些生僻、孤傲的专业名词，对于她来说如白菜萝卜一样，可顺手拈来。

这几年，常有外地的老同学、老朋友、老邻居领着孩子来杭州参加艺考，有的报考的是主持人，有的报考的是音乐专业，有的报考的是书画方向……无一例外，这些曾经对主持、音乐、书画统统一窍不通的老同学、老朋友、老邻居，如今一张嘴都是专业术语。有个学音乐的孩子的妈妈，以前看简谱都像看天书一样，现在不但熟谙五线谱，还会弹钢琴，拉二胡，奏古筝，她自嘲地说，自己的这些潜能，都是伴随着孩子的成长，在孩子的激发下，迸发出来的。

她说得没错，母亲身上的潜能，很多是为了子女的成长而萌芽爆发的。那也是爱的潜能，爱的释放。

（孙道荣）

向黄羊致敬

这是不久前发生在蒙古国境线上的一个真实故事。一场大火，在蒙古国草原上燃起。火势在风力作用下迅速向南蔓延，并越过国境线的铁丝网，烧向我国境内。

当大火逼近时，准备扑火的边防战士们突然发现，在大火的追赶下，几千只野生的黄羊，向南狂奔而来。但是，国境线上的铁丝网挡住了它们逃生的去路。远远望去，羊群横向绵延数十公里，在铁丝网的另一侧徘徊辗转。而在它们后面，浓烟滚滚，大火越烧越近，也许只要十几分钟，它们就会被烈焰吞噬，生死线上的黄羊让大家心头沉重。

就在这危急时刻，令人们震惊的一幕出现了。有一部分黄羊竟然发疯了一般，它们用自己的身体狠狠地撞击着铁丝网，但是，铁丝上的一根根铁刺，划破了它们的皮毛，扎进它们的皮肉里，没过多久，撞击者们已是伤痕累累，鲜血染红了它们的身体。但是，它们似乎浑然不觉，仍在执著地冲撞着。一次，两次……不知是在多少次痛苦的刺伤之后，牢固的铁丝网护栏终于奇迹般地被撑开了一个个缺口。在它们的带领下，其他的黄羊快速地钻过缺口，进入了安全地带。

当时，在数十公里的国境线上，这些生灵们此起彼伏的跳跃与撞击，似一幅律动不息的悲情长卷。所有目睹的人,都被这一幕震撼着,动容着。

黄羊,是性情温顺的食草动物,在草原上,它们一直是被其他猛兽捕猎的弱者。它们舍身撞击铁丝网的勇气和力量让战士们刮目相看,也疑惑重重。难道这些黄羊勇气和力量只是求生的本能?

黄羊越境后,有几位战士们负责跟踪和观测它们。正是在观测中,他们发现了这些黄羊的秘密:那些因撞击铁丝网而受伤的黄羊,竟然都是即将产崽的雌性黄羊。

为了能让自己腹中的幼崽躲过劫难、平安降生,这些黄羊母亲用血肉之躯,演绎了一幕史诗般的生命之歌。

那天,面对这些遍体鳞伤的黄羊,战士们肃然起敬,敬了一个军礼。

(感　动)

世界上最棒的运动员

上幼儿园的时候,父亲是一名举重运动员。我就是他的杠铃。他轻轻一举,我就坐到了他的肩上,在我童年的记忆里,他永远是举重冠军。

上小学的时候,父亲是一名自行车运动员。每天我坐在后座上,他平稳而轻巧地穿梭在铃声作响的人潮中,准时把我送到校园门口。他山一样的肩膀能给我遮风挡雨。

读中学的时候,父亲是一名拳击手。那些街头的小混混欺负我时,父亲会站在身边,像拎小猫一样把他们举在半空。再没人敢来惹我,从此我可以安心读书。

上大学的时候,父亲是铁人三项运动员。那年开学前,他冒着秋雨,先步行几公里,然后从镇上骑车几十公里去亲戚家筹学费,用一身疲惫为我打点好行囊。

当我离家远行的时候,父亲是一名射击运动员。汽车已经开出很远,他依然站在那里张望我这颗模糊的"飞靶"。

刚参加工作的时候，父亲是一名教练员。他给我忠告，让我忘掉"成绩"，从最艰苦的工作岗位开始做起，打好基础，一步一个脚印前行。

第一次失业时，父亲是一名摔跤运动员。他把醉醺醺的、萎靡不振的我一次次掀翻在地，呵斥我重新站起来。

生病的时候，父亲是一名短跑运动员。一夜之间，他穿越了万水千山，来到我的病床前，让我在寂寞的异乡有了依靠。

成家的时候，父亲是一名火炬手。在我向他叩拜时，他把一个男人对家庭的责任传给我，也教给我对生活的态度。

当我步入中年的时候，我也做了举重运动员、自行车运动员，才知道男人在人生这个运动场上的地位。

而今天，鬓角斑白的父亲依然在故乡辛勤劳作着，像一名皮划艇运动员，艇上载满生活的艰难和希望，他依然在寂静的岁月里努力地挥动桨板，自食其力，永不停歇。

人生就是一场竞技比赛，父亲是儿女的榜样，虽然并不是所有的父亲都能摘得金牌，但他们却都是世界上最棒的"运动员"。他们都在人生的不同阶段扮演着不同的角色，为家庭和儿女奋斗一生，永不放弃。

当我们在人生竞技场上摘金夺银、风光无限时，不要忘了为我们的"运动员"父亲也献上一枚闪光的奖牌！

（付体昌）

分享爱

毛利辉到云南吉利镇支教时，刚到黄荆村瓦房小学，就被眼前的景象震惊了：全校 33 个学生没有一个穿好鞋的——有的鞋开了 5 个大口子；有的鞋帮没了，是用绳子捆在脚上的；有的鞋不是一双的；有的鞋非常大，大得无法跑动；有的鞋没有后跟……他举起相机，一一拍下这些鞋子。

当天晚上，毛利辉把这些照片发到了他常去的云南信息港上。在帖子的结尾，他留下了他的地址和联系电话。他强调说："孩子们不接受捐款，只接受捐赠的衣物、鞋袜。数量和新旧程度无所谓，他们急需的是温暖和爱！"

一周后的一天，毛利辉接到吉利镇邮电所的通知，叫他过去领包裹。这是毛利辉收到的第一批捐赠，是几个广州、上海等地的网友自发捐赠的，8 个箱子里面分别装着 33 双新布鞋、33 双新袜，还有小孩和大人的外套。这就是说，学校一共有 33 名学生，每个孩子都能分到 8 套新鞋袜。这大大出乎他的意料。更没有料到的是，更多的包裹又接连不断地来了。在一年时间里，瓦房小学一共收到了 6000 多个包裹，20 多万件衣服和文具，镇里的 8 个村，近 3000 名学生、2 万多群众都分到了捐赠的衣物，仓库里面待发放的衣物，还可以让几千人得到温暖，而一个个的包裹并没有停止的意思，仍在不断地涌来……

这天，毛利辉发放完了衣服和鞋子，把学生们叫到一起，给大家读了一封信。这封信是上海汇丰银行的员工们，在寄给瓦房小学包裹的同时，专门写给孩子们的。

"亲爱的孩子们，我们从网上毛老师发布的信息处知道你们的现状，被深深触动。生活在上海，我们只是一群平凡的公司职员，每天波澜不惊地在写字楼工作。逐渐地，我们对生活的期待少了，慢慢变得麻木。但是，看到你们的鞋子、衣服和眼神，我们了解了生活的另一些面貌，所以，我们觉得这不是一次捐助或者帮助，而是分享，只是分享。我们所做的是那样微不足道，只是想让你们相信，这个世界是一个微妙而美丽的圆圈，所有的人都是连在一起的，你们并不孤单。因此请不要悲观，任何时候不要失去希望，并要保持不懈的努力，你们心里期盼的都会慢慢获得……"

是的，所有的人都是连在一起的，世界是一个微妙而美丽的圆圈，对于瓦房小学的孩子们来说，他们心中这美丽的圆圈上，毛利辉和上海汇丰银行的员工们，都是美丽的连接点。而圆心，是爱，是关心，是温暖，是未来。

（薛　峰）

痴母情

昨天帮朋友筹备婚礼,晚上又顶着冷风骑车回家,一觉醒来忽觉鼻塞头痛。我心想是感冒了,第二天还得上班,不敢耽搁,便早起找了一家小诊所。诊所里的女医生很亲切,量完体温,她说没事儿,就是有点儿着凉,打一针就好了。

我正准备兑药,就见一个中年男人搀着一位老太太走了进来,老太太目光呆滞,嘴角流着口水,中年人不时用手帕给她擦一擦。女医生招呼他们坐下,问老太太哪里不舒服。中年人笑了笑说:“不是我妈,是我感冒了,在家试过体温有点儿发烧。”大概是见我们疑惑,他又解释说:“我爱人今天有事儿出门了,我不放心我妈一个人在家,所以把她老人家也带了过来。”老太太挎着儿子的胳膊冲我们嘿嘿一笑,扯起衣角就往嘴里塞,夸张地发出吃东西的声音。见我们一乐,她又得意地笑了起来。

女医生对中年人说:“最近几天感冒的还挺多,您跟这位先生的症状是一样的,打一针就差不多好了。”说完指了指我。我说:“既然这样,您就先给这位大哥打吧,反正我也不急,可以再等等。”中年人感激地对我笑笑。

女医生取出注射器,把药水吸干,示意中年人做好准备。老太太见小护士拿着注射器走过来,死活不让她靠近儿子,中年人耐心地给她解释,过了好一会儿,她才好像明白是怎么一回事儿了,轻轻点了点头。然而,就在女医生聚精会神地往下扎的那一刹那,我们全都大喊了一声“啊”——注射器没能扎进中年人的身体,却扎在了老太太的胳膊上,痴傻的老母亲竟然为儿子挡住了针头!女医生惊呆了,一时间手足无措,慌忙拔出针头,鲜血从针眼里涌了出来。

老太太丝毫没有理会我们的反应,倒像是完成了一项伟大的使命,脸上乐开了花,嘴里嘟囔着:“挡住了好,挡住了好……”中年人眼里噙着泪水,用药棉摁住母亲的伤口,尴尬地对我们说:“真对不住,我还是拿点儿药回去吧,这打针的费用我也照付。”

中年人很快结完账,又跟我们打了个招呼,搀起老母亲走了。他们走后,女医生拿注射器的手还在颤抖,她揉了下鼻子,红着眼睛问我:“先生,要不您下午再来好吗，我实在是……”我不等她说完，摆摆手走出诊所，此时我非常理解她的心情，否则我怎么会也哽咽着讲不出话呢？

（刘学正）

问　　路

前些日子，表哥给我打来电话，告诉我他在华凯公司给我找了一份保安工作，让我马上过来报到。第二天，我就扛着行李踏上了开往省城的汽车。

到了省城后，尽管表哥在电话里已经把这家公司的地址说得清清楚楚了，但是面对大城市的喧嚣和繁华，我还是有些晕头转向。没办法，我只好向路边的一位卖报纸的大爷打听路，那位大爷没回答，却问我：“你买报纸吗？”我摇了摇头，大爷说：“不知道！”

这个时候，迎面走过来一个牵着小狗的漂亮少妇。那只小狗可能对我裤脚的泥浆很感兴趣，居然在我的脚下嗅来嗅去。我想这正好是一个打听路的好机会，就一边逗小狗，一边问那位少妇：“大姐，请问去华凯公司怎么走啊？”但是，我没想到的是，那个女人却对我杏眼圆睁：“你叫我大姐？我有那么老吗？”说完，一边牵走小狗，还一边呵斥道：“贝贝，告诉你多少次了，脏东西不要碰！”

这个女人的话让我心里有些发堵。这时候，一直站在我身边看报纸的一个20多岁的小伙子说话了：“你找华凯公司呀？从这往南走，过三道街，再向左走过立交桥，往北200多米就是。”他见我还是有些发懵，就接着说：“你们乡下人真笨，我领你走！”虽然他骂我笨的话叫人来气，但是他主动给我带路还是叫我感激不尽。

15分钟后，我终于看到华凯公司的大门了。我正要向这个小伙子表示感谢，忽然从后面赶上来一个骑自行车的女孩，她大声地向那个小伙子喊：“二哥，你怎么不在楼下看报，跑到这里来了？爸妈不是告诉你不许乱走吗？”说完，她向我抱歉地一笑:“我二哥因为失恋受了刺激,精神不是太好,他没有吓到你吧?”我赶紧摇头。

那个小伙子被他的妹妹领走了。那一刻,我忽然想哭。

（陶百军）

因为幸福

在英国利物浦市郊的一个人口不多的小镇上,人到中年的詹妮开了一家不大的花店,虽然生意不十分兴隆,可詹妮仍每天笑容满满地照料着小店。

除了经营花店,詹妮还喜欢购买彩票。她每周去附近投注站买一次,每次只买两张,而且是随机选号,从不花费时间和精力去琢磨如何中奖的问题。10多年里,她连一次小奖也没中过,但这并未妨碍她一直饶有兴致地购买彩票,似乎她一直在做着一件很幸福的事情。

2009年12月7日,像往常一样,詹妮坐在花店里,打理着刚运来的鲜花。在整理那些废弃物时,她不经意地一瞥,看到包裹鲜花的一张报纸上刊有彩票中奖信息。她拿出随手夹在书里的彩票,幸运之神这一次竟眷顾了她——她中了1000万英镑的特等奖。一瞬间,她有些不敢相信自己的眼睛了,她忙打电话向远在郊区农场里工作的丈夫报喜。丈夫激动地向她祝福,问她计划怎么支配那笔丰厚的意外收获。

这真是一个重要的问题,的确应该好好想想。这么多年来,她第一次在周一关闭了花店,整整一个下午,她都在思考着该怎么去支配这笔飞来的巨奖。她想到了去国外旅游,想到了购买一栋别墅,想到了给丈夫换一台新车,也想到了去伦敦投资一个更大的花店……那么多想法,搅得她一时心海难平,兴奋中裹挟着焦躁与迷乱,脑袋也有些发胀得疼痛起来。

最终,詹妮想出一个最简单的支配方案——将大奖所得全部捐献给一个医疗基金会。

捐了大奖的她继续愉快地经营着自己小小的花店，她还像以前那样买彩票，丈夫依然津津有味地帮着农场主种菜，一双儿女依然快乐地骑着单车上学……她的生活丝毫没有因为中大奖而有所改变。

后来，一家报社的记者得知了詹妮的事情，敬佩而不解地问她为何作出那样选择。她一脸轻松地回答："因为幸福。"

"幸福？只是因为捐赠而幸福？"记者面带困惑。

"捐赠的确是一件幸福的事情，最重要的是，我原来一直生活得就很幸福——我有一个好丈夫，有两个好孩子，还有自己喜欢做的事情。我没有因为中奖而改变我已经拥有的幸福生活，这就是我丝毫不后悔那样做的原因。"詹妮笑容满面，手里依然摆弄着鲜花。

"其实，那样一笔巨奖完全可以让你们的生活变得更富足、更幸福的，比方你可以拥有一个更大、更漂亮的花店。"记者还是有些不解。

"你说得有道理，可是，我现在已经在享受幸福的生活了，分一些幸福给别人，不是更好吗？就像我守着这些鲜花，我已经看了它们的美丽，闻到了它们的芳香，让更多的人欣赏到它们的美丽和芳香，是我最愿意做的事情，也是最让我幸福的事情。"詹妮纯净的眸子里，闪着晶莹的亮光。

（崔修建）

两张船票

10 年前，我们公司股票成功上市，生意红红火火。全国各地的客户代表应邀来参加"学术交流"，刚参加工作的我被安排到会务组，负责接待客人。客人们一个个衣着光鲜，神采奕奕，他们大都是各实权部门的领导。我小心谨慎地工作着。

那天下午，两个衣着朴素的人在会务组门口徘徊，很焦虑的样子。原来他们正在为晚上去大连的船票发愁呢。我一问才知道，刚才会务组的同事告诉他们，公司的小车全部被派出去了，暂时不能帮他们去买票。我知道，其实是大家根本没在乎这两个人，因为他们只是其他公司派来的普通代表而不是领导，没人愿意“白跑”一趟。

看着客人焦急的样子，我想万一汽车回不来，耽误了船咋办？我二话没说跨上自行车就往市里飞奔而去。回来一路上坡，我的西服全湿透了，客人非常感动。

后来，客人们纷纷离开，那两个人特意找到我，记下我的名字，还送给我两张名片。原来他们是一家石油公司的小科员。那是我忙忙碌碌的几天里头一次有人问我的名字，也是那几天我第一次收到名片。

在公司的第3年，我被调到销售部工作，那件小事早已被忘得一干二净。虽然我很努力，但是业绩平平。就在我要气馁的时候，一天，负责销售的副总把我叫到办公室说，一家石油公司要给我们一笔200多万元的合同，人家指定要我去签。同事们都说我走运，自己也纳闷。

到了那家公司我才明白，原来当年我帮忙买船票的两个人已经是这个石油公司物资部门的负责人……此后几年间，我没有费丝毫力气，就从那家石油公司拿到了很多合同，还因此被公司评为优秀员工。

有一次，我跟那两位老兄喝酒，他们有点醉，却很认真地说：“小付，其他公司来求我们的业务员排成长队，我们为什么把单子让你做？就是因为那两张船票让我们知道了什么是被人尊重，什么是真诚……”

很多新同事都说业务难做，其实，我认为只要真诚地对待身边的每个人，你就会有意想不到的收获。可能你一个善良与体贴的举动，就会让人对你感激很多年。

（付体昌）

做好亲人的“三陪”

周末，我与一位久未谋面的朋友通电话，问他近况如何。朋友张嘴便是“忙啊”。我细听，电话那端分明有嘈杂的声音，像是从电视中传出的。我再问：“真忙？”“真忙，”朋友说，“在忙着陪母亲看连续剧！”

我一怔，心里一暖。

在我的意识里，所谓忙，要么是忙一些永远也忙不完的工作，要么是忙一些毫无意义的应酬，要么是忙一些无聊至极的私事。不是吗？看看身边的人，都是很忙的样子，没有人说自己是闲人，无论为事业、为赚钱、为生计、为责任，大家都忙得不可开交。但是，忙到头，心里还是空荡荡的，感觉收获甚微。忙，几乎成了现代人生活的代名词；忙，也掩盖了现代人内心的空虚。

可是，朋友在忙着陪母亲看连续剧。

我想起蒙古族作家鲍尔吉·原野的一段经历来。不久前，鲍尔吉·原野去俄罗斯联邦的图瓦共和国游历。在该国的首都克孜勒市，星期天的大街上行人稀少，冷冷清清。这里的人民生活富足，虽然商店里面物品并不见得奢华——这是对西方社会的消费观念而言。但是，这是休息日，人们都去哪儿了呢？

陪同的图瓦艺术科学院院长告诉鲍尔吉·原野：“人们都在家里。”

鲍尔吉·原野问：“在休假日，人们不出来散步或购物吗？”

院长说：“购物？只有日本人、韩国人还有你们中国人才购物，我们在家里喝茶。图瓦人喜欢待在家里，说说话，看着亲人的脸。”

鲍尔吉·原野被“看着亲人的脸”所打动。

而我，也被这句话打动了。

我们不妨问问自己：难得的周末，你是否愿意待在屋里陪家人看连续剧？你有多久没有看着亲人的脸了？你端详过他们吗？你是否发现他们头上多了一根白发，脸上多了一道皱纹？

亲情是一种责任，更是一种享受。血缘关系是永远无法改变的，但感情需要经营，需要培养，需要编织，需要沟通。有很多事，不能用忙作为借口而推脱掉。

有一句话这样：一定不要忘记或疏忽了情感中的三陪——陪读书的孩子看书，陪忙碌的妻子解闷，陪年迈的母亲说话。这并不是什么难事，但难的是我们是否能真正丢掉外面的各种应酬。其实，当我们能多花点时间去陪家人时，家人幸福，我们才会真正感到幸福。

（薛　峰）

学车父女

炎热的暑假里，学校的操场上来了一对学骑车的父女。

准确地说，是女儿学，父亲保驾护航。

开始，车后父亲的两腿总是分得宽宽的，双手牢牢钳住车架，随着女儿一顿一顿地向前滑行，父亲则一跳一跳地紧跟，姿势十分滑稽。

初学骑车的女儿好奇而又慌乱，她一圈圈不知疲倦地蹬着，父亲则一圈圈粗喘着气紧跟。父亲总是不断地鼓励女儿说："别怕，别怕，有我在后面呢。记住，两肩放松，保持平衡。"可是，女儿的自行车压根不买账，一会儿强行地左歪，一会儿又强行地右歪。

每次休息时，父亲一边给女儿擦汗，一边递饮料，嘴里说："不错不错，比刚才好多了。"看着女儿喝水时的小喉骨幸福地跳动，父亲用口水湿润焦渴的喉咙，露出欣慰的笑。

一个星期过去了，女儿的车技有了很大进步。现在，父亲只要一只手控制后车架就可以了。只是女儿的车速快了，父亲必须一圈圈快跑才能跟上，几圈过后的父亲总是大口大口地喘气，显得体力不支。"歇歇吧，别晒黑了皮肤。"父亲给女儿正正遮阳帽，劝女儿休息。"不行不行，我们开了学还准备骑车去郊外玩呢。"

女儿的车技越来越纯熟，只是车速更快了，此时的父亲已被太阳晒成了"黑熊”，他得躬着腰斜着身子笨拙地快跑才能跟上。不知是故意的，还是体力原因，此刻的父亲总会时不时地松一下手，挺直腰，深呼吸几下，再紧跑几步扶住车子。渐渐地，父亲放开的间隔长了，更长了，最后索性完全放开了手，自己气喘如牛地蹲在地上。

女儿像只快乐的百灵，一边“哦哦、哦哦”地开心地喊着，一边不自觉地加速。经过一个转弯，她无意向后斜睨了一眼，发现父亲不在身后，她突然紧张起来。于是“唉唉唉唉”地惊叫，紧接着“扑通”一声摔了个“人仰车翻”。

父亲见状，百米冲刺般奔向女儿。你很难想象——有时一个胖子也会有刘翔的速度！

女儿委屈地哭了，双手无力地捶打着父亲，怪他放手。父亲忙不迭地声声自责，一会儿帮女儿揉，一会儿帮女儿吹。或许是受到惊吓的缘故，父亲的脸色很苍白。

接下来，父亲再没放手，一圈圈紧跟着女儿。渐渐地，他跑得慢了，跑不动了，身体踉跄了，整个身体被车子拖着走，他低着头勾着身子扭曲成一团……终于，他在一个弯道处一只手捂着胸口倒下了，而另一只手却始终顽强地伸向前方，整个身体的姿势像一尊雕塑。

（刘永飞）

寻找送包的人

我是一名报社记者。

那一个早上，我奉命去采访一个重要的事件。或许是前一晚睡得不是很好，精神状态欠佳，回到报社时，居然发现自己随身携带的包不见了。包里有我的所有证件、钱包和采访的稿件。

同事们劝我去报警。我却摇头，说：“或许会有人送上门来，因为包里有我的电话和地址。”

同事们都乐了，说：“你醒醒吧！你觉得现在这个社会还会有人拾金不昧，主动把包送还给你吗？”

正说着话，我塞在裤兜里的手机就响了起来，是一个男人沧桑的声音：“请问是崔记者吗？”我说是。男人说：“我捡到了您的包，我想送还给您。请问，您现在在哪？”我说我在报社。男人很干脆地说：“行，我马上就到。”

挂了电话，同事们都在帮我想主意，说这个人主动来送包，是不是有什么猫腻？同事们的话，倒让我原本平静的心，多少有了些担心。

可是，那男人又会有什么猫腻呢？大家想了半天都没想明白。

然后就有保安拨通了我的内线电话，说有一个男人来找我，说要来还我的包。

门开了。是一个很不起眼的男人，甚至身上还显得有些邋遢。男人一眼就认出了我，说：“您和身份证照片上的人很像。”我接过男人递上的包，说：“谢谢。”男人说了声没事就转身就要走。我愣了愣，说：“你不坐坐吗？”男人笑笑，说：“不坐了，我还有事去做。”

我和同事们很奇怪那男人怎么这么快就走了。

我想了想，还是叫住那男人，说：“你能留个电话给我吗？”男人看了我一眼，说：“还是不用了吧。”男人似乎猜到了我在想什么。“你是不是在想我会对你有什么要求？”我笑笑，说没有。

然后，男人转过身就走了。

留下我和同事们愣愣地站在那里。

这事被报社一位领导知道了。领导突然眼前一亮，提议道：“我们是不是可以把这事作一个专题呢？那个男人不是没留下他的地址嘛，我们可不可以通过新闻节目将他找到呢？然后让他告诉我们，是什么促使他拾金不昧的。”

这个专题很快通过了所有人的认可。在如今这个冷漠的时代，太需要这种拾金不昧的榜样人物的形象了。

于是，我按照记忆中的那个男人的形象，在报纸上以每天一整版的篇幅发表专题言论，号召大家帮忙一起寻找这个人。

功夫不负有心人，短短 3 天的时间，我就找到了那个男人。那男人居然是个很普通的下岗工人。

男人对于我的寻找很有些不解，喃喃着不知说什么好。当我问他拾金不昧的原因时，男人的回答让我颇感意外。“那就要感谢一年前主动归还我下岗费的那个女人，”男人说，“我觉得你们应该找到那个女人，她更值得你们去报道。”

我向领导汇报了这个事，领导说好——拾金不昧的精神就是要这样延续的，找到这个延续的源头，可以让我们的专题更有价值。

按照男人记忆中的女人的形象，男人描述了女人的轮廓特征。报纸上连续登了一个星期的照片，从若干个疑似的女人中终于找出了 1 年前那位拾金不昧的女人。

当我问女人是什么促使她把包还给他时，女人愣了愣，忽然若有所思状，说：“那还要感谢 3 年前那个主动把捡到的包还给我的高个男人。”

费了九牛二虎之力，整整登了半个月的高个男人的照片，通过读者的帮助，我找到了那位高个男人。

看到高个男人的第一眼，我觉得这个人似乎还有点眼熟。

我介绍了自己的身份，我发现高个男人看我的眼神有些怪怪的，好像和我似曾相识一样。

当我问高个男人，是什么促使他把包还给她时，高个男人忽然朝我眨了眨眼，说：“是你，是你触动了我。”

高个男人说：“我记得 10 年前，你在光明一中读书。那时，你很年轻，你在学校门口捡了个包，然后主动报了警。我还是从你的手中接过我那个包的。”

高个男人边说，边握住了我的手。

恍然间，我依稀记得，那一年的夏天，燥热的天气里，静静躺在树边的那个包。

莫名地，我笑了。

（崔　立）

爱心带来奇迹

美国西部有一个叫唐纳的贫穷青年，他正直善良，乐于助人。在一段时期，他经常因帮助别人而两手空空，他唯一的财富是一只金黄色的大海螺，这是他曾经做水手的父亲留给他的纪念品，他像戴饰品一样整天把这个海螺挂在脖子上。不久，唐纳在一个旅游区找到一份工作，他每天要接触来自世界各地的游客。

一天，一对哥伦比亚夫妇带着他们的小女儿来这里旅游，小女孩一眼就看到了唐纳脖子上那个漂亮的海螺，她哭喊着要母亲给自己买一个，这位母亲很着急，问唐纳到哪里可以买到。唐纳笑着解下了海螺，戴到了女孩的脖子上。女孩高兴得又蹦又跳。他们离开时，孩子的父亲把一支鱼形铅笔送给唐纳做纪念。不久，一位西班牙艺术家来这里写生时，竟忘记带素描用的铅笔，当地远离城镇，没有铅笔可买，着急的他希望唐纳能帮助他。唐纳把那支鱼形铅笔送给了他，艺术家对唐纳感激万分，临走时，他把自己随身携带的工艺品——一只绘有笑脸的陶瓷门把手送给了唐纳。

不久后的一天，唐纳在餐厅吃饭时听到厨师在抱怨。原来咖啡机的铁把手经常把他的手烫伤，唐纳就把那只陶瓷门把手送给了厨师，结果这个陶瓷把手安到咖啡机上刚好合适，厨师感激之余，把一个自己多余的烤面包的烤炉送给了唐纳。

之后，十几个士兵到这里进行野外生活训练，他们每天需要自己做饭，但是炊具并不齐全，正好缺一个烤炉。唐纳听说后，就主动把自己那个烤炉赠送给了那些士兵。两个月后，士兵们要到另一个地方去，但是有一台发电机无法带走，他们就把发电机送给了唐纳。

很巧的是，部队刚刚离开，旅游区就遭遇了百年不遇的雷雨天气，开始大规模停电，人们没有一点准备。停电让这里唯一的酒店陷入停业状态。危难之中，又是唐纳把那台发电机送给了酒店。可以说，是唐纳的这台发电机挽救了酒店，酒店老板为了感谢唐纳，坚持要把店里珍藏多年的一个百威啤酒桶赠送给唐纳。唐纳推辞不了，就接受了这个酒桶，但他仍把酒桶寄存在酒店里。

这年冬天，一个加拿大的电视播音员来这里滑雪时，偶然看到了这个古老的酒桶，要花重金购买它。但是，唐纳没有收他的钱，把酒桶送给了他。临走时，这个播音员把自己的雪地汽车作为礼物赠送给了唐纳。

过了不久，一位来自纽约的喜欢户外运动的音乐家来到这里滑雪，他一眼就看中了唐纳的雪地汽车，并愿意出大价钱买这辆雪地汽车，唐纳这次又大方地把汽车送给了他。音乐家发现唐纳很喜欢唱歌，就承诺免费为他作词作曲，录制一张唱片。酒店里有一个歌手，他跟唐纳很熟，他曾跟唐纳说过他最大的愿望就是能出一张唱片。唐纳毫不犹豫地把这个机会送给了他，让他圆了出唱片的梦。

结果，这个歌手竟因为这张唱片而一炮走红。后来，歌手离开这里的酒店去了纽约。临走时，他把自己的一套二层的别墅送给了唐纳。

就这样，不到两年的工夫，贫穷的唐纳竟然有了自己的房子。

真心付出者从来没有想过回报，但他们往往会得到意想不到的回报。只要有一颗爱心，每个人都能创造奇迹。

（感　动）

更动人的风景

那是一节体育课，有个女生忽然跑来对我说，有个男生把口香糖粘在她的头发上。我说，你把他叫过来。我为男生的恶作剧而生气，要知道头发被口香糖黏住是件麻烦的事。所以理所当然地，这个男生被我训了一通。他好几次想开口说话，但都被我凶恶的眼神给吓住了。他可怜兮兮地看着我，眼泪“吧嗒吧嗒”地往下掉。

等我的火气终于消了一些的时候，我问他为什么要把口香糖粘到别人头发上去。他抽噎着说：“我并不知道口香糖粘在头发上会造成这么严重的后果，这是我第一次嚼口香糖。以前我老看别人嚼，于是我也很想嚼，但是我爸爸从来不肯给我买。这次买口香糖的钱还是我在路上捡的。”他说着，眼泪又“吧嗒吧嗒”落下来。

他的话如一支利剑，击中我心底最柔软的部分。这个穿着邋遢的男生忽然间让我无比怜爱起来。

后来，我变得小心谨慎起来，每一次批评学生前总要先了解事情的原因。

我的规定是每天早上7点半之前要到校，但是我们班的一个男生却老是迟到。每次都是我准备上课了，他才匆匆忙忙地进教室。

这一天，他甚至迟到了半个小时，我终于有些忍无可忍。我说：“你为什么每天都迟到？”

起先，他并不说话。过了一会儿，他说是因为做早点花了太多的时间。

“什么？你自己做早饭？”

“是的。我爸妈说自己烧的东西卫生，同时也能节约点开支。”

“他们不烧吗？”

“他们上夜班，要早上8点才下班。”

“你是不是也为他们准备了早餐？”

“是的，我把早饭热在锅里。”

“你回到座位上去吧。”我看着他瘦削的身影，顿时感到自己的渺小。我不禁后怕起来，还好我没有不分青红皂白就对他进行声色俱厉的批评。要是真那样，我会恨不得找个地缝钻下去。

还有一次，我们班的一个女生没有完成作业。我把她叫到讲台上，我还没有开口说话，她已泣不成声。我笑笑，鼓励她开口讲话。她这才结结巴巴地说：“我昨天听错了，我以为您是让我做课堂作业本。”她以为我不信，忙拿出课堂作业本。我拿过来一看，只见作业本上字迹端正，书面整洁。我说：“你已经很认真地完成作业了，老师不会批评你。”她这才放心地回到了位置上。

我不禁为这群可爱的孩子感动。稍安毋躁——也许你会得到更动人的风景。

（范泽木）

多赚一毛钱而已

我顶着寒风向巷口走去,那里有一位卖橘子的农妇。她的货色看起来还不错,在路灯的映照下挺鲜艳的。一个白领模样的女人买了一大袋,付钱的时候,我听见农妇说:“6斤,共9元。”我心算一下,是1.5元1斤。

我说:“要4斤。”农妇麻利地给我装袋,然后上秤。“正好4斤,1.6元一斤,共6.4元。”农妇说。我一冷,问道:“不是1.5元1斤吗?”农妇怔住了,片刻,她说:“市价就是1.6元1斤。”我心头掠过一丝不快:“刚才你卖给那人怎么就少1毛钱呢?”农妇有些惭愧的样子:“她砍价了。”我更不快了:“我不砍价你就要糊弄我吗?”农妇哑然。

我不喜欢“奸商”,并非我掏不起那点钱。我也不想废话了,扭头就走。农妇急了:“小哥,就按1.5元给你!”我头也不回。她忽然又喊了声:“小哥,这么冷的天,我离家在外卖橘子,想多赚你1毛钱都不成吗?”

我当场懵了!这句话好熟悉好有分量!我回过头,看见农妇失望而又沧桑的面孔,拎着一袋橘子,无力地站在那里。此刻,已是万家灯火,她真的是一个人推着板车在城市的街头谋生……

20年前,10岁的我随外婆赶早集。贫穷的外婆挎了一篮鸡蛋,我兴致勃勃地问:“卖完了一定给我买电石枪呀!”外婆笑呵呵地答应着。

但是,那天不巧,鸡蛋的价钱已经下跌至4分钱一个。按照出发时的估算,40个鸡蛋乘以5分钱,正好可以买一把电石枪,这么一来,枪就买不成了。我怨怪外婆没有多带一些鸡蛋;而且,前天我妈来的时候,想给外婆5元钱零花,她坚决没要,现在想来,也令我生气。外婆安慰我说:“不要紧,我还按5分钱卖。”我不知道她有什么办法,就坐在旁边等着。

一个又一个问价的人摇头走了。我一次又一次地失望。终于,来了一个熟人。这是个开小饭店的中年汉子,以前外婆赶集遇到他打过招呼,我认识。他将自带的篮子放在我外婆面前,问:“有多少?都给我。”外婆一边麻利地转移鸡蛋,一边说:“40个,正好两块钱。”汉子一愣,说:“现在鸡蛋只卖4分钱啦!”外婆脸一红，手当时就僵住了。汉子不高兴："我是熟客，怎么糊弄我呢？"外婆嘴巴嗫嚅着，想解释又无从开口的样子。我在一旁看着很揪心，也很后悔。汉子皱着眉："不要了。"

就在他拎篮子要走的时候，我外婆终于挤出一句话来："他家大哥，我一个鸡蛋只多赚你1分钱呀……"

是的，有些事情的表面看起来不那么愉快，但它也许有一个难以向外人表白的背景。当你深入一步，得知其中的无奈与愁苦，心中也就释然了。

所以，那天晚上，我不但回去买了农妇的橘子，还又多要了2斤，为的是给20年前的外婆一个小小的安慰。

（张小失）

揭开人性美好的那面

那是全校最乱的班，许多老师来上课都会头痛不已。

新来的张老师第一次为这个班上课，上课铃响过几分钟了，教室里仍一片混乱。张老师开始厉声斥责，可是嘈杂声盖过了他的斥责声。张老师灵机一动，忽然指着一个正大声叫喊的学生喊道："你的吵闹声最大，请你到讲台上把你的名字记下来。如果你找到了下一个捣乱的学生，就把他的名字记上去，再回座位上去。"

大家被吓了一跳，教室里安静下来，但是仍然有学生在小声说话。此后，不断有学生被"请"到讲台上，留下笔迹。教室开始像一个模特走秀场，人来人往，川流不息，不时还会引起哄堂大笑或者是激烈的辩论。临近下课时，张老师发现，不大的黑板上几乎记满了名字，班里的大多数学生都"榜上有名"。而被记上名字的学生，无不兴高采烈。望着那些学生，张老师气愤不已，拂袖而去。

接下来的第二节课，由新来的李老师上。学生们发现又是一位新老师，更加有恃无恐了，教室里的喧闹声一浪高过一浪。李老师静静地看着，在黑板上不紧不慢地写下8个大字："纪律最好的学生是——"教室里随之安静下来——强烈的好奇心驱使大家想知道后面写的究竟会是谁的名字。李老师不紧不慢地说："刚才，据我观察，坐在墙角的那位女生纪律最好，特意提出表扬。下面就请这位女生到前面，把自己的名字写下来。"

大家将目光齐刷刷聚在那位女生身上，看着她羞涩地走上讲台，用粉笔写下自己的名字。李老师亲切地对她说："你能帮老师一个忙吗？将我们班现在纪律最好的学生找出来，并把他的名字写下来。"女生点了点头，开始聚精会神地观察教室里的每一个学生。奇迹出现了，所有的学生都端端正正地坐好，聚精会神地望着前方。女生看了许久，竟然没有写下一个名字。老师问她："你为什么不记名字呢?"女生为难地说："每个人坐得都很端正，也没有一个人说话，纪律都是最好的。"老师笑了，把刚才写上的女生的名字轻轻擦去，然后在黑板上庄重有力地写下5个大字：每一个学生！此刻，黑板上呈现在大家眼前的内容是：纪律最好的学生是——每一个学生！

从那一刻起，教室里的秩序格外好，李老师的讲课声和学生们有序的回答声在教室里回荡。下课了，李老师微笑着看着大家，感慨地说："谢谢大家！咱们班里的每个学生都是最棒的！"然后，他把大拇指高高竖起，深深地向大家鞠了一躬，教室里响起了雷鸣般的掌声。

其实，人性有着截然不同的两个方面。想要看到人性光辉正直的那一面，最好的办法不是努力抹灭灰暗邪恶的一面，而是将光辉正直的那一面轻轻地揭开，让它以最美丽的姿态呈现。

（侯拥华）

改变人生的抢劫

18岁时，没有考上大学的我迷上了网络游戏，父母为此断了我的零花钱。为了搞钱，我准备走一条险径——抢劫。

我决定在比较偏僻的大连路抢劫，天黑后，我就跳进了那里的一片冬青丛，等待着猎物的到来。

9时许，一个六十几岁的老年男人走过来了，我窜出去，用尖刀指着他，喝道："打劫，拿钱！"

那人说："钱我没有，这东西你要不？"他掏出的竟然是一副手铐。老人正要靠近我，这时，意外发生了，老人忽然捂着胸口倒在了地上，我拔腿就跑。

跑了一会儿，我想：那老人看起来是犯了什么病，如果我不管他，他肯定会死！我扭头跑回老人身边，俯下身，问："大爷，你怎么了？"老人用很微弱的声音说："我的心脏病犯了，快点打电话叫救护车！我口袋里有手机……"我忙从他的口袋中掏出手机就要拨打120。

我的手被轻轻按住了，是那个老人，他说："孩子，谢谢你帮我赌赢了！"

这时，老人拍了拍手，说："都出来吧！"接着，从黑暗处走出几个警察。

原来，老人是本市刑警队的老队长，今天是他的生日，同事们都来为他祝贺。

老人的家可以看见整个大连路上的情况，他们无意间发现了躲进冬青丛的我，知道我可能要实施抢劫，同事们就想过去将我擒获，却被老人制止了。老人想给我一个改过的机会，可是大家都说，现在这些孩子就得好好教训一下，老人见劝说不了众人，就与他们打了一个赌：他假装心脏病倒地，要是我见死不救，就算是他输了，埋伏的警察会将我擒获；如果我救助他，那就是他赢了，大家就会把我教育一通后放掉。

结果，老人赢了。

最后，老人语重心长地说："孩子，一失足成千古恨并不是一句空话……"

（林华玉）

父亲教我写春联

每年春节临近的时候，我总会想起父亲教我写春联的情景。

父亲是位教师，写得一手好字。每年从腊月二十三开始，就不断有邻居拿着红纸来我家，请父亲写春联。虽然每年都要搭上两瓶墨汁，但能为乡亲们尽义务父亲很高兴。

那时候，我喜欢凑在一旁观看父亲挥毫泼墨。有一次，父亲忽然对我说："没事你也练练字，等你写得好了，这写春联的事就交给你了。"见我兴奋得一副跃跃欲试的样子，父亲就拿出一本字帖，从怎样握笔开始，教我写毛笔字的技巧。一连几天，我都自顾埋头练字，父亲有时也忙里偷闲走到我身后看上一眼，同时夸一句："好，比昨天有进步。"或者："嗯，这个字写得不错。"我听了，心头就有些飘飘然的感觉，似乎自己离成为书法家已经不远了，就夸海口说："今年咱家的春联，我包了。"

写春联时，我突发奇想：老练楷书真没意思。你看，隶书蛇头凤尾，多漂亮；草书龙飞凤舞，多带劲；篆书古意幽邃，多高深。我何不来个真草隶篆一齐上，4副春联写4种字体，分别贴在我家4扇门上，让父亲大吃一惊？这样想着，脑海里已经清晰地浮现出真草隶篆4副大红春联的样子，传递着一派喜气洋洋的欢乐气氛，那上面的大字一个个仿佛都是著名的书法高手所为，吸引来了无数赞赏的目光，每个来我家拜年的人，都由衷地感叹与惊羡。想到这里，我不由得暗暗地乐了。

我精心选好春联，又从字帖里找出4种字体的写法一一描摹出来，就兴冲冲地前去找父亲。父亲接过来看了一遍，边笑边摇头说："不简单！真草隶篆都有了，你自己认为写得咋样？"我猛然想起，父亲讲过的他小时候为练字吃的种种苦头的故事，不禁脸上一阵发烧，不好意思地走开了。

没想到年三十贴春联的时候，父亲还是把我写的那几副给贴上了。父亲说："你第一次写春联，写不好也没关系，贴上给你留个纪念。不过你要记住，初学书法，正楷是基础，没有谁能一口吃成个胖子。不单是练字，做别的事情也一样。无论干什么，都要一步一个脚印，踏踏实实地走下去，千万不能好高骛远。"

我听了心里一热：这是父亲对我的殷切期望啊——当年这番教导，无疑是父亲送给我的最好的新年礼物。谢谢您，父亲！

（吕保军）

弱种子也要发芽

开阔、坦荡的田野里，一位农民正在种高粱。他把那些瘪粒种子一一挑了出来，只拣饱满的种子种到地里。

这时，一位到乡下游玩的城里人，带着儿子路过这里。城里人的儿子第一次看到有人种庄稼，感到非常新鲜，拽着父亲停了下来，目不转睛地盯着农民的一举一动。农民宽厚地望了他们一眼，报之友好一笑，继续挑他的种子、种他的地。

城里人的儿子把嘴巴俯在城里人耳边，父子俩嘀嘀咕咕了半天，不知在说些什么。

不一会儿，他们停止了嘀咕。城里人靠近农民身边，小心翼翼地恳求说："那些瘪粒种子，你把它们也种到地里好吗？"

城里人怎么会有这种想法？农民很奇怪。他摇了摇头，果断地说："不可以！我指望着庄稼吃饭呢，瘪粒种子长出的庄稼怎么能保证产量？"

城里人回头望了儿子一眼，沉默了起来。半晌，他以极其隐蔽的动作，掏出一张百元钞票，悄悄塞到农民手中，压低声音说："因为一场医疗事故，我儿子的两个耳朵全聋了。在同龄的小朋友面前，他总是感到自卑。今天，他看到了那些被你抛弃在一边的瘪粒种子，感到很难过，就问我它们为什么受冷落，难道是它们不能发芽吗？……所以，我希望你把那些瘪粒种子也种到地里，给我儿子一次鼓励，一个希望。这100元钱，就算是对你播种瘪粒种子、造成减产的补偿吧。"

农民听了，心中一热，忙把百元钞票推了回去，毫不犹豫地说："这钱我不能收！我这就把那些瘪粒种子种到地里去！你去告诉你儿子，我要把它们种在最肥沃的地段，因为它们发芽的欲望最强烈，我对它们的期望也最高。"

城里人感激地望了农民一眼，快步回到儿子身边，把农民的话告诉了儿子。儿子的眼睛像雨后的两片绿叶，立刻鲜亮了起来。

这双灵性飞舞的眼睛，触动了农民的心事，他抹了一把眼角的泪水，以既夸张又慈爱的姿势，抓起了那些瘪粒种子。瞬间，其貌不扬的它们，纷纷从农民手中撒落，妥妥帖帖地躺在了新鲜、肥沃的土壤里。

城里人和儿子开心地笑了。等他们一离开,农民马上收拾家什,急匆匆向家里赶去。

农夫家中,有一个因车祸失去双腿的儿子。以前,他一直认为残疾儿子是一个废物,就老是把他关在家中,不许他出门。

现在,农夫改变想法了。

“再弱的种子,也要发芽;再嫩的幼苗,也渴望长大!”作为一名种地的老把式,这个道理,他懂!

农夫决心拿出自己所有的积蓄,去最好的医院,为儿子安最好的假肢!他要让儿子开开心心地走出家门,大大方方地发芽、开花,直至结出属于他自己的、或大或小的果实。

(刘克升)

山村交通岗

山村悬垂在山腰,不过散落着200多户人家。可是,你相信吗?这么偏远的山村,竟然在村里唯一的十字路口,伫立了一个交通岗。

两条土路交叉,把村子划成大小不一的4块。交通岗从土路的交叉处生长出来,显出愣生生的突兀。那交通岗和城里马路上的没什么两样,甚至因了黯败背景的对比,比城里的显得更为光鲜和威武。

去山村采风时,那个交通岗一下吸引了我。刚下过雨,洗刷一新的交通岗和坑坑洼洼积着污水的土路呈现着一种极不协调的怪异。山村突现的交通岗已经让我惊讶不已,更令我吃惊的是,在那里竟然站着一位交通警察!他正以最标准的姿势站立,一丝不苟地指挥着并不存在的车水马龙。他左转身,平举手……右转身,口中的哨子响起……

不过,稍一细看,那“警察”却并不是警察。尽管他的衣服和警服有些接近,但无论颜色还是款式，都和真正的警服有着很明显的差异。雨后的阳光一点一点加强着烘烤的力度，直射着暴露在交通岗外的他。慢慢地，他脸上的汗滴，汇成流淌的河。

那是一位20多岁的小伙子，模样很憨，有点像《天下无贼》里的傻根。

好像他已经在这里站了很长时间，可是我注意到在一段漫长时间里，那个十字路口始终没有经过一位行人，一辆自行车，一辆马车，一台手扶拖拉机……终于，有人来了，却并不是路人。那是一位身体佝偻的老人。老人径直走向交通岗，递给站得笔直的"警察"一个破旧的军用水壶。我见到那"警察"啪地一个敬礼，然后接过水壶，咕咚咕咚地喝着水，仿佛已经渴到极限……

我追上急欲离开的老人，问他那"警察"是谁。老人说，我儿子。我问他，怎么会在这里有一个交通岗？老人弄清我的身份后，长叹一声。他说，去我家说吧。

老人的家，就在十字路口的旁边，敞着门就可以看到那个交通岗。我坐在老人的院子里喝茶，一边看那个年轻人独角戏般地指挥交通，一边听老人给我讲这个几近离奇的故事。

老人告诉我，他的儿子特别聪明，上小学、中学、大学，成绩都是名列前茅。儿子的理想是当一名交通警察，能够站在城市的十字路口，指挥着过往的车辆和行人。大学毕业后，他被县交警大队顺利录取。可是，就在等待去交警队报道的前几天，为采一朵蘑菇，他从村后的山坡滚了下去。他在医院躺了整整半个月才醒过来，命是保住了，人却摔傻了。他几乎忘记了所有的事情，有一段时间，他甚至不认识自己的父母，却唯独没有忘记自己已经被县交警大队录取。每天他都会站在村头，像一位真正的交通警察那样，吹响一只哨子。

"于是你要在门口给他立一个交通岗，让他相信自己就是站在县城的马路上？"我问。

"是的。"老人说，"好像只有这样，才能够带给他平静和快乐。我听医院的大夫说，让他平静快乐地过好每一天，或许以后的某一天，他才会回忆起以前的事情，甚至说不定，还可能恢复成原来的样子。那样的话，也许他还真能去交警队上班，当一名真正的警察呢。"

老实说那时我并没有太多的感动。对老人和他的儿子来说，这当然是一幕悲剧。可是，类似这样的悲剧，世间不是每天都在上演吗？到处采风的我，这类事见得多了，也就有些麻木。至于那个虚假的交通岗，就更接近于闹剧了。我想，当劳作一天的村人扛着农具从这里经过，面对一个手舞足蹈的傻子，他们脸上，将会是怎样一副嘲笑的表情？

可是，我想错了。我看轻和玷污了那些村人。那天，黄昏时，那个十字路口的村人突然多了起来。当三三两两的行人、自行车、马车、手扶拖拉机经过那个交通岗时，我看到，他们竟顺从地听任那位"交通警察"的指挥。他们有秩序地停下，等待，看"交警"的手势，然后快速通过，仿佛那儿真的是一个拥挤的十字路口，仿佛面前的傻子真的是一位名副其实的交通警察。

那一刻我被深深打动。于是，后来我一直确信，在那个偏远的山村，无疑有世界上最伟大的"交警"，最伟大的父亲，最伟大的村人，以及人世间最伟大的理解和爱。

（周海亮）

一个字的温暖

我二舅经常提起在"文革"中的那段经历。那时他作为当地最大的反革命分子被关押在公社的一间房子里，精神上、肉体上饱受摧残，一度要熬不过去了。

那时，他一直怀疑是同一个生产队的伍老三告发的他，两人结的私怨很深，伍老三有足够的理由害他。那一天，二舅在批斗会上被毒打了一顿后，躺在破屋子里万念俱灰。当时正是冬天，外边是无边无际的寒冷。天黑下来的时候，他听见门外有人大声咳嗽，他立刻分辨出是伍老三的声音。二舅知道，今天晚上是他负责看管自己，想到两人之间的仇怨，不禁不寒而栗。

二舅和伍老三，两人曾抡着锄头打得头破血流，自那以后，他们见面一句话也没说过，并扬言如果谁和对方说了话，谁就不得好死。在彼此的眼中，对方仿佛不存在一般。那个晚上，二舅一直惊恐地等待着伍老三的报复，因为那些看管他的人时常打他。忽然，他听见有人敲了两下窗户。在昏暗的灯光中，透过玻璃上结的厚厚的一层霜花，二舅看见一个人影站在窗外，然后，一只手影印在玻璃上，屋内的霜花慢慢融化了一条，然后又是一条，不一会儿，一个字清晰地出现在玻璃上，那是一个大大的“走”字。接下来，便听见外面的门锁“哗啦”一声被打开了。

二舅犹豫了好一会儿，怕这是伍老三设下的圈套。可是，一想到自己的处境和所受的折磨，他还是咬牙站起来。一推开门，凛冽的风吹得他打了个冷战，这时，他赫然发现在门前雪地上，放着一顶狗皮帽子和一副棉手套。二舅戴上帽子和手套，踉踉跄跄地向黑暗中跑去，背后兀自传来伍老三的咳嗽声。

那以后的许多年中，二舅一直忘不了在玻璃上融化成的那个“走”字，虽然外面天寒地冻，那简单的一个字却让他倍觉温暖，从而有力量走过那段艰难的岁月。后来，二舅和伍老三成了莫逆之交，每每提及此事，伍老三都说：“在那样的时候，我还报复你，还算是人吗？咱俩可以拿锄头拼命，这事儿我却干不了！”每当两个人喝醉，二舅说起那个“走”字，伍老三会醉醺醺地说：“有那回事吗？我咋不记得了？我就记着当时咱俩有两年没说过话了！”

二舅常对我说，一个人内心的淳朴与善良，只有在那样的时刻才能看得出来。我知道，当年窗玻璃上的那个字，已经深深刻在二舅的心中，给了他一生的温暖与感动。

（包利民）

最后一件作品

如果能让熊来选择它们认为最亲密的人类朋友，那么日本摄影师星野道夫一定能当选。

翻开《北极光》、《旅行的树》、《在漫长的旅途中》等星野道夫出版的摄影游记作品集，我们看到最多的是熊的照片——两只棕熊在碧绿的草地上亲昵地嬉戏；一头熊妈妈带着它的三头熊宝宝在白皑皑的雪原上行走；北极熊带着它的孩子们在刚融化的冰河上追逐海鸟……

在我们的印象中，熊是一种凶残的肉食动物。而在星野道夫的镜头里，熊是那样的憨态可掬，招人喜爱。顺着他的镜头，我们的眼光可以延伸到那清澈深沉的北极大地，进行一场回归自然的心灵之旅。

只有这幅照片是恐怖和震撼人心的——一头体形硕大的棕熊钻进帐篷，张开血盆大口。显然，镜头离这只棕熊就只有半步之遥。

惊恐与震撼之后是疑问：这幅照片是如何拍摄的？

星野道夫去世后的第 10 年，他的妻子星野直子出版了《和星野道夫一起看到的风景》一书，讲述了星野道夫为亲近与探索大自然的美而献身的短暂一生。

星野道夫 1952 年生于日本千叶县。1971 年，还在读大学的星野就加入了探险社。一次，他在旧书店看到一本关于阿拉斯加的摄影集，被其中一幅空中俯拍的照片深深撼动了，他向那个村镇写了信。半年后，小村镇的一户爱斯基摩人家庭给他回了信。那年，星野远赴阿拉斯加，与那户纯朴的爱斯基摩人共度了一个暑假。

大学毕业后，星野再度来到阿拉斯加，并进入阿拉斯加大学野生动物管理学系就读。为了能够久留当地，他选择了摄影，从此走上了自然生态摄影生涯。

这条路一走就是 20 年。星野长期穿梭在阿拉斯加的山脉、冰河、森林、冻原之间，拍摄了大量自然生态作品，其中尤以熊的摄影闻名于世。

后来，为了真正地与自然融为一体，他在阿拉斯加费尔班克斯的森林中长期驻扎。他说："化作鸟的眼睛，才看得到阿拉斯加的原野。"因此，在亲近被拍摄的动物时，星野很少武装自己："动物知道你带着枪，就会起戒心。要想发现真实的一面，就得拿命当赌注！"

拿命当赌注！为了让全世界的眼睛能看到大自然生生不息的魅力，星野果然把命赌上了。

1996 年 8 月，星野被邀请参与日本电视台的拍摄棕熊计划，他们来到勘察加半岛。8 月 8 日晨，当时星野正在帐篷中休息，突然外头有了响动，他抬头一看，一头健硕棕熊的前半身已闯了进来。作为一名"化作鸟的眼睛"的摄影师，他的第一反应不是逃跑，不是自救，不是恐慌，而是拿出相机拍下了他人生的最后一幅照片。他刚按完快门，棕熊的巨掌已向他拍下……他不幸罹难。

面对星野道夫这幅最后的作品，他的妻子星野直子说："我当然会悲伤，但是我不恨熊……"

是的，星野道夫也不会恨熊，因为他是熊最好的朋友，他面对熊和所有野生动物，没有枪支，没有棍棒，唯有讴歌自然与生命的镜头。

星野道夫《在漫长的旅途中》中有这样一句话："给予我们鼓励与勇气的，可能不是谁曾说过的话，而是那曾经看到的风景。"

星野道夫拍摄的包括这幅"最后的风景"在内的所有作品，应该能让我们在与大自然友好共处时，给予我们更多的鼓励和勇气。

（李耿源）

冬瓜也要面子

在他的印象当中，妈妈对他们兄妹俩一直是十分宽容的。

记得小时候，有一天，他和妹妹在屋子里玩耍。不经意间，他拉开了抽屉，发现有5角钱静静地躺在里面。那时，他看中了一本连环画，正愁没钱买。这下，机会来了！他趁妹妹没注意，把5角钱揣到了兜里。

后来，爸爸发现抽屉里少了5角钱，很恼火，要兄妹两人主动把5角钱交出来。

这时，妈妈站了出来，委婉地对爸爸说道："这5角钱不一定是孩子拿的。也许是我和你放错了地方呢。"接下来，妈妈和爸爸带着兄妹俩来到了屋子外面。妈妈说："现在，全家人轮流到屋子里走一次，每个人在屋子里待上5分钟，如果那5角钱在自己手里，就把它放回抽屉里去。"

说完，妈妈第一个走到屋子里。5分钟后，妈妈出来，爸爸又进去了。轮到他进屋子时，马上从兜里掏出那5角钱，拉开抽屉，放了进去。做完这些，他如释重负，长长地嘘了一口气。

事情完全按照妈妈预想的方向发展。妈妈很开心，要做排骨炖冬瓜汤给他们喝。那是一个有两巴掌大小的冬瓜。妈妈一只手握紧了冬瓜带蒂的一端，另一只手拿着刮刀，开始给冬瓜去皮。在刮刀刮到冬瓜蒂部，还剩一小圈冬瓜皮的时候，妈妈停了下来。他看见了，就随口问妈妈："为什么要留下一小圈冬瓜皮？"

妈妈笑着说："人要脸，树要皮。冬瓜也要面子。只有给它留点面子，它才会听你指挥。"他不信，从妈妈手中接过刮刀，想把剩下的那圈冬瓜皮去掉。结果，真如妈妈所言，去了皮的冬瓜滑溜溜的，手掌很难握得住。他费了好大的劲，刮刀把一只手掌划了一道血口子，最后才把剩下的那圈冬瓜皮刮掉。

望着他的狼狈样，妈妈把他揽到怀里，心疼地说："看见了吧，浪费了时间和体力，还弄伤了自己，这就是把冬瓜弄得光溜溜，一点面子都不给它留的代价！"

冬瓜也要面子！他终于理解了妈妈的苦心！那5分钟的宽容，虽然发生在短暂的瞬间，却一辈子刻在他的脑海里。

很难想象，如果那天妈妈一点面子也不给他留，让他当着家人的面掏出那5角钱，会给他的心理造成什么影响。那样，他所犯的错误，将再也得不到改正的机会。或许，他还会像那个被刮光了皮的冬瓜一样，叛逆成一个无所畏惧、任谁也管教不了的坏男孩。

所幸，这些令人沮丧的事情并没有发生，妈妈替他守住了面子的"底线"，给他留下了回头的余地。

直到今天，他还记着小时候的那一幕，还记着母子间那浓浓的亲情。"冬瓜也要面子"，这句话仿佛一把永不熄灭的火炬，照亮了他的人生旅程，使他的心地更善良，待人也更宽容。

（刘克升）

各珍所爱

在北大图书馆，人们经常会见到李大钊先生办公室的那个玻璃书柜里，摆着一块墨黑晶亮的水晶石，它是李先生住在昌黎的时候特意去五峰山上找来的。

李大钊非常喜爱昌黎五峰山出产的水晶石，总想上山去寻找一些。恰好这一天，有个叫高树林的年轻后生赶着小毛驴要去五峰山，李大钊便与他搭伴而行。

来到五峰山上，李大钊就开始寻找水晶石。这水晶石并非到处都是，随便弯弯腰就可以捡到，它常常隐匿在游人不常到的深坳里，很难找。发现以后，还得用撅头挖掘。李大钊费了许多辛苦，终于找到了一些，身上一件浅灰汗衫全湿透了，手上也有好几处被石棱子刮破了，渗着血。

可是，在回来的路上，有很多又大又好看的水晶石被高树林给偷偷扔掉了。高树林一路走还一路直嘟囔："要这些东西有啥用？不能吃也不能喝，累坏了我的小驴子咋办？"他趁李大钊不留神时，不管水晶石好坏，捡着大块的就往外扔。他每扔掉一块，李大钊就要心疼一下。李大钊非常珍爱自己辛辛苦苦捡来的水晶石，而高树林却担心累坏了他的小毛驴。

高树林是闲住在李大钊岳母家里的一个孤苦的人，什么亲人都没有，只有一头毛驴与他相依为命。每逢产鱼季节，他都要吆喝着毛驴去赶海，驮回来一些虾蟹和鱼；秋天鲜果熟时，他又赶上毛驴去跑山，驮回来一些鸭梨苹果或紫葡萄，他全指望这头毛驴过日子哩！而高树林又是个爱耍小性子的人，每次他驮回货来，有些淘气的孩子偷拿几个果子，他便跟孩子们吵嘴磨牙。若是李大钊的岳母托他办事，办得不合老人家的心意，说他几句，他也会赌气好几天。李大钊非常了解高树林的脾气，也能理解他扔水晶石的举动——他是爱惜这头相依为命的毛驴呀！李大钊没有阻拦，心想，让他扔吧！他在前面偷偷地扔，李大钊就在后面悄悄地捡，捡了就放进自己的背包里。让李大钊遗憾的是，他不可能把每一块扔掉的水晶石都捡起来，总会有漏掉的，为此他担心地皱起了眉头。

几天后的一个傍晚，高树林到李大钊的居所来了，他说："我来看看三姑爷，这两天一定歇过劲儿来了。那天背着包袱走了一天路，没累坏吧？真叫能吃苦呀！"敢情那天李大钊把他扔掉的水晶石又捡进背包里的事，他全清楚呀！李大钊笑着说："我一点儿也没累着，倒是你的小毛驴帮我驮了那么多的石头，一定要累着了。"高树林一听李大钊提到他的小毛驴，高兴得眉开眼笑。他说："没咋的,没咋的,我的小毛驴驮几块小石头,哪能累坏呢?”

高树林和李大钊亲亲热热地说了一阵,告辞走了。李大钊同情这个孤零的苦命人,一点也没把他偷扔水晶石的事放在心上,以后也再没提起过。因为他知道,高树林珍惜那小毛驴,正如李大钊珍惜水晶石。

(吕保军)

我可以帮你找到圣诞老人

1955 年 12 月 24 日,夜幕悄悄降临。平安夜钟声悠扬地响起,欢乐的气氛弥散到美国大陆的各个角落。就在万家团圆的此刻,迦利·弗普上校却坚守在科罗拉多州的大陆防空司令部空军基地。他必须随时观测雷达探测仪上可能出现的各种异常。

“铃……铃……”突然,电话急促地响了起来。上校的心弦随之绷紧,“喂,你好!我是弗普上校。”没有回音。许久,才传来一个稚嫩的童声:“请问……请问,您真的是……是圣诞老人吗?”上校一时搞不懂怎么回事,但又被这个乳臭未干的童声给逗乐了。“噢,抱歉!亲爱的宝贝儿,我不是圣诞老人……但是,我可以帮助你找到他。”似乎感觉那头轻微的喟叹,他又赶紧加上一句。

“那你知道他现在在哪儿吗?”孩子将信将疑。

“等等,让我用同步卫星搜索一下,远程传感器已锁定目标。好,一切就绪!看到了!圣诞老人正从白茫茫的北极大陆出发了。他驾着雪橇,轻轻扬起鞭子,欢快地唱着‘铃儿响叮当’。这会儿他刚飞越过万里长城……又钻过了凯旋门,正朝美洲大陆奔来……”说完,他暗暗佩服自己的应变力。

“真的?那他一定给我们带来圣诞礼物了吧!”孩子信以为真。

“当然,满满一车厢!有魔方、玩具坦克,还有芭比娃娃……”上校趁热打铁,继续发挥着想象。

“哦！那真是太棒了！当经过我们头顶时，我们邀请他来美国做客，好吗?”孩子兴奋得拍起手来。

“好的！到时我就驾着 K－007 战斗机迎上去，想方设法都要请他尝尝牛肉馅儿比萨，喝一杯现磨蓝山咖啡，当然还有加州甜点……不过，不能耽误太久哦！因为圣诞奶奶早约好了与他共进明晨的浪漫早餐。”

“唔，好！快告诉我，圣诞爷爷现在到哪儿了?”孩子有些急不可耐。

“离尼加拉瀑布只有两公里了！红鼻驯鹿头顶银树枝般的犄角以光速——不，比光速还快，欢快地奔腾跳跃着。不好！遇到了强气流……”大胡子上校故意打了个岔。

“圣诞爷爷他怎么啦?!”对方果然“上钩”了。

“一不留神，他颠疼了屁股。哈！瞧，胡子都给气歪了！”说完，上校笑得上气不接下气。

“哈哈哈……”孩子显然也被逗乐了。

挂上电话，弗普上校长舒一口气，正为自己的演技和天马行空的想象而“沾沾自喜”时，电话再次响起，又是一个询问圣诞老人的孩子！他不得不把刚才的戏再演一遍……当天晚上，年迈的他忙得气喘吁吁。

第二天，联邦调查局介入此事的侦查。原来是一家工厂在其商品上印上了圣诞老人的电话，而他们随便编的一连串数字，阴差阳错地，竟是防空司令部的内线号码！弄清原委后，军官们在笑声中陷入了沉思。然后召开了一场长达 5 小时的会议，充分讨论和商量后，他们一致决定把这个美丽的“童话”继续讲下去。司令部增设了 60 多部热线，专门用来解答孩子们千奇百怪的提问。

看似恶作剧的捣蛋，换成旁人也许会恼怒地训斥或干脆置之不理。但是，他们知道，心灵的童真就像水晶球般脆弱，一旦碎了就难以再恢复。所以，他们选择了编织这个美丽的童话，并且年复一年，乐此不疲。

（马晓伟）

父亲的“无理要求”

1996年的下半年，父亲在毫无征兆的情况下，被“中风”击倒了。于是，一向视金钱如粪土的父亲从此放下了他的清高，变成了一个令我们感到十分陌生的人。

那年的除夕夜，父亲对我和哥哥说：“我现在病了，不能挣钱了，以后每月的生活开支和医药费都是一个不小的数字，所以我想让你们哥俩每月给我汇一些钱，多少不限。你们有什么意见？”一旁的母亲赶忙打断父亲的话头：“哪有年三十儿问孩子要钱的，你还想让孩子过个安稳年不？”父亲没有理会母亲，他只是一个劲儿地追问我们行不行。那时候，哥哥在常州做木工，收入不高，我也是刚工作没两年，标准的月光族。但是，我和哥哥还是能够体谅父亲的苦衷，我们很爽快地答应了父亲的“无理要求”。

这一说就是10年。10年间，哥哥从一个小木匠摇身变成了一个拥有50多人公司的法人。房子有了，车子也有了，自然是风光无限。而我，由于单位不景气，一直处于吃不饱、饿不死的尴尬境地。但是，我没有忘记当年对父亲许下的承诺，即便在自己快揭不开锅的时候，我还是按时给父亲寄钱。有时候，父亲的“催款”电话碰巧被妻子接到，妻子就会急，说我们就差讨饭了，为什么还喋喋不休地跟我们要？说心里话，我同样能理解妻子：现在农村种地不用交税，每亩还有100元的补贴，再加上养的鸡、鸭、猪什么的，而大哥每月都是千儿八百地给父亲汇钱，老两口应该不缺钱的。可是，父亲还总是按时向我们催款，更令人无法理解的是，我们每次回去看父母，父亲嘴上“乖孙女儿”、“乖孙女儿”地亲热着女儿，却从不主动给女儿一分钱。但是，这话我又不好说出来，谁叫我是他的儿子呢！

2006年的春节，我们一家又聚到了一起。按惯例，父亲饭前都是要说两句新年祝词的。那天，父亲没有立即开讲，而是让母亲从卧室里取出一个用红布包着的铁盒来。那是一只父亲当年做大队会计时放单据用的盒子。我们小时候见过，但不知道父亲这时候将它取出来是什么意思。

父亲看看手里的盒子，看看哥嫂、侄儿和侄女，然后又看看我和妻子，最后他将目光定格在女儿的身上。许久，父亲才腾出左手，在已经老花了的眼上抹一把，说："你们都忙，一家人一年也难得聚一次，所以，我今天就把压在我心里10多年的心结跟你们交代一下。"父亲停顿了一下，接着说，"这10年来，家里变化不小，尤其是老大，混得有模有样的；老二则惨了点……"听父亲这样说，我惭愧地低下了头。我知道父亲向来是对我寄予厚望的，而我……

说着，父亲从盒子里取出一个红色的小本来："这上面有75806元，其中有你们哥俩的，有亲戚朋友送的，也有我们老两口种地、养家禽赚的。10年前，我一直担心老大没考上大学，将来日子不好过，就想出了让你们每月给我汇款的笨法子，没想到……没想到老大现在什么都有了，而老二空有一肚子墨水。哎！老二毁就毁在为人太老实，太善良，如果不是……算了，不说了，那都已经过去了……"我知道，父亲指的是数年前我被一位要好的朋友骗了十几万的事。

父亲又说："我知道这两年来，老二仅靠单位的那点工资和可怜的一点稿费，日子过得很紧巴，但他还是一次不落地给我汇款，难得一片孝心！现在，跟你们哥俩差不多大的亲戚朋友，基本都有了房子，只有老二还没有。所以，我考虑再三，决定将这笔钱交给老二，让老二回去也买一套，这样，我走之前也就可以闭上眼了！你们看，我的乖孙女都10岁了，总不能让我的孙女跟着你们流浪一辈子吧？"说着，父亲又看了一眼哥嫂，"你们有什么意见？"哥嫂自然是没话。

饭毕，哥哥拉着我一起来到父亲的房间。哥俩先是毕恭毕敬地跪下给父母敬茶，然后，哥哥紧紧地握着父亲的双手，说："这些年来，我对老二关心不够，我这个老大做得不好，我检讨。您给的这点钱买房是肯定不够的，这样吧，剩下的部分，我来！"

这时，母亲流下了眼泪，父亲的眼圈也红了，而我，也在那个晚上对自己的人生产生了新的思考……

（董建昌）

人性的柔光

2008年8月，英国一位顾客购买了一款iPhone手机。在激活手机时，他惊奇地发现，手机里出现的竟然不是默认图片，而是一张中国女孩儿的照片。照片中，女孩儿身穿粉色工作服，头戴粉色工作帽，显得非常可爱，胖嘟嘟的脸上露着微笑，半趴在工作桌上，两只戴着白色手套的手向镜头做出“V”字手势。在她身后，车间的情形一览无余，其他工作人员正在忙碌地工作。

此外他还发现，手机里关于这个中国女孩儿的照片竟然不止一张，并且都是同样的甜美笑容。按照常规，在消费者权益保障相当严密的英国，对于这样一起质量事故，拿到被用过的手机后的买主一般会愤怒地去要求退货，甚至要求赔偿。但是，他却没有这么做——那张笑脸，深深打动了他。

带着巨大的好奇心，他把这些照片上传到网络与其他网友分享，没想到竟引起轩然大波。短短几天时间，这个无名女孩儿迅速走红互联网，被人们称作“中国最美打工妹”。

有网友在留言中开玩笑说，他们在考虑将自己的手机退回厂家，因为他们的手机上没有这名女孩儿的照片。

很快，照片从海外流传到国内，国内外都相继开出以“iPhone girl”命名的网站，搜索讨论该女孩儿的情况。

事情很快就有了眉目。原来该照片之所以被存入手机中出售，是因为负责iPhone手机加工的深圳富士康公司的手机检测人员工作疏忽所致。这名女工当时向正在检测手机拍照功能的同事笑了一下，结果被同事拍了下来，而这位同事忘记删除手机里的照片，之后便销售了出去。

面对这个意外的错误，国内很多网友给予的是正面积极的评价：女孩儿的微笑已定格成永恒的美丽；让海外顾客了解到他们手上的产品是谁付出的劳动，也未尝不是件好事……一位上海网友则表示：“这是我们一线工人的笑容，从她的笑容里，可以看到中国人的乐观与豁达！”而署名Chris Meadows的网友甚至表示：“如果我知道iPhone在发售的时候会奉送一张可爱的女孩儿照片，我不介意额外掏些钱（当然要是有电子邮件的联络方式那就更好了）。”

当大家都在为这个“美丽的错误”津津乐道时，也有许多热心网友正在为女孩儿是否会因此被公司开除而担忧。很快，富士康公司给出的答案是“不会开除”，但他们会尽快采取措施，以避免此类事件的再次发生。在他们看来，整个事件不过是一个“美丽的过失”而已。

此后，有网民建议富士康科技集团将这位女孩儿任命为 iPhone 大使，因为她的微笑显示枯燥乏味的流水线工作其实也还是蛮有趣的。

有学者认为，如今产品在进行广告宣传时，多喜欢用一些漂亮的女性进行代言，想告诉用户他们的产品是美丽的。然而，却很少有厂商对产品的生产者进行宣传，而这起事件给出的启示是，那些生产者不仅看起来外表美丽，而且从他们的笑容中，也可以看到他们心灵的美丽，如果在进行广告宣传时加以引用，也算是对产品的一种增值。

而社会学家认为，该女工美丽的笑容告诉世人，他们的努力工作正在为全球经济作出巨大贡献……

从整个事件中，我们看到的不是惩罚与不满，而是宽容与微笑。整个事件都让人们充分感受到的是，来自人性的柔光。

（侯拥华）

爱如阳光

那是一所偏远山区的小学，因为贫困，学校的学生几欲流失。后经媒体“曝光”后，学校受到了社会各界的大力扶持和捐助，才得以继续生存和发展。

一天，学校里的一位青年教师通过媒体得知这样一件事情：一位曾经长期捐助他们学校的捐助人，现在身患重病，急需一大笔救命钱。

在进一步的了解中，青年教师又得知了捐助人背后许多鲜为人知的故事：这位捐助人是位在校女大学生，她所有的捐助款全是利用课余时间打零工和拾废品赚取的。一个多么善良又富有爱心的女孩儿呀！而现在，她身患重病，却不愿将这个不幸的消息告诉家里——她怕父母为自己受更多的累和痛。因为她家境贫寒，为供她上大学，家里早已债台高筑了。现在，她只有自己默默地承受着，顽强地与命运进行抗争。

第二天一大早，青年教师就把这件事情告诉了学校的全体师生。大家感动不已，一致同意为这位女大学生进行一次捐款活动。捐款活动就定在当天下午举行。中午一放学，孩子们就匆匆地往家赶，为的是争取早一点儿为这位曾经捐助过他们的大姐姐捐助，让她能得到最及时的救助。

下午，捐款活动如期举行了。孩子们排起了长长的队伍，手里攥着或多或少的钱，轻轻地走过捐款箱前，然后极其庄重地将自己的“一份心意”投到箱里。而那位青年教师就站在捐款箱旁边，静静地看着。他知道，其实这些孩子也很贫困，仍然需要社会的捐助，但他还是发现：孩子们手中的钱竟然是那么“多”。望着孩子们撼动人心的举动，青年教师倍感欣慰，眼圈竟然有些发红了。

捐款活动就这样静静地进行着，捐款队伍也在慢慢地向前移动。一个小男孩儿走到了捐款箱前，愣愣地站住了，没有动。青年教师有些诧异，问他：“你的钱呢？”小男孩儿摊开双手，空空的，低头伤心地说：“我的钱在上学的路上给跑丢了……”青年教师有些生气，又有些不解地问：“那你为什么还站在捐款的队伍里呢？”小男孩儿低头无语，青年教师也沉默了。

这时，青年教师抬起头望了望队伍里的孩子们，他发现：每个孩子的脸上都别样的安详，每个孩子的眼里都闪烁着特别的温暖的目光。一瞬间，他终于明白了：这是一支爱的队伍，孩子怎么忍心离开呢？

是呀！爱就如同阳光，爱的队伍就是那生命里不可或缺的太阳。又有谁愿意舍弃心灵的阳光，拒绝生命的太阳呢？

（侯拥华）

总有一些是别人不需要的

我有位朋友是写儿童文学作品的，也出过几本比较畅销的图书，陪他逛书店常会被一些小读者索要签名。我发现，他签名有个习惯，落笔前总要先问一句，我可以签在这里吗？直到小读者点点头，他才一笔一画签上自己的名字。这次，我看着还有10多人的队伍，终于忍不住对他小声说："你不用询问，签哪儿小朋友都会高兴的。"他对我微微一笑，轻轻摇了摇头。

终于等到签完，他抱歉地对我笑笑："让你跟着受累了。"我问他摇头的原因是什么，他抿了一下嘴唇，说："我给你讲个故事吧！"

"几年前，我参加了一家出版社组织的下乡送书活动，去的是一所偏远山区的乡村小学。我仔细地把每本书都签上名，一一递给前来领书的小学生，也送上我的期望和祝福。送完书临走时，我看到有个小女孩突然大哭起来，她的老师在身边轻声安慰。我问怎么回事，校长笑笑说：'激动呗，孩子们舍不得你们走哩，以后常回来看娃啊。'我听罢便上了车，汽车缓缓启动，我探出车窗跟大家挥手。这时我发现那个小女孩哭得更凶了，她紧紧合抱双臂，眼泪在脸上肆意流淌。不行！我让司机停车等我一会儿，赶紧跑下了车。

"我捧起小女孩的脸：'我们还会来的，不要难过了，答应叔叔不哭了好吗？'她哽咽着咬了咬嘴唇：'不是，不是这个……我知道叔叔还会来的。''那你为什么哭呢？'她捧起我送给她的书，用手轻轻抹了一下封面，小心地翻开，指着我的签名说：'你看，你把威威（封二的主人公图像）的衣服弄脏了！'我怔住了，回过神来马上跑回车，拿来一本没有签名的书给她，她兴奋地翻着书页，高兴极了，布满泪水的小脸立刻像朵绽开的鲜花。校长显得很尴尬，送我上车时他不住地说'您别见怪，小孩子不懂事，不懂事'。我紧紧握住他的手，诚恳地告诉他：'我很感谢那位小姑娘，她告诉了我一个做人的哲理。'"

朋友见我点点头，又说："是的，正如你知道的那样，从此我便告诫自己，并非自己认可的就是他人满意的，总有一些是别人不需要的。”

（刘学正）

26 只蝴蝶

在欢快的婚礼进行曲中，一对新人互相挽着手臂，向餐厅中央的舞台缓缓走去。新娘是我的同事，我们有节奏地拍着手，给他们祝福。

这是一场普通的婚礼，正按照既定的程序往下进行。司仪请双方的父母从席位上站起来，接受新人的叩拜。一对中年夫妇微笑地站了起来，他们是新郎的父母。“请新娘的父母亲也站起来，好吗?”司仪又喊了一声。人们将期待的目光投向主桌。没有人站起来。司仪尴尬地和新娘耳语着什么。

新娘的脸“腾”地红了，犹豫了一下，她从司仪手里拿过话筒，说:“我的家乡远在几百公里之外的大山里，我的……我的父、父母因为身体不好，所以，没能来参加我的婚礼……”

新娘进我们单位已经3年多了，我们从来没有见到过她的家人，也没有听她自己谈起过老家的父母，倒是从其他同事口中偶尔听到过一点关于她家的事情。她的父亲在她小时候就因病早逝，患有小儿麻痹症的母亲靠在集镇上摆修鞋摊熬日子，苦苦地将她拉扯大。18岁那年，她考上了大学，这是她们家，也是全村考取的第一名大学生。

就在她上大学后不久，却传来了一个让她无比震惊的消息:妈妈要和隔壁修自行车的老王头结婚了！老王头她是认识的，也是一个残疾人，对妈妈和她都很好，这些年给了她们很多照顾。她并不讨厌他，甚至还有一点点喜欢她，可是，让妈妈改嫁给他，这却是她无论如何也无法接受的。她不明白，妈妈拉扯着她，这么多年都熬下来了，为什么就不能再熬几年，等她大学毕业找到了工作，就将妈妈接到城里，一起过好日子？因此，她激烈地反对。一向温顺的母亲，第一次没有答应她的要求，坚决地和老王头生活到了一起。也就是从那天开始，她和母亲彻底决裂。她再也没有喊过她一声“妈妈”。每学期放假的时候，她不是留在学校勤工俭学，就是回到爷爷奶奶家去。

大家都明白，新娘的父母之所以没来参加婚礼，多半是因为她根本就没打算让他们来。

这时候，新郎忽然从新娘手中拿过话筒。他注视着新娘，转身对大家说：“我的岳父、岳母没能来参加我们的婚礼，但他们送来了一件珍贵的礼物，以及他们的祝福。”

新娘惊诧地看着新郎。新郎笑了。“前几天，我一个人开车去你家了。请你原谅，我一直没有告诉你。”新郎接着说，“我的岳父、岳母最近身体都不太好，经受不了长途奔波，所以，他们无法来参加我们的婚礼了。不过，在我临走前，他们送给了我一件非常非常珍贵的礼物。”

有人托着一个竹篓一样的东西，走上舞台。竹篓外面，裹着一层鲜艳的红布。新郎轻轻地打开竹篓上的小门，忽然，从里面飞出一只彩色蝴蝶，在竹篓边盘旋了一圈，扇动着翅膀，向空中飞去。紧接着，又一只蝴蝶飞了出来。第 3 只，第 4 只……

人群中爆发出阵阵惊呼声：“太美了，太漂亮了！”姑娘们尖叫着，几个调皮的小孩子跳起来，试图捉住空中的蝴蝶，蝴蝶振动翅膀，向更高的空中飞去。

新郎面对着新娘，说：“这是我的岳父一只只从村后的山坡上捉来的，每一只都有着不同的颜色。在我去之前，岳父就已经准备好了这些蝴蝶，一共 26 只，每一只代表我妻子的一岁。他们没有想到我会回去，所以，他们原准备在我们结婚这天，在家里放飞的。我告诉大家一个秘密，这是我的岳母告诉我的，我的妻子，她的小名就叫‘蝴蝶’。她是群山里，最美丽的一只蝴蝶。”

台下响起热烈的掌声，以及玻璃酒杯碰撞的声音。不知道什么时候开始，新娘的脸上已挂满泪花，新郎用手绢帮新娘轻轻擦拭。

“我还有一个请求，”新郎说，“我想将蜜月旅行取消掉。”新娘不解地看着新郎。新郎继续说，“去你的家乡度蜜月。大山里的空气特别好。而且，我想和你一起去看看大山里的蝴蝶。”新娘含着眼泪，点点头。

全场再次爆发出热烈的掌声。司仪一把夺过话筒，请新人叩拜新郎的父母，还有远方新娘的父母……

有人打开酒店的窗户，蝴蝶一只接一只，向窗外飞去……

（孙道荣）

奔跑的少年

汽车在海拔3000米以上的高原上行进，突然出现故障，抛锚了。司机下车修车，考察团一行也离开了车厢。夏季高原的阳光烈烈的，无遮拦地泻下来，热辣辣地照在每一个人的身上。很快，大家支起为应急而携带的帐篷，钻了进去。

不一会儿，一个少年赶着一群牦牛来到了附近的草场，少年脖子上挂着一个并不精致的牛角号，手中熟练地舞动着放牧用的鞭子。他安置好他的牛群，来到了我们的帐篷外。近距离看才发现，他衣衫破败不堪，颜色黑不溜秋，他的肤色较之衣衫有过之而无不及，黧黑发亮，一看就知道这是高原阳光照射的结果。细看他的脸，那双黑白分明的眼睛里，显现着无法遮掩的少年英俊，却也刻写着生活重压下的沧桑。

他好奇地围着帐篷转了一圈，然后在门口定定站下。感觉有人注视他了，一笑，一排洁白的牙齿闪射出快乐的光芒。有人问他什么，他很迷惑的样子，摇摇头。我知道，这是语言上的障碍。但是，从他那双黑亮的眼睛流淌出来的，除了好奇，还有渴望和羡慕。

心细而善良的英姐看着少年，看着他黝黑的脸，看着他那一身穿着，眼睛就有些湿润了，从兜里掏出一张百元钞，塞在了少年的手中。那一刻，少年嘴唇动了动，想说点什么，终于还是没有说出来。只见他揣着钞票，转身飞奔而去。

同行人说话了："英姐，你的钱这么一给，恐怕有麻烦了。那孩子肯定叫他的同伴去了，他的同伴要是都来找我们要钱的话，那可就不好办了。"听他这么一说，英姐不安地看看大家，又看了看远方，将信将疑。那一刻，我感到周围的空气突然间就变得有几分滞涩和凝重。

终于，少年的身影出现了，由远而近，越来越清晰。看得出，他是抱着什么飞奔而来的。近了，原来他手中抱着的是一束鲜花，红白相间的，在阳光照射下，耀眼夺目。看着少年胸前颤动的鲜花，在一阵惊愕和沉默之后，考察团全体人员都会心地笑了。应该说，这种笑，是夹杂着愧疚和感动的。

少年奔跑着，来到帐篷前，来到了英姐跟前，他单膝跪下，将鲜花高高举过头顶，送到了英姐手中。英姐接过鲜花，将少年扶起来，那一刻，我又一次看见少年闪亮地笑了，那是一种来自内心深处的真诚的笑，感激的笑，致意的笑。

汽车开动的时候，少年挥着他的牧鞭，蹦蹦跳跳地离开了。透过车窗，他越来越模糊、越来越小的身影让我觉得，高原之上，他就像一粒纯净的音符，清新透亮；像一朵自在的格桑花，朴拙美丽。

（程应峰）

他的煎饼我的糖

那时，他们还是那么小。两家紧紧挨着，只隔着一堵矮矮的石墙。

他的妈妈烙了煎饼，他会爬到矮墙上，喊她：“小云，来吃煎饼。”她跑过去，从他的妈妈手里接过一个刚刚烙好的、软软的、脆脆的、带着暖暖的甜香的地瓜干煎饼，然后，在他憨笑着的注视下，大口大口地吞着。她也一边吃，一边看着他笑。

有时，她的爸爸从城里上班回来，给她捎回一些糖果点心，她就会装上满满的两口袋，然后趴到矮墙上，喊出他，俩人一起来到村后的那片槐树林里，坐在树荫下，你一块我一块地分着吃。槐树上长了许多带着黄黄绿绿斑纹的毛毛虫，一不小心让毛毛虫的毛粘在身上，就会痛得要命。可是，偏偏地，一只毛毛虫就“叭嗒”一下从树上落下来，落到她的胳膊上，她“哇”的一声哭了。他急了，一把抓过她的胳膊，急急地用舌头去舔，他说口水能止疼。然后他又把她的胳膊举到眼前，仔细地一根一根地拔去扎在上面的毛毛虫的刺儿……

可是，转眼之间，20多年就过去了，她早已跟随爸爸妈妈来到了城里，他也早已娶妻生子。他们从来没有再见过面。当然，有些时候，她还是会想起他，但也仅仅是想想而已。对于她的现在来说，他只是她童年的一份记忆，仅此而已。

后来，一个偶然的机会，她听人说他已随村里的许多人一起来到了她的城市打工。后来，她又听人说，他就在她居住的这个小区附近盖一座楼。可是，这个小区附近正在盖着的楼那么多，他到底在哪一个工地上？

于是，每次走过那些工地时，她都忍不住驻足，忍不住回头，她想看看里面有没有他。其实她也明白，就算是真的面对面了，她也不一定能认出他来。那么多年了，他早已不再是当年的小小的男孩了。

一天深夜，她正熟睡着，突然被楼下的一阵嘈杂惊醒，是许多人的喊叫声、奔跑声。丈夫跑下去看了看，回来说是抓小偷的。她最恨小偷了，前些日子她的摩托车就被小偷偷走了，害得她现在上班只好骑那辆破破烂烂的自行车。又躺下时，她还对丈夫说，那些小偷真该死，抓住了就得好好地教训教训他们。然后，她又迷迷糊糊地睡了。朦胧中，她听见了由远及近的救护车的声音，隔了一会儿，又是由近及远的救护车的声音。

第二天早晨，她下楼，听见有人议论，说昨晚那个小偷就是对面工地上的一个民工，正在偷一辆摩托车时，被一个下夜班的人发现了，喊了许多人来追，谁知那小偷命不好，慌慌张张地刚窜上马路，就被一个喝醉了酒的人开车撞死了。那些人还说，那辆车的车速是那么快，一下就把他弹出了十几米远，雪白的脑浆崩了一地……她听了，心里突然有些怅怅的。

又一天，她在办公室里看她们这座城市里的一份晚报，上面有一则短消息，百十个字。说一个民工，在一个小区，就是她居住的那个小区，偷摩托被人发现，逃跑时竟慌不择路，被车撞死了。报上登出了那个民工的名字，还有他老家的村名。她看了一遍，又看一遍，禁不住就惊叫一声，心咚咚地跳，报纸也掉在地上。办公室里的人都看着她，她愣了愣神，又拾起报纸，淡淡地说："这个小偷被撞死的那晚，我听见了。"

说完,她转头看看窗外,窗外正是盛夏。

记忆中,盛夏的洋槐树正蓊蓊郁郁地绿着。可是,她现在居住的这座城市里没有洋槐树,城市的路两旁只有国槐、法桐,只有开着绯红云霞一样花的芙蓉,还有那种四季都是绿色的松树。这些树上都不长那种带着黄黄绿绿的斑纹的毛毛虫。当然,这个城市里更没有童年的那个他。

那个隔着矮矮的石墙,轻轻地喊她"小云,来吃煎饼"的小男孩,那个端着她的胳膊,仔细地用小小的指尖给她拔毛毛虫刺儿的小男孩,他的憨憨甜甜的笑,至今还留在她的记忆里,她真的不想再放他出来……

(王晓明)

最后一句话

在麻栗坡老山前线,几个战士躲在猫耳洞内喘息着。阵地依然在敌人手上,他们一个连的战士冲锋了几次,都遇到了敌人猛烈火力的抵抗,阵地没有夺回来,战士也只剩下了这几个。

这其中有个叫林锋的战士,他从怀里掏出一个日记本来,借着外面炮火的闪光匆匆地写着什么。旁边的一个战士探过头看了一眼,只见他写着:"妈妈,我……"火光便熄灭了。休整了一会儿,他们又发起了一次冲锋,可是敌人的火力太强,他们被迫又退了回来。林锋又掏出了小本本,用铅笔写着什么,旁边的战士探过头看了一眼,依然只看到"妈妈,我……"便又是漆黑一片。

后来,后方部队来援,他们成功地夺回了阵地,并乘胜向前挺进。林锋一直冲在最前面,虽然身上已多处负伤,可是却不能阻止他冲锋的脚步。每次战斗的空隙,他都要在日记本上写下几句话。

天刚放亮时,全面的大反攻开始了。林锋冲出掩体,向敌人的阵地扑去,身边的许多战士倒下了,他视而不见地大步向前。忽然,一颗子弹射中了他的头部，他倒下了。在地上，他吃力地掏出日记本，用尽最后的力气写下了一句话，便永远地闭上了眼睛。

战争胜利后，林锋的母亲来到那里的烈士陵园，在儿子的墓前久久地站立着。她的手上拿着那个小日记本，每一页上都写满了同一句话："妈妈，我还活着！"只是在后面的一页，写着另一句话，一句被鲜血染红的歪歪斜斜的话：

"妈妈，你要好好活着！"

（包利民）

付不起的小费

朋友去亚马逊河流域进行科学考察，回来告诉我一个故事，让我至今无法忘怀。

8月中旬，科考队乘船来到哈苏里奥克土著族部落，考察那里的风土人情。中午时分，我们把船停在离岸约15米的河面准备吃饭。我看到一家土著人房后有一棵大树，样子很奇特，我以前从没见过，问船上的人，也没人知道树名。岸边有个中年土著妇女正在洗衣服，一个小女孩在旁边玩耍，估计是她的女儿，六七岁的样子，皮肤黝黑，光着膀子，清晰的肋骨显示出营养不良。我请随行的翻译帮忙，他用土著语高声询问妇女，房后的大树叫什么名字。妇女显然听到了翻译的话，停下手中的活，抬头看了看我们，然后转身进屋去了。

过了一会儿，她从屋里拿出一个小塑料袋，交给小女孩。她对小女孩比划着，用手指着塑料袋，又指指我们。然后，小女孩跳进水里，左手托着塑料袋举过头顶，右手奋力地划水，向科考船游过来。

她过来索取小费！我立刻反应过来。因为事先看过一些资料，当地有这样的传统，别人为你提供了帮助或服务，就应该付小费。入乡随俗，我赶紧准备好零钱。

看着小女孩向我们游来，我开始担心她的安全，心中责怪那个狠心的母亲——仅仅为了一点小费，却让这么小的孩子冒险涉水，值得吗？当然，她还是顺利地游过来了。小女孩被我们拉上船，她的小脸已经涨红，微微喘着气，把手中的塑料袋交给我。出乎意料，里面还装了一张小纸条，纸条的一角已经被水浸湿。上面写着一行字，我看不懂，把纸条交给翻译。

纸条上写着：我是哑巴，不能说话，我让孩子送来树名——大科里亚树。

（姜钦峰）

曾经遇见的美好

只要拥有感恩的心，哪怕一个人的掌声也可以成就一台最精彩的演出。

——张以进

有雨请往西南下

窗外下起了淅淅沥沥的小雨，这在属于亚热带季风性气候的上海本没什么稀奇，此时我却有点忐忑不安，仿佛做了什么错事怕人发现似的。

跟我租住在同一院落的是一户安徽人，李姓老两口和他们刚上小学的孙子鹏鹏。鹏鹏平时不爱写作业，却喜欢拿着粉笔头到处乱画，墙壁上、窗台上、过道里满是他稚嫩断续的画作。近日，我受一家公益团体的委托，撰写一份救灾募捐的文案，便在网上查阅西南旱情资料。鹏鹏被我打印的彩色图片吸引住了，“正叔叔，这条鱼怎么在土坷垃里面啊？”

“小河枯竭了，鱼儿就跟着遭殃了。”

“正叔叔，这3个小朋友端的是什么汤啊？”

“这不是汤，是混着泥巴的井水。”

“那多脏啊，老师说喝脏水会生病的。”

“他们也不想，只是……只是没有办法……”真不知该给他从哪说起，我索性翻出网页，一一给他解释起来。

打那以后，鹏鹏对水就在意起来。奶奶洗碗筷，他主动端来淘米水；奶奶洗衣服，他把洗衣粉藏起来不让用，说太费水；爷爷担水去浇菜，他拦住不让，说明天指不定有大雨呢。这天早上，他盯着正在洗漱的我一动不动。

“怎么了，鹏鹏？”我有点惊奇。

“正叔叔，你以后用洗脸水刷牙好吗？”他怯怯地问。

“正叔叔，西南下雨了吗？”每天他都会问，下了或者没下都会跟他的表情息息相关。我说，新闻上讲旱情得到根本缓解至少要到5月份呢，他听罢，小大人似的背起手，皱了皱眉，露出很为难的样子。

那天公司加班，直到半夜我才回家。刚进院子，我就差点让一个盆子绊倒，皮鞋被水浇得湿透。等我小心翼翼地走近房门摁开灯一看，院落里竟密密麻麻地摆满了各种盛水的器具，每个里面都是满满的水。“干什么啊这是？”我不禁恼羞成怒，大喝一声。不一会儿，李叔走了出来，他有点尴尬：“不好意思啊小刘，鹏鹏这孩子太皮了,就这么摆了一天,晚上也不让收,不然闹着不肯睡,我本来打算等他睡着就撤,不成想我也打起了盹……”

这时,鹏鹏揉着眼睛出了屋,他见到我很兴奋的样子,急着问:“正叔叔,这样蒸发成吗?”蒸发?我猛地想起来,鹏鹏昨天问过我天上为什么会下雨。我当时打了个比方说,你看,这水槽里的水一蒸发就跑到天上变成雨了,如果水槽多一些,形成的雨滴就多一点……

我凝视着一庭院的桶瓶盆罐,心里忽然隐隐作痛,赶忙拦住开始收拾的李叔。在他惊讶的目光中,我把我的脸盆、牙缸、水杯也装满水摆在地上。明天,我自然会跟鹏鹏详细解释,但我想,那晚就让我们呵护一颗童心吧,哪怕只有一个夜晚……

淅沥的小雨仍没有停下的意思,我撑起伞去买吃的。路过李叔房门时,鹏鹏在一动不动地看着电视,我走过去想帮他纠正一下坐姿。电视里播的是《西游记》,刚好演到孙大圣邀请龙王为凤仙郡施雨的地方,我听见鹏鹏在小声嘀咕:“龙王,有雨请往西南下……”

(刘学正)

地铁里的笑脸

那段日子,我只身在广州开拓业务,出差的日子被孤单和挫折包围着。可是,工作没有漂亮地完成,我只能继续留在广州,继续每天乘地铁去不同的厂家游说。

秋日的早晨,阳光是那么明媚,一种充满暖意的温度包围着我。我的心却有些消沉,仿佛没有任何热度能融入我的脸庞。进入地铁前,我经过一面镜子,看到镜子里的自己西装革履、文质彬彬,脸上却是腊月的冰霜。

我刚进入地铁,就被一个拿着DV的男孩“盯”上了。那个家伙一身学生装,显然是个稚气未脱的大学生,他冲我说:“先生,拜托,笑一个!”他显然激怒了我,我愤愤道:“我凭什么对你笑?我现在郁闷得只想揍人,哪笑得出来?”在我的不满继续扩大之前,拿DV的男孩停了下来,一脸诚恳地说:“先生,帮帮忙,我这是为了自己得白血病的女友。”接着,男孩简单地给我讲了个故事——

原来,他的女友得了白血病,康复的机会很渺茫,更可怕的是女孩也渐渐丧失了活下去的勇气。患者的意志力是成功治疗的基础,可是女孩的灰心却让医生和亲友担心不已。于是,男孩决定为女孩拍摄999张陌生人的笑脸,收集999个陌生人的祝福。男孩说,“我并不知道我的努力会不会给女友一丝生的勇气,但是我不愿意她就此放弃自己如花的生命。”

知道真相后,我的眼角不由得湿润了,为女孩的不幸,也为男孩的付出。我为刚才自己的不耐烦而惭愧,顿时收起自己的愁容,展开了最真诚的笑容,冲着DV祝福女孩早日康复,享受世间最快乐的日子和最甜蜜的爱情。

为了配合男孩的拍摄,我不小心坐过了两站,不过这没什么要紧,只需坐回头的地铁就可以。我想象着男孩在地铁里不断收集着笑脸,心底的消沉也渐渐地消失了。等我走出地铁,重新回到喧嚣的街头,看着煦暖的阳光,我仿佛有了巨大的动力,每走一步都分外的坚定与有力。

(路 勇)

一枚军功章

我是一名眼科医生,同时还是一个收藏爱好者。由于这个爱好,医院里如果有外出的任务,我常常自告奋勇,因为走出去就可能有意外的发现。

今年春天,医院组织我们去一个边远的山区医疗扶贫。一天黄昏散步时,我被村口的一老一少吸引了。老者满脸都是皱纹,小孩大约三四岁,在玩着一堆乱七八糟的玩具。准确地说,就是那堆玩具吸引了我。因为在这些玩具中,竟有一枚价值千元以上的抗美援朝时期的军功章！

我走过去，和这位老大爷聊起了家常。老人说，他姓周，78岁了，小孩是他的孙子。我拿起那枚军功章，故作不经意地问："大爷，这是什么呀？"老人说："我当过兵，去过朝鲜，那是朝鲜给的一个牌牌。"老人把军功章叫作"牌牌"，和孙子的玩具很随便地放在一起，可见这枚奖章对于老人似乎不是特别地在意，而这对于收藏者来说，老人就是最好的卖家。

我反复看了看这枚军功章，然后对老人说："大爷，我看这奖章还很漂亮，要不，您出个价，卖给我吧！"不想老人一边摆手一边说："那可不行，那可不行！这是我在战场上拿命换来的，给多少钱我都不卖！"我有些不解地问："这么好的东西您怎么随便给孩子玩啊？"老人听了哈哈大笑："这奖章是我的命根子，孙子也是我的命根子，把两个命根子放在一起，我才活得有意思啊！"

想不到老人竟是如此睿智，我有点尴尬地笑笑，然后走了。

一周以后，我们的扶贫结束了。就在我们将要上车离开这里时，一个中年汉子拦住了我们。原来他有个远房姑姑得了白内障，听说我们在这里，刚刚赶来。我简单地检查了一下患者的眼睛，发现此时做手术正是时候。面对患者和那个中年汉子的乞求，我实在不忍就这样离去。于是我向领导请示，希望能把这个手术做了再走。领导同意了，给我留下了一台车和器械。

第二天的手术很顺利。在向当地的医生交代好有关术后护理的事情后，我和司机即将踏上归程。村里很多乡亲们都出来相送，那个中年汉子更是热泪盈眶。

在村口，我又看到了周大爷和他的孙子。周大爷递给我一个纸包："给你拿点红枣，回家给孩子吃！"

回家后，我打开了那个纸包。这时候，我竟然看到了那枚抗美援朝的军功章！

那一刻，我哭了。

（陶百军）

春天美

春天的味道真好闻，鲜鲜的，暖暖的，甜甜的，爽爽的。这味道让我觉得幸福和愉快，感觉到春天是那么的浩荡和宽广，感觉我也成为春天里的一棵植物了。

窗前的老梧桐，根部已露出地面，被行人踩得脱了皮，光滑地裸着，可春天一来，那紫色的花，就一朵朵，一串串，如烟如梦地开放着、燃烧着，把我的窗前绚烂成一片紫色的霞。

天空传来啁啾的鸟叫声，一对叫不上名的鸟儿欢快地落在梧桐枝上，用尖尖的小嘴，啄理身上的羽毛。一只鸟儿啄啄自己的羽毛，又转过头啄它身边的同伴。同伴不领情，拒绝它的殷勤，顽皮地把头闪开了。

有意思。小小的生灵，它们的世界也充满了天真。

童趣啊！像春天一样美！

一个男人从树下经过，或鸟儿悦耳的歌声惊动了他，或鸟儿美丽的羽毛惊艳了他。反正，他停住了脚步，抬头看那对鸟儿。好一会儿，那男人点了点头，好像决定了什么。接着他便弯腰在地上找什么。我发现他从地上捡起一块石头，之后环顾左右，找到一个适当的位置，拉开架势，准备将石头扔出。

一个女孩，也就是七八岁的样子，正在树下捡落下的梧桐花玩。刚开始她没在意那个叔叔的举动，这么好听的鸟叫声谁不喜欢听呢？可是，她发现那个叔叔在找石块，就警惕起来了。女孩的目光像黏住那个男人似的，一刻也不离。当男人拉开架势要扔那对正在树枝上歌唱的鸟儿时，女孩叫住男人说："不许你打鸟！"

男人问："为什么？"

女孩说："不为什么！"

男人说："这只鸟是你家的，你不许？"

"不是我家的。可是……"女孩低下了头，女孩想了一会儿，看了一下树和手中的花说，"是春天的！"

男人说："你说不是你家的了，我就可以把它打下来！"男人说着就又拉开架势，用石头瞄着鸟儿，预备要扔。

女孩很生气，泪几乎要流了下来。她看看鸟儿看看男人，忽然她拉开银铃般嗓子，“啊——”的一声。

鸟儿一受惊吓，扑啦飞了。

男人有点生气，拿眼瞪她。女孩并不惧怕，脸上漾着胜利的笑，对男人说：“就不许你打它！”男人说：“又不是你家的，为什么不让打？”女孩说：“你打鸟，它会疼的，一疼它就会哭。”男人被女孩的话逗笑了，说：“没听说过鸟还会哭。”女孩说：“那当然，什么都会哭。”

男人觉得这个孩子挺好玩，逗她说：“鸟怎么哭？你学给我看看。”女孩当真就闭着眼，张着嘴，哇哇学哭。男人被女孩逗乐了，笑着说：“这是你哭，不是鸟哭。”女孩不服气，说：“我哭就是鸟哭。人会哭，小狗也会哭，小猫也会哭，树也会哭。”男人不耐烦地说：“你呀，你真是个小孩子！不听你乱讲了，再见吧。”男人好像不那么生气了，甚至好像还有些开心，冲着女孩摆摆手，走了。

女孩又去捡树下的梧桐花。一边捡，一边轻声唱：“花儿美，花儿俏，蝶儿飞，鸟儿叫……”

（孙传侠）

月亮是个会撒谎的孩子

那个微凉的午后，我收到一位陌生家长寄来的信。

信的大致内容是其孩子先天性视弱，只能艰难地看见很近的事物，因此在学校里常被同学们嘲笑和捉弄，家长为保护孩子的自尊心便让她退学在家了，可孩子实在喜欢读书，于是，经别人介绍，家长请求我单独给她辅导功课。

我答应了，为无助的孩子，也为家长的诚意，更因自己是一名老师。

她是一个非常拘谨而有礼貌的女孩子。扎着两个马尾辫，穿着整齐干净的衣服，笑起来脸颊两边露出两个浅浅的酒窝。可是，也许是因为知道自己视力不好，她总是微微低着头，显得有些自卑。第一次见面，我没有直接给她补习功课，而是给她讲了许多童话故事，如《大灰狼与小白兔》、《白雪公主和七个小矮人》等，以此来增进我与她之间的感情。她听得非常认真，回答问题也很积极。

期间，我给她做了一道测试题：让她从前面的几个故事里，随意抽取一个关键词，然后简单地造个句子。她选择了“撒谎”一词，思考了两分多钟，然后一字一顿地说：“月亮是一个会撒谎的孩子。”说完，她捂着自己的小手，似乎很期待我的肯定。

这一句话，确实是我所未想到的，把月亮比拟成孩子，可以。可是，月亮为什么会“撒谎”？句子应该还没完整啊。我一时不知如何回答。想了一会儿，我说：“你再认真想想，下次老师再告诉你答案。”

走在回去的路上，我的脑子里反复回想着刚才的那一幕。然后，似乎是一瞬间，我恍然大悟：对啊，她是个视弱的孩子，只能非常艰难地看清眼前的景物，而月亮，或圆或缺，她又怎能知晓？于她而言，她只能从书本上或别人口中知道月亮的形状，有人说它像一艘弯弯的船，而有人却告诉她那是圆圆的满月。既然她从未看过月亮，她便自然觉得它是一个会撒谎的孩子。如此想着，我自责不已。她的造句是想让我帮她解开萦绕在心头的一个谜团，而我竟然没有领悟到。

第二天，在学校上课时，我将女孩的故事讲给学生们听，大家都被感动了，说想去见见那个女孩。

当40多个学生排成一排依次出现在女孩家里，说“月亮是个会撒谎的孩子”这个句子很美时，女孩愣住了，哭了。那是她第一次抬起头正视我们。浅浅的酒窝里绽开一朵灿烂的自信之花。

数日后，我收到了女孩家长的来信，信的结尾这样写着：“孩子从未见过月亮，也看不见，但是，你和你的学生却在她的心中勾勒出一轮美丽的月亮。谢谢你们……”

读完信，我的心中流淌出一种温暖的幸福感。是啊，“月亮是一个会撒谎的孩子”，这应该是我听过的最动人的一个句子。

（陈晓辉）

孩子们，暂停唱歌

20多年前的一个初秋，音乐老师带我们去校园旁边的一片小树林练习唱歌。那天天气宜人，很多植物依然披着绿装，和煦的阳光下，我们欢蹦乱跳，生机勃勃。

唱歌前，老师要求我们集中注意力，按照她的手势，各个组掌握好节拍，找到“感觉”，将“效果”体现出来。老师还许诺：如果明天我们班在歌咏比赛上获得第一名，她就奖励每个同学两颗大白兔奶糖。这个诱惑实在太大了，同学们没有不激动的，个个摩拳擦掌。看着老师的笑脸，跟着她的拍子，卖力地唱。

连续练习3遍，老师越来越满意，不住地夸奖我们。当她要大家休息片刻时，我们竟然纷纷要求继续练习。老师有些感动的样子，说：“好吧，这次我们正正规规地‘演习’，就按舞台上那样。”

起头，开唱。老师手一抬手，我们的嗓门整齐地汇到一起，声音嘹亮，响遏行云——正唱到动情处，我们忽然发觉老师神色有异，手不动了，两眼望着我们身后的某个地方。大家注意力分散，歌声顿时弱了、乱了。有人窃窃私语：“老师在看什么呀？”大家都回过头……

原来，小树林那边出现一位坐在牛背上的老奶奶。这位奶奶就住在校园附近的村子里，我们偶尔能看见她辛劳的身影。但是，今天情况不对劲：她似乎在哭，腰弓得像虾米，头昏沉沉地垂在胸前。有同学悄声问：“她怎么了？”没有人知道。

这时，老师轻轻叹了口气，“唉……”手垂下来，两眼不再关注我们。有个同学急了：“老师，怎么不练习了？”老师这才回过神，摆摆手：“孩子们，暂停唱歌。”又有同学问：“老师，那个奶奶怎么了？”老师压低声音：“不要大声——这位奶奶的孙子前几天死了，怪可怜的——现在，我们不能唱歌，那样她的心会很寒冷的……”

当时，大家都很安静。按老师要求，我们必须等老奶奶走远才能唱歌。但是，老奶奶一直坐在牛背上，而牛一直就在树林附近吃草。也不知过了多长时间，下课铃响了，我们再也没有机会练习合唱。老师草草收了场。

第二天的歌咏比赛上，我们连第3名都没拿到。但是，等到再上音乐课，老师却意外地带来大白兔奶糖，给每个同学发了两颗。老师是这么解释的："虽然比赛失败了，但我仍然很高兴——你们的爱心得了第一名。"

（张小失）

杰西卡的布娃娃

去年夏天，我随商务旅行团访美期间，在华盛顿逗留了3天。第一天午饭后，我和同事老冯趁着大家休息的时间逛了几个街头公园。

作为举世闻名的政治中心，华盛顿不像纽约那样四处是摩天高楼。这个城市倒像一个大公园，四处被茂密的植被覆盖，路边的很多大树的树龄都得有几十年吧。

街头有很多供游人休息的长椅，都是用很结实的松木做成的。这条马路并不宽敞，汽车很有秩序地行驶，即使斑马线上并没有行人通过，汽车也在距离红绿灯很远的地方就停了下来。人行道上行人步伐悠闲，每个路过身边的人都冲我们点头微笑，那种微笑就像孩子，非常纯真，让人涌起丝丝感动。

突然，老冯惊讶地喊道："快来看！"原来我们坐的这条长椅背上有一行英文小字。原来这是一条"私人"长椅，是华盛顿大学的一群学生送给一位叫"爱默克"的离休教授的礼物，老教授家就在附近。

这真是件很有意义的礼物，如果老人每天散步累了，坐在学生们送给他的这条长椅上，该是多幸福的一件事儿啊。公园深处的草坪上有一些塑料制的小雕塑——按比例缩小的火车模型、可爱的兔子等，非常有趣。

一位妇人带着一个四五岁的男孩走过来。美国的妇女看不出年龄，不知道是孩子的妈妈还是奶奶。小男孩金黄色的头发，蓝汪汪的眼睛，非常帅气，怀里还抱着一个很小的布娃娃。

他们走过一个系围巾、提篮子的老妇人雕塑时，小男孩突然踮起脚尖，把那个布娃娃放进了雕像的篮子里。看着布娃娃坐在篮子里，小男孩非常开心地围着雕像跳了起来。妇女要把布娃娃拿出来，小男孩坚决不肯，她无奈地摇摇头，跟小男孩说了几句什么，在包里拿出一张纸片放在篮子里，小男孩蹦跳着跟着她走了。小孩子的兴趣令我们感到莫名其妙。

我们走过去一看，原来是一张上边写着“杰西卡的布娃娃暂放于此”的纸片，还留了个电话。我们觉得美国人真是幼稚，公园里有那么多孩子在玩，这个布娃娃随时都可能被别的孩子顺手带走……

第二天中午吃过午饭，我突然想起昨天公园的那个布娃娃，有点好奇，于是又去了那个街边公园。

那个微笑的布娃娃依然老老实实地坐在“老奶奶”的提篮里，只是里边又多了一张纸条——“华盛顿明天有中雨，请管理员保管好杰西卡的布娃娃。”笔迹跟昨天的显然不是同一个人……

回酒店的路上，篮子中的那个布娃娃一直浮现在眼前，我内心既震惊，又感动。

（付体昌）

下一个过河的人

洪水肆虐的那年夏天，我从老家赴外地上大学。途中要经过一条小河，因为洪水泛滥，我没法过河。眼看班车就快要到点发车了，情急之中，只见河畔中漂浮着的乡村倒塌房屋后漂出来的一扇大门板正在慢慢搁浅，我便不管三七二十一，跳上这扇大门板，用木棒撑着它轻易向对岸驶去。

到对岸后，我想顺手将那扇大门板推向污泥浊水中，让它顺水漂走，但转而一想，何不留给下一个想过河的人呢？我从行李包中剪下一段包装绳，将那扇大门板拴在岸边的一棵柳树根上，然后又匆忙往县城赶路。

当我爬过崇山峻岭后，发现前面的一条大河水面更宽了，洪水咆哮，浊浪滔天，根本无法过河，码头边的横水渡早已停航。我苦等了3个多小时，洪水依然是没有减退的迹象。我只好背着行李，惆怅地从原路折回家等洪水退去。

当我从原路返回时，从远处看到那一条小河仍是污泥浊水。前无去路，后没退路。但是，我还是怀着试试看的心理，向那一条小河走去。到小河畔才发现，那一扇大门板居然还拴在河边的柳树根上，真令我意想不到——想不到"下一个过河的人"竟然是我自己！

人生路上，关爱别人，其实在无形之中就是关爱自己。

（颜桂海）

请珍惜我的善良

那次去姐姐家，6岁的外甥从幼儿园放学一回家，就哭着扑到了我的怀里。像是受到了惊天委屈。我赶忙抱住他，摸着他的小手问他。

"怎么了，小子？"

"舅舅，我受委屈了……"

"什么委屈？告诉舅舅，舅舅给你做主。"

然后，外甥这才喃喃地把事情告诉了我。原来在那天上午，他们幼儿园阿姨带着小朋友们观看了一部教育片，是一部反映西部小孩穷得吃不上饭、读不上书的电影。看完电影后，好多小朋友都感动得把自己身上的零用钱交给了阿姨，让阿姨帮他们捐出去。

"那你做什么了？"我问。

"我哭了啊！"外甥仍抽泣着。

“哭了？为什么啊？”我很不解。

“因为我身上没带钱。我觉得这些小朋友好可怜，我看了好伤心哦，所以就哭了。”

“你是对的啊！”

我还没把话说完，小外甥就把话接了过去：“可是，班上的小朋友都说我哭了没有用。什么也没做，什么都没捐。”

“不。你捐了的，小子！从你哭的那一刻起，你就已经为西部的那些可怜小朋友捐东西了。”

“捐了什么啊？”小外甥不解。

“捐助了你的善良啊！你的眼泪就是你的善良！这比什么物品都要好，西部的那些小朋友要是看到后一定会非常高兴的，甚至比接到了你们班同学捐助的钱还要高兴呢！”

“真的吗？”小家伙破涕为笑。

“嗯！”我坚定地点了点头。

有时候，眼泪就是最好的善良。它比财物更为珍贵，更能扣人心弦，更能让人感动不已。

为了真诚和爱，请珍惜人们的善良。

（冯有才）

老乡来了

传达室打来电话，说又有老乡来找我了，让不让进？我毫不犹豫地告诉他们：“不是早说好了吗？只要是找我的老乡，都请进。”

自从单位搬进新大楼后，想进大楼里找人变得越来越难了，要出示身份证件、登记、预约、打电话，盘查得很严。尤其是我的那些老乡们，一看衣着，往往就被拒之门外。

我的家乡是劳务输出大省,我老家又是外出打工人口最多的县,单单在我工作的这座城市,来自我们县的农民工就不下千人。他们都是我的老乡。我离开家乡,已经十几年了,在异地他乡与他们中的一些人认识,很偶然。老张和石头,都是在农贸市场买菜时认识的,老张租了个摊位,卖蔬菜,石头则是卖家禽的。我去菜场买菜,张嘴一说话,乡音啊,一聊,果然是老乡,认识了;王小三、小李疙瘩,还有水管唐,是我找人修理家里的水管时认识的。王小三是个小包工头,自己又开了个家政服务公司,长了一脸青春痘的小李和水管工小唐,都是王小三的雇工,维修好水管后,他们还免费帮我疏通了下水道,听他们说话很耳熟,一聊,果然是老乡,认识了;认识小老乡四桶子,还有点故事性。

那天,我因为有急事,匆匆忙忙出门,刚走到车边打开车门,身后跟过来一个小伙子,肩上扛着一桶矿泉水,气喘吁吁地站在我身边,我诧异地看看他,不知道他有何事,小伙子张大嘴,憋了半天,终于结结巴巴崩出了 4 个字:"你、你的钥匙!"我一看,还真是我的钥匙。小伙子平静了一下,又崩出几个字:"刚、刚才,俺、俺看到你身上掉、掉下一串钥匙,想喊、喊你,可是,俺说话结、结巴,喊、喊不出,只好追、追上你了。"我向小伙子表示感谢。小伙子这次倒是利索地崩出 3 个字"不用谢"。这回听出口音了,很熟悉,很亲切,一聊,果然是老乡,认识了。他告诉我,他是个送水工,因为力气大,一次能扛 4 桶水,所以,大家送了他一个外号:"四桶子"。他笑着说,你也喊我"四桶子"好了。

是乡音,使我从拥挤的人群之中,认出了他们。虽然在这个城市,我已经工作了 10 多个年头,也结识了一些新朋友,但我认识最多的,相处最为融洽的,还是这些老乡。老乡们来找我,其实也没什么事,大多是他们偶尔得闲,过来看看我。在他们眼中,我是个文化人,也算是个有身份的人。

有一次,我在单位楼下等人,无意间听到几个过路人边走边聊,一个中年人用手指着我们单位的楼,对其他人说,这楼里有俺们一个老乡!那说话的语气,竟然充满了自豪,就像在说自己的一个家人似的。我听出了他们的乡音,那是萦绕在我每一滴血液里的声音啊。我看看他们,一个都不认识。目送他们走远,我的脸忽然有点火辣辣——我何德何能,能让他们记住我,并以有这样一个老乡而高兴满足?仅仅是因为我有一个比他们轻松、体面、收入高的工作吗?

同事们都知道我有很多老乡，他们也知道，我的这些老乡，不是贩菜的，就是卖水果的；不是工地上的架子工，就是车间里的机械工；不是送水的，就是扫马路的；不是开出租车的，就是路边修鞋的。没错，我的老乡们，在这个城市总是做着最苦、最累、最脏、最没地位的活，挣最少的钱。很多人以为，我的老乡们来找我，都是遇到了什么困难来找我帮忙的。恰恰相反，很少有老乡来找我帮忙，他们有的是力气，他们有最好的韧性和耐力，他们从来不愿意给别人增添哪怕一点点麻烦，因此，不到迫不得已，他们绝不会将自己的难处呈现在别人面前，尽管在这个城市他们处处步履维艰，时时困难重重。倒是他们，常常给我以帮助：家中的下水道堵了，小李疙瘩会来及时帮我捅；家里的电线短路了，一个电话，王小三就能解决；听说我要搬家，秦大牛们不请自来……

我能为我的这些可爱的老乡们做点什么呢？几乎什么也做不了。年前，几个老乡来看我，闲谈中得知，他们已经有几个月没拿到工资了。恰好他们的老板我认识。我立即自信地拿起了电话。老板听了我的来意，哈哈大笑："兄弟，你怎么和他们这帮人混在一起了，多掉价啊？这事别说了，哪天你来我的厂，我送你点年货，请你吃饭！"说罢，挂了电话。羞辱、气愤，充斥胸中，却无可奈何。忽然明白，那些和你称兄道弟的人，未必是兄弟，而真正的兄弟，你又往往欲助无力。这是怎样的悲哀、痛彻和无奈？

"咚咚咚——"办公室门响了，我赶紧起身，去迎接我的老乡们。我已经准备好了茶水和香烟，还有一直不敢忘怀的乡情。我至少可以做到，用浓浓的乡音，恭迎和我同在一座城市打拼的乡亲们。

（孙道荣）

停止进攻

公元前496年，雅典和斯巴达之间战火激烈，斯巴达军队攻城掠寨，长驱直人。雅典城危在旦夕。

正在这时,雅典城内发生了一件十分悲痛的事:著名诗人索福克勒斯因病不幸去世,尽管战火硝烟笼罩整个雅典城,但雅典百姓仍暂时忘记战火,陷入了巨大悲痛之中。

索福克勒斯是古希腊三大悲剧作家之一,他一生写了120多部剧本。他生活在雅典全盛时期,他的剧本反映的大都是雅典民主繁荣时期的思想意识,他大力倡导民主制度、公民平等、法律健全等积极主张,他的作品在民众中广泛流传,深受古希腊民众的欢迎。

索福克勒斯去世的消息迅速传遍了整个雅典,也传到了正在激战的前线。斯巴达军队眼看就要攻破雅典,取得战争的胜利。

斯巴达将军闻听诗人索福克勒斯突然去世,也顿时陷入悲痛之中。为了让雅典城老百姓安心将诗人安葬,斯巴达将军随即下达命令:停止进攻!

身边的大将不解,眼看胜利在望,为何要停止进攻?

斯巴达将军横刀策马,望着近在咫尺的雅典城,那布满血丝的眼睛里顿时溢满了柔情,他喃喃地说道:“城邦之间交火,许多是野蛮与霸权的暴虐。但是,科学与艺术是超越国界的,值得全人类顶礼膜拜,诗人的热血流淌在我们每一个人的心中。”

(李良旭)

感念琴声

6岁那年,我随爷爷搬到县城住,离家几步之遥的街道上常有熙熙攘攘的人群,但爷爷从来都不许我去那里。

一天下午,耐不住寂寞的我趁爷爷不在家,一个人偷偷溜到了街上。市场上各种好玩的东西让我大饱眼福,形形色色的小吃也令我流起了口水,我随着人群不停地在街上闲逛，欣赏着自己喜欢的东西。不觉间，天已经很晚了，街上的人群渐渐散去，商店也忙着打烊，环顾四周，眼前的一切都很陌生。这时，我才惊慌失措地发现，自己竟找不到回家的路了！

我揉着脑袋从纷乱的记忆中搜寻着有关家的信息，终于想起了家门旁立着的一根电线杆，我便像一只无头苍蝇到处乱窜，可是以前那么熟悉的电线杆，这时却怎么也找不到了。大街上的人群逐渐散尽，天上的飞鸟也成群结队地归巢了，空阔的大街上只剩下孤独无助的我，恐惧与饥饿让我有些发抖，在昏黄的路灯下我伤心地大哭起来。

这时，远处传来了悦耳的口琴声。我寻声望去，一条胡同口的石凳上有个男人正用心吹着口琴。走近细看，他竟是爷爷家的隔壁邻居李伯伯，我想让他带我回家，可又不好意思说自己迷路了，只是呆呆地站在他面前。

“真巧，在这里遇见你。”李伯伯说，“今天的夜色不错，你是出来散步的吗？”

我怯生生地点了点头。

“那，你可以听我吹一首曲子吗？”

我低着头，双手捻着衣角，哽咽着回答：“可是，我想回家了。”

“那我们边走边听好吗？”

李伯伯不等我回答就吹起了口琴，走在前面。我紧紧跟着他，在柔和的月色下，在优美的曲调声中，我们踏上归途。到了爷爷家时，他停下了口琴，笑着对我说：“谢谢你能听我吹琴，明天见。”我害羞地笑了一下，跑进家门。

当时我心中只是充满了感激，并庆幸自己迷路的事没有被李伯伯发现。而现在，我突然领悟到了他的良苦用心。其实，那天他听到我的哭声就知道我迷路了，但他非常了解我是一个很害羞的孩子，便没有扮演“拯救者”的角色，而是吹响口琴让我发现他，跟他走出困境。如今想来，总会暗暗发笑，笑自己那时真是太“聪明”了。

后来，由于社区改建，李伯伯搬回了乡下老家，见面的机会越来越少，但我一直都为有如此暖心的邻居而感激不已，他的琴声一直荡漾在我的脑海里，永不消逝。

（刘学正）

给大树打点滴

我随一个视察团到林区小城视察。

这座小城才建起不到一年,所有建筑都是崭新的。令人惊奇的是,城市的绿化非常好,街道边和小区里已经处处都是绿树成荫。看着这些生机勃勃的大树,每个人都以为这座小城是在一片森林中建起来的。但是,当地的一位建设者否定了大家的猜测:这些树木都是从别处移栽过来的。这种说法让人难以置信。

走到一棵大树下,我偶然抬头,结果看到了一个奇特的景观:在这棵大树上,悬挂着一个充满淡黄色液体的透明的塑料袋,塑料袋下面,延伸出一根导管,末端插在大树上。这情形让我一下子想到了打点滴。这难道是在给大树打点滴?怎么可能?仰着头仔细看了又看,塑料袋上有字:提高存活率、补充生命液。一种不可思议的感觉包围着我,再走到其他树下,透过浓密的枝叶向上看,原来每棵树上竟然都悬挂着打点滴的塑料袋。在我的带动下,身边其他的人也都发现了这个奇观。大家或惊呼、或叹息,或静静凝望。

一位当地人解释说,为了创造优美的人居环境,建设者们从附近的大山里把这些树木移植进城。如同人换了新环境会上火一样,树被移植到新的土壤也会水土不服,慢慢就会生病。同时,移植过程中不可避免的切割和暴露时间较长,会使树木的根茎受到一定的损害,它们对水分和养分的吸收及传输能力会下降。在这种状态下,如果不加以人性化的护理,大多数树木都会干枯而死。林区的人每天和树木打交道,树就如同朋友,亲人。生命存活的道理是相通的,于是大家便想出打点滴来为他们补充营养、治疗伤痛。整个过程,如同给人打点滴一样,人们先在树的主干上钻出一个小洞,洞口向上还要和树干呈45度的夹角,然后把输液袋钉挂在洞的上方,垂下输液管到小洞里就可以输液了。打点滴前也要注意消毒,以免造成树的伤口感染。

当地人讲得有声有色,就如同一位医生在给病人打点滴一样。我们听得震撼动容,明白了为什么每一株树木都能如此生机勃勃地成长,为什么这座小城能处处绿荫如织,环境怡人。

忽然想到，自己生活的城市里树木实在少得可怜。绿化是每年都要搞的，大张旗鼓，花许多钱栽种下许多树木。但是，真正存活下来的，却寥寥无几。下一年，枯树被拔掉，又栽下新的树木，结果又是一次从生到死的匆匆轮回。

看着这些悬挂在树上的小小点滴袋，我想到了一个很严肃的问题，那就是，我们对生命的态度问题。树木也是生命，但是在有些人眼里，它们只是简单的一块木头，强迫他们服务于自己，却又肆意违背他们的生存成长规律，最终把他们折磨致死。而这些人除了一番徒劳的折腾，最后什么也没有得到。

我想，生命都是懂得感恩的，树木也是一样，我们给予他们的关爱与敬畏，哪怕是一点一滴，他们也会铭记在心，然后努力用绿色与树荫回报我们。

（感　动）

邻居的拖鞋

单身的我自从住进这个环境优美的小区，就全然没有过那种心情舒适的感觉。小区里的每家每户，都被厚厚的防盗门分隔开了，别说串个门，就是打个招呼的都没有机会。我正被孤单侵扰着，物管的保安又来了：平时要注意锁好门窗，严防小偷啊！

时间久了，每每下班回到居住的小区，我的脸便和防盗门一个颜色了，铁青铁青的，仿佛谁欠了我钱一样的。再环顾四周，匆匆来去的居民们都一个表情，仿佛大家并不是要日日生活在一起的邻居，倒像是火车站互不相干的路人。家人在一个偏僻的小镇，联系又十分不便，身体有了疾病，也没有嘘寒问暖的人。这样的日子真的很难捱。

要出差了，我将要紧的钱物放进了保险箱，反复检查门窗是否关严后，才拖着行李箱出门。门外是一片喧哗，原来对门搬来一对慈眉善目的老夫妇。面对一对老人的笑，我机械地应和了一下，并没有多少热情，然后急匆匆下楼去赶班机了。

从另外一座城市归来时，我已经满身疲惫，又遇到了大雨。冒着雨进了小区，到了自己所在的单元拾阶而上，正要开启房间的门，却发现门前摆放着一双干净的布拖鞋。刚要放松下来的我顿时紧张了起来……

这时，对门的老婆婆出来了。“孩子，回来了。这拖鞋是我放的。”听到老婆婆这么说，我顿时满头雾水，不知道老人家的意图。老婆婆拉着我的手，对我娓娓道来。

原来，老婆婆喜欢看报纸，她从报纸上看到许多窃贼偷盗的消息，就怕有人趁我不在入室行窃。于是，老婆婆每天放一双干净的拖鞋在我门前，给窃贼家中有人的迹象，让他们不敢轻举妄动。不仅如此，老婆婆还会每天把那些塞在防盗门中的广告单一一取出来。因为如果窃贼看到广告单在门缝里堆积成山，自然晓得房子主人去了外地，安全还是无法得到保障。

一个刚搬来的邻居，甚至还没有言语的交流，竟然能如此细心地关心别人，我很是感动，不知道说什么好。一边的老爷爷说话了：“孩子，远亲不如近邻，咱们以后可要相互多关照了。”

我顿时感觉外面的暴雨很远了，阳光也一点点出来了……

（路　勇）

龙哥养“门客”

龙哥是我读研时代的班长、舍友，鲁南人，父母办了个小工厂，家资殷实，为人豪爽，颇有古士遗风。

在我报到当天刚进宿舍时，膘肥体壮的龙哥正在草席上酣睡。听到动静，他热情地起身为我搬运行李。时近中午，他又拖着150斤的沉重肉体从食堂打来饭菜，叫我一起吃。

龙哥学习不错，也很热情，哪天做实验很成功或者踢球时进了一粒球，就会去楼下小店买来卤物和啤酒，约我和地理系的阿明一起大快朵颐。龙哥常说，有福同享。

研二时，龙哥在篮球场上偶遇一求职受阻当“校漂”的高中同学，当晚请他吃了一顿烧烤，让我作陪。此后，这个同学常来叨扰龙哥。再后来，每天我们去上课，这位仁兄在宿舍玩龙哥的电脑，疯狂地打游戏。渐渐地足不出户了，龙哥每天中午还要给他带饭回来。我们很佩服龙哥的热情和耐心。

虽然龙哥身上从来不缺钱，但是养着这位“门客”还是挺有压力。只是龙哥从来没皱过眉，他说人都有不如意的时候，能帮就帮一下，会好起来的。

好几次阿明跟我说，龙哥是不是学傻了，自己没挣钱，还养了个闲人……

半年后，龙哥凭借一篇高质量的论文和导师的良好评价获得8000元奖学金，燃眉之急迎刃而解。龙哥自然又请大家“搓”了一顿。龙哥请客后的第二天，那个每天打16个小时游戏的“门客”突然不辞而别。龙哥打他电话他不接，短信也不回。

阿明在一旁气得直骂，这孙子白吃白喝快半年了，连个屁也不放就走了，龙哥，他这不是玩你么？龙哥静静地躺在床上，一动不动，饭也没吃。

“门客”消失两周后，又出现在我们面前，只是精神焕发。见到我们，他激动地跳起来抱了抱龙哥说，今晚我请客，三位想吃什么尽管点……

原来，这位程序设计专业毕业的“门客”兄弟这半年来一直在给一个大型网游做兼职测试和需求开发，双方约定游戏上市后报酬一次付清。半月前，那个网游正式上线了，赚了很多钱。这位仁兄不但获得了一笔丰厚的报酬，还顺利进入了这家公司，月薪5位数起步。

我们都听得几乎惊掉了下巴。

几杯酒下肚，龙哥才说，走怎么不打个招呼？

“门客”说，我怕这次去了谈不拢，拿不到钱。如果真是那样我就不回来了，再没脸见你了。不过，还好……

龙哥端起硕大的啤酒杯吼道，你瞧你那点出息，哥担心你出事儿，那天一宿没睡啊,你全给我干了。龙哥的话让我们的眼睛有些发潮。

第二天早晨我们还在酣睡,“门客”悄悄飞走了。他给龙哥留了一个很大的信封,里头是5000块钱和一张纸条。

纸条上写着:龙哥,这辈子有你这个朋友,知足了。欢迎随时来杭州骚扰我,这是一点路费。

(付体昌)

伸向左边的小手

那天午后,我坐在有些狭小的办公室里收学费。孩子们将我团团围住。我紧张地忙碌着,不一会儿,鼻尖就冒出了汗珠。

屋子里有些闷热,我叫孩子们把窗户全部打开。凉风吹进来的时候,我发现窗外的飞虫也乘机涌进屋子。我轻声地抱怨天气的炎热与飞虫,然后看着孩子们把钱如数交给我后又慢慢地一个个挤出。一共146.4元的学费,就这样被我反复数来数去。我将收好的钱放在左手边,然后用一个教案本轻轻压住,最后麻利地登记上名字。

孩子们说说笑笑,格外热闹。我脸上堆着笑,不时插嘴和他们聊上几句……

正登记着名字时,我的笑忽然凝固在脸上——我瞥见了一只小手,正从我的身体左侧伸出,试探地摸向我左手边的桌子。我没有说话,仍然忙碌着,甚至没有刻意去看。我想看看那只手到底要干什么,可那只手,此时似乎觉察到了什么,又悄悄地缩了回去。

我严肃地瞥了一眼旁边的学生,学生们立刻安静了下来,而站在我身体左侧的那个学生,脸随即变得通红。我看清楚了他的脸,原来,那是个我不太喜欢的小男孩儿——一个学习落后的学生,而且还有偷东西的恶习。

我瞪了他一眼,没有再去理会他。我以为他会“收手”,可我发现,那只小手不一会儿就又伸了出来，慢慢摸向我左手边放钱的桌子。我眯起眼睛，用余光细细观察，这时，我看见那只小手又偷偷地缩了回去。让我倍感意外的是，那只手在众目睽睽之下，在我的严密监视之中，竟然几次三番试探着伸出又缩回，最后，从桌子上缩进口袋里一动不动了。

我立刻警觉起来，猜想钱一定是少了。我有些愤怒，甚至冲动地想当面清点钱数。可是，我还是控制住自己，我不想当着这么多学生的面发作。其实，那一刻，我实在是没有发现什么。

经过一个午后的忙碌，学费终于收齐。此时，上课的铃声响了起来。我匆匆奔向学校的财务室。在财务室里，我开始清点钱数，交接手续。让我意想不到的是，点到最后，上缴的学费竟然少了10元钱。

这时，我有些疑惑，但更多的是愤怒。我开始想起午后那只伸向我的手。我敢断定，钱就是他拿的，我知道他的底细——他曾偷过许多同学的钢笔和钱，遭过我多次训斥。我快步奔向教室，呵斥着把他揪了出来，不容分说拉着他向办公室走去。班里的学生纷纷探出头来望着，然后议论纷纷。

在办公室里，我生气地把他拉到墙角，以不容置疑的口吻大声质问他："学费中少了10元钱，是不是你拿了？"他稚气的脸一下子扭曲起来，泪水瞬间淌了一脸。他大声辩解："我没拿，我没拿钱……如果拿了，我是小狗！"

我冷笑了一下，气愤地说："还想狡辩！拿了就是拿了，还不承认？"这时，我看见他的脸憋得通红。他愤怒地推开我，哭泣着冲出办公室，向校外跑去。

放学后，我决定到他家家访。跑了和尚跑不了庙，我想让他母亲好好做做他的工作，逼迫他把偷的钱拿出来。我回办公室收拾桌上的东西，准备离开。忽然，从一本教案本里，飘出一张10元的崭新纸币。我一下子惊住，原来在这儿。钱找到了！我终于松了一口气，可心里却不安起来。

那天放学，我没有去他家找他"说事儿"。那天晚上，我睡得很不踏实。我在深深地自责着，脑海里反复闪现出那只小手，让我越加感到疑惑。

第二天清晨，我早早地来到学校，把他叫到办公室里。这次，我摸着他的头愧疚地微笑，而他却不自然地把头低得很低。我以抱歉的口吻轻轻对他说："对不起，昨天老师冤枉你了，钱找到了。"他轻轻哼了一声，算是回应，然后慢慢地昂起头。

"你能告诉老师,那天下午,你的手伸向我的左手边,究竟是想做什么吗?"我还是无法抑制心中的好奇。

小男孩嗫嚅了半天,一副欲言又止的样子。他低下头,思考了许久,最后才抬起头,低声说:"老师,你左手的袖口边,爬着一只虫子,难道你不知道吗?我想帮你拿下来。"

小男孩说完后,我感觉我的眼睛里有雾气升腾。那一刻,我醒悟:原来,每个孩子心中都有一个爱的春天,而我们的眼光不能总停留在深冬。

不过,很快我就开始微笑起来——我懂得,当爱苏醒时,拯救才真正开始。其实,我一直都在等待这一刻的到来呢!

(侯拥华)

你简单,世界就简单

香雾缭绕的普陀山上,我与一朵花邂逅。那是一朵神奇的三色花,层层叠叠的瓣,鹅黄色的蕊,在乱草丛中静静地绽放。

我久久凝视,被它的美丽所吸引。恐怕最高明的画师,在它面前也要自惭画工拙劣,难以描绘它的风雅。

我想采摘下这朵花,风干,制成书签,让它淡淡的芳香伴我读书。这样一想,竟兀自笑出了声。

正欲抬脚,草丛里传来一阵窸窸窣窣的声响。我寻声望去,只见一条墨绿色的蛇吐着红色的信子,在草丛间游动。我吓得脸青唇白,惊出一身冷汗。

我呆立在那里,连大气都不敢喘一下。我,一朵花,一条蛇,在短短几分钟内,进行了一场心灵的对话,且达成共识——互敬互让,各不相扰。

我没有惊动蛇,蛇也不曾伤害我,当然,那朵花继续在山野之间,接受阳光雨露的滋养。

我们总是抱怨世界太复杂，其实许多时候，是我们的心湖被“自私”的橹搅乱了，起了波澜，失去了原有的清澈与宁静。

冰心老人曾说：如果你简单，那么世界也就简单。我想，人与人之间，人与动物之间，人与植物之间，都需要彼此尊重，相互依存，才能构成一道和谐自然的美景。

（顾晓蕊）

最为明亮的灯光

15 岁夏天的一个下午，在去庄稼地拔草的路上，我因为捕捉路边一只健硕的蟋蟀，就把路边把那堆花生秧点燃，想把蟋蟀熏出来。可是，让我没有想到的是，那堆干枯的花生秧趁着强劲的西南风，马上腾起了熊熊的大火！吓坏了的我则一口气跑到了野地里。

夜色降临后，我看到有很多村里人匆匆地来到离我不远的花生地里，拔掉了尚显青翠的花生秧，并不住地叹息道：“这些花生都还未成熟，要不是那些干的花生秧被烧掉了，真舍不得拔掉了喂牛！”

我越来越意识到了事情的严重性，如果我现在回去被村里人抓住的话，可能会被打死的！于是，我就慢慢地下定了要离家出走的决心。

然而，就在我刚钻出那片庄稼地时，我却看见父亲站在面前！父亲要我马上跟他回家，还说村里人不会把我怎么样的。

父亲的话让我有了稍微的放松，可马上，我又警惕地问道：“如果我回去了，村里人抓住我怎么办？”

可能是看出了我的疑虑，父亲就指着村子对我说道：“村里人劳累了一天，都熄灯歇息了呢！”

顺着父亲的手看去，我看见村子里果然漆黑一片。那时我们村里刚刚通电不久,夜晚干活时,村里人经常在各自门口亮起灯泡。

然而,当我来到村里的大街上时,却发现每家的门口却都有人在摸黑忙碌着:他们都在摔打着刚从地里拔来的花生秧,把上面还未成熟的花生摔下来后,好让耕牛吃那些花生秧。不光是没有灯亮着,并且当我和父亲经过每家的门前时,村人都好像没有看见我们似的,没有朝我和父亲说话。

我忽然明白了:原来,当知道我要回家时,善良的村人们不约而同地选择了不亮灯,以此来宽容和原谅我的过错。

就这样,我在漆黑中经过村子的大街,从村人们的面前一一走过,在释然与感激中回到了家中。

这件事情虽然已经过去了很多年,可我却一直认为,正是由于那个晚上村里人制造的善意的黑暗,才让我得以有勇气回家,也才让我那颗几近绝望的少年的心得以安然。长久以来,那个晚上的黑暗一直牢牢地占据在我心灵的最深处,并以最为明亮的灯光的姿态,照耀着我的每一步前进。

（青　秋）

卑微的善良

一辆黑色的奥迪迅速地冲出医院大门,欲拐上人行道,瞬间,一位正在行走的老人被车撞倒在一边。车向后倒了一下,司机根本没有下车,只是向左边打了一下方向,准备避开老人行驶,医院门口许多人都看到了,老人就是被这辆黑色轿车撞倒的。一位在医院大门边上卖茶叶蛋的老奶奶挺身而出,拦住了车子。路不宽,中间站着一个人,这车就再也没有余地可以行驶。

被撞倒的老人在地上歇息了一会儿,自己站了起来,只是有些踉跄,身上沾满了泥土,司机仍然不可一世静静地坐在车里打着电话。这时,车的前面已经站着好多人了,卖报纸的老大爷,清洁工阿姨,修车的中年人,他们静静地站在车前，用一种愤怒的目光盯着车子以及车里的人。

被撞倒的老人走了过来。有人关心地问他："伤得怎么样？"他甩了甩胳膊，然后又用力扭转了一下腰身："没有什么大碍！"他说得坦然。

这时，有人拨打了报警电话，有人劝老人去医院检查一下。这是车撞的，当时可能没有什么感觉，也许过了片刻就会感到难以承受。医院近在咫尺，还是去彻底检查一下才放心。车里司机原来不可一世的模样消失了，却依然不肯下车带老人去医院做检查，依然与车前站着的众人相互僵持着。

最先站在车前拦车的卖茶叶蛋的老奶奶激动地说，她的老伴也是被一辆车撞倒的，当时他没觉得怎么样，等了片刻，见没有大碍就让车走了，可是，就在他准备转身往回走时，却又猛地摔倒了，倒下就再也没有醒来。那车再也没有露面，自然甭指望有人过问。想起来就令人心痛，老伴是多么好的人啊！可是，他早早地走了，现在想想都后悔，要是他当时就去医院检查一下，说不定就可以挽回生命。

车前的人七嘴八舌地谈论着关于车祸的话题。交警也在片刻之后赶到，询问了经过后，勘查了现场，让惹祸的司机带着老人去医院检查一下身体。司机不情愿地嘟囔着，但在众人的逼视下只得无奈地带着老人去了医院，医院门前暂时恢复了平静。

不一会儿，司机带着老人走出医院，值得庆幸的是，老人身体并无大碍，只是软组织受了些轻伤。见老人身体无妨，交警就撤离了现场。那司机像是松了口气。

那些摆摊的又回到自己的摊位前，斤斤计较地做着自己的小生意。茶叶蛋1元一只，报纸1元一份，他们在赚着辛苦的零钱，修车的师傅挽起了衣袖正在用力扳一颗螺丝，清洁工阿姨扫去地上的垃圾，也扫去了刚才的痕迹。他们这群卑微的人，就像大海里的一滴水，散落在生活的各个角落里，各就各位，而有时，当他们的善良和爱心凝聚到一起，就是一股巨大的不可忽视的力量。

（仲利民）

曾经遇见的美好

周末，闲暇在家，百无聊赖地翻起QQ里的好友列表，才发现我的好友已达到上限。不得不承认，有些网友只聊了一两次便永远地沉默在我的好友列表里。

为腾出空间，我决定删除一些久未联系的网友。当我点开鼠标右键时，手不由得停住了，这个叫“无解之谜”的人曾经给我寄过样报。那时，我刚开始写作，做梦都希望自己的文字能变成铅字。偶然的一天，一个文友告诉我，《扬子晚报》发表了我的文章，我欢欣雀跃，开始不停地加江苏的网友，直到遇见他——“无解之谜”。他说，他有当天的《扬子晚报》。我说了文章的题目，他就开始一版一版地找，找到后要了地址说马上寄给我。4天后，当我收到样报时，竟然激动得热泪盈眶。后来，我们的交谈便在日复一日里稀疏下来，再后来几乎没了联系。今日，我把往事好好地咀嚼了一遍，才知晓他当时给了我怎样的温暖和鼓励，于是，我双击左键，给他发了一个笑脸。

还有一个叫“一叶知秋”的女孩。那时，我还在上大学，快过年时，大家纷纷去火车站购票。她问我，你要去买火车票吗？我说要。她说，我家就在火车站旁，我帮你买吧。考完试那天，我去火车站旁拿火车票，当看到黑压压的人群时，心里忽然掠过一阵温暖。和他们相比，我是多么幸运，我不需要排长长的队，也不需要为能否买到票而担心，买票的操劳和奔波，都由她一个人承受了。当时，我很是感激，便请她吃了一顿饭。寒假过后，她很少上线。后来，我们很少聊天，偶尔碰到了也只是打个招呼。现在，当往事又清晰地浮出脑海时，我才知道她曾经带给我怎样的感动。我不禁敲下几个字：好久不见，最近好吗？

人生是一个边走边遗忘的过程，只有时时往回看，才能知道，我们曾经遇到过的美好和温暖。

（范泽木）

听见音乐，请放轻脚步

上初中一年级时，我们开的音乐课程，是一位刚大学毕业的女老师教的。她人长得十分漂亮，眼睛大大的，有两行如玉石般洁白明亮的小米粒牙，笑起来特别迷人。而她所教的关于音乐的知识，让我至今不能忘怀。

那时，我们的音乐教室是固定一间房间，全校的学生逢到上音乐课，都要到那个教室里去。我清楚地记得，上第一节课时，大家对音乐很神往，都争先恐后地往里面挤，嘻嘻哈哈地闹个不停。这让正坐在讲台上弹奏钢琴的老师立即停了下来，她因生气而涨红了脸："都出去！"她叫的声音非常大，很生气的样子，把我们都震住了。那一节课，我们果然都是站在教室外面上的，屋里只有她一个人。舒缓的音乐从窗口传来，大家谁也不说话。"音乐是最神圣、最纯洁的东西，不准有任何打扰。"这是我们第一节课所获得的知识。以后每逢上音乐课，我们都排着队，有秩序地进入，整整齐齐地安静地坐在那里，再也不敢大声喧哗和吵闹了。

那时是夏天，中午要睡午觉，音乐课在下午第一节，所以常常有学生因睡过了头而迟到。有一次，一个男同学在上课十分钟后才匆匆忙忙地赶来，跑步声极响，到达门口时，又十分用力地"嘭嘭"敲门。那一刻，我们注意到老师特别恼火的表情了。她没有让那个同学进入。"你迟到了老师不责怪你，可你不该如此鲁莽。"她说，"无论你有多么重大的事情，无论你心里有多烦乱，但当你听见音乐的时候，你至少要放轻脚步。这是上音乐课我教给你们的对待音乐最基本的态度。"在那一学期，她教会了我们很多优秀歌曲，像《莫斯科郊外的晚上》、《雪绒花》、《喀秋莎》等，直到现在我仍会吟唱。

然而，留给我的并非仅是这几首歌曲，"听见音乐，请放轻脚步"，就这一句简单的话，却影响了我的一生。世事喧嚣，浮华寂寞。每当看见翠绿欲滴的草坪，我绝不会抬脚踏上；每当看见娇艳芬芳的花朵，我绝不会伸手摘掉；每当看见纯真开心的笑脸，我绝不会冷淡造次地打扰。就像在以后的日子里，走在坎坷的路途上，每当听见音乐时，我都会平静下来，停止手中的活，用心聆听，让心情舒缓，让灵魂飞翔。因为我知道，这是对音乐最起码的尊重和热爱，这是对美丽的归依和信赖！

（薛　峰）

樱花美

妈妈看着窗外说："春暖大地，樱花开了，我们去樱花村看樱花吧。"我顿时兴奋起来："好啊！"妈妈被我的快乐打动得泪眼婆娑。

我是一个盲人，16 年来，妈妈几乎寸步不离地陪着我，用她的爱小心翼翼地呵护我，并教我如何生活，如何坚强乐观。我问妈妈："去樱花村远吗？"妈妈说："不远，也就一个小时路程。有去樱花村的旅游专车呢！"

第二天早上，我和妈妈坐上去樱花村的旅游车。车上人不少。汽车快启动时，急急慌慌上来一姑娘。妈妈忙把座位让给她："姑娘，坐这儿吧，这儿上下车方便。"姑娘说："谢谢您！"然后坐在我身旁。听声音她和我年龄相仿。妈妈在我身后面找了一个位子坐下，问姑娘："你一个人去樱花村？"姑娘说："是的，我妈把我送上车就回了。"妈妈听了没吭声。姑娘知道妈在想啥，忙说："我姨家就在樱花村，我妈打电话给姨说好了，姨会去车站接我。"

听姑娘说她姨家住在樱花村，我来了兴致，问："听说樱花村家家户户种樱花，是吗？"我这样的问话她可能没料到，也或许是她看我是盲人，我感觉她愣了一下，"是啊，家家都种的。"姑娘接着说，"每年春天，在樱花村，只要迎春花一开，接着樱花就开了，家家户户，大街小巷，一个村子开得花团锦簇，绚烂极了。樱花的芳香熏透了整个村庄。特别是樱花村的樱花园，方圆十几里，铺天盖地，一望无际，真是太壮观了！"

女孩说得有些动情，我听到她急促的喘息声。不知为什么，她的喘息却让我莫名地激动。我想，此刻我要能睁开眼睛该有多好，我要好好看看她。她的脸庞一定焕发着樱花一样的光彩。我说:“俗语说看花容易栽花难。樱花好种吗?”她笑了,说:“樱花适应性强,不怕寒不怕旱,容易移栽,但怕多水,也怕风。”我看姑娘是个“樱花通”,就又问:“樱花树寿命长吗?”姑娘说:“听樱花村的人说,日本有一颗樱花树活了500多年了,到现在开起花来都是一球一球重叠着,把树都压弯了。”

她说话时,一定是看着我的脸,我感到她呼出的热气。我说:“你知道的真多,像个樱花专家。”她甜甜地笑了,自豪地告诉我,她是半个樱花村人。每到樱花开时,她就到姨妈家住两个月,等樱花败了才回。我跟她开玩笑:“等明年樱花开时,我和你一起来,也在你姨妈家住两个月。”她舒心地笑起来说:“好啊,欢迎你。”

汽车到达樱花村,我们和姑娘下了车,果然,她姨已经在车站等她了。

等姑娘和她姨走远了,我问我妈:“那姑娘很漂亮吧?”妈妈说:“是的。”我问:“是不是留着乌黑的长发?”妈妈说:“是的,她的长发很亮,披在肩头像柔软的缎子。”我说:“她的身材是不是轻灵秀气?”妈妈说:“是的孩子,她像一只一跃就能飞起来的百灵鸟。”我又问妈妈:“她是不是有着一双乌黑明亮并且会笑的大眼睛?”妈妈好久没说话,我不知妈妈这是怎么了,就问妈妈原因。妈妈说:“孩子,那个姑娘和你一样,也是一个盲人。”

(孙传侠)

北海道老人

2010年春天,我和妻子到日本旅游。

东京街头熙熙攘攘,秩序井然,街道的干净和整洁令人吃惊。在这樱花烂漫的季节,我们的兴趣显然并不在此,上野公园的樱花才是我们的第一站。看过令人惊艳的樱花,一路北上。在仙台稍作逗留,游览了当年鲁迅先生生活的地方,我们便急不可耐地乘船去了北海道。

关于北海道，有太多的文艺作品与它有关。我们乘坐火车行驶在碧波浩荡的原野，穿越山间茂密的森林，心情也变得云淡风轻。在这么美的地方，我真想让时间静止，希望火车永远不要停下来。大概昨天的行程太满，妻子有些疲倦。在我的强烈要求下，妻子同意我先在距离札幌不远的一个小站提前下车，到附近乡村去逛逛，下午 2 点准时赶到预订好的酒店与她会合。

走出小站我才发现，这个小镇只有十几户人家，几十米长的街上只一家邮局，一个商店，一个叫熊木的小酒馆，除此之外再没了现代的商业气息。我背着相机，仿佛出笼的小鸟一般快活，沿着平坦的乡间小路漫无目的地走着，把一幅幅精美的画卷收进相机。

在一个小山脚下，我被一片茂密的林子吸引了，树上落着很多长嘴的白鹭，啁啾的鸣叫声令人心旷神怡。我走进小树林，三转两转居然迷路了，好不容易才走出树林，却怎么也找不到来时的路了。一看时间已经下午 4 点多，早已过了与妻子约定的时间，我很着急，怕她担心，变得焦躁起来。

日本的乡下与都市相比差距很大，地广人稀，想找人问路都困难。我沿着路一直往北走。太阳渐渐偏西了，我终于看见一个骑自行车的老人过来。大老远我就朝他招手，他下车后我才发现他居然是个残疾人，走路一瘸一拐的。他看了我的装束和随身护照，知道我是个游客，但说话一点儿听不懂。他打手势让我坐在地上等一等，休息一会儿，然后就骑车走了。十几分钟后他开来一辆皮卡，让我上车拉着我，看见一个人就问一下路，那股子热情劲儿十分令人感动。终于，我们遇到一个略懂英语的青年人听懂了我的行程，他才把我送到另外一个小站，直到开往札幌的列车开动了，他才转身离去……

到达札幌那家酒店时已经晚上 7 点多了，焦急的妻子看见我又惊又喜，几乎落泪。她正考虑要不要报警呢。说来很是惭愧，那天我连那个老人的名字都忘了问一下。

从日本回来一年多了，我最美的回忆便是那天坐在小皮卡车上，在晚霞中一个陌生的老人帮我问路的情景，他在站台上朝我挥手的瞬间，在我的记忆中成为最美的剪影。

（付体昌）

狭路相逢请拥抱

上高中时,校外有条小河,小河边就是庄稼地。小河边和庄稼地之间有一条只容一个人通过的田埂,很多同学下午下课后都经过那里出去散步。

有一天下午,我散步归来,在那条田埂上迎面遇到了教我们语文的王老师,他是一位同学们平时都很喜欢的老师。我微笑着给王老师打招呼。

王老师笑呵呵地说:"与你相逢在这里,我想给你出个谜语猜猜。"

"什么谜语啊?"我问道。

"该用哪一个成语形容咱们的此情此景?"

我想了一下说:"狭路相逢。"

"知道具体意思吗?"

"此情此景不就表明了吗?"

"你说得很形象。狭路相逢,就是在很窄的路上遇见了,不容易让开。多指仇人相遇,难以相容。"

"咱们可不是什么仇人呐。"

"俗话说,狭路相逢勇者胜。假如我们素不相识,这后来的路咱们怎么走啊?"王老师还是笑呵呵地说。

"我向庄稼地走一下,让您先通过。"我想了一下说。

"那样会踩了庄稼的,不是好方法。"王老师说,"必须还在这条狭窄的田埂上通过,再想想看,有什么好的方法没?"

"咱们各自侧身让一下。"我觉得这个答案应该不错。

"也不符合我的心意。"

"那您说用什么方法啊?"

"咱们拥抱一下怎样?"王老师说着伸开了双臂倾向我。

"好吧。"一时不明白王老师是什么意思,我也伸开了双臂倾向王老师。

没想到王老师抱着我转了180度,我发现我们相互调转了刚才的面向。王老师笑呵呵地说:"再转身后,我们不是在'狭路'上都能走了么?"我也笑了:"王老师,我抱着您转180度,我们也都可以通过啊。”因为刚才的拥抱,我们都发自内心地笑了起来。笑声回荡在田野。

望着王老师转身离开的背影,我豁然开朗:人与人“狭路相逢”,拥抱着“换位”一下,难道不是很好的方法吗?难道“狭路”就不能变“宽路”吗?

(刘代领)

以爱的名义记忆

这是一个故事,这不仅仅是一个故事。

他出生在异国他乡,为了能让他有一个好的成长和学习环境,他的父母便拼命打工挣钱。于是,在他的记忆里,最清晰的就是每天晚上父母回家后,用那飘满了洗涤剂味道的双手,使劲地在他脸上抚摸,只有那个时候,他才能感受到父母的温暖,除此之外,他只能独自享受房子的空旷了。

他知道,父母是有难处的,当饥饿和寂寞相冲突时,我们只能选择如何去生存。他觉得,这并不俗气,至少在父母的那一辈中,能做到的也只有这些了。他能理解父母的难处,可是在他的成长经历中,他总觉得少了点什么。于是,他在心里暗自承诺着——将来,我一定把我这一辈的爱补充并延伸到我的下一代。

慢慢地,他长大了,并且很争气。不到20岁就考上了著名的耶鲁大学。然后在一次偶然的机会里,他从政了,并且发达得不可收拾,想象一下,在美国这样一个移民大国,能够一帆风顺地在政坛驰骋的外裔,真是凤毛麟角。在他30岁的时候,他参加了美国华盛顿州的州长竞选,在竞选人的名单上,他写下了刚劲有力的3个汉字——骆家辉!于是,他成为第一个在美国竞选州长的华裔,并且,他成功了!

在任华盛顿州长的那几年,他展示出了自己的政坛魅力,展示出了华人的风采。大家看见的是一个朝气蓬勃的年轻州长,可是,没有人会想象得到,这位州长的幼年时候是如何的孤独寂寞。

当骆家辉州长任期完成时，许多人认为他要竞选国会的议员，事实上，他也有能力竞选国会议员，并且有相当的把握。可是，他却退缩了，很坚决地退了下来。有人不解，以至于百般追问，甚至在最后离职的新闻发布会上，有记者当面问他："你为什么就这么轻易地离职、离开政坛呢？难道你有什么难言之隐？"

他笑了，很轻巧地说道："州长议员来来往往有许多，但我的孩子却只有一个爸爸。我要好好陪陪家人！"

言毕，座下一片哗然，随之掌声一片！

是的，骆家辉记住了，他也知道，比起州长甚至是国会议员，家人更需要一个好爸爸、好丈夫，他也做到了。从他成长时开始记事的那一刻起，他就已经做到了对爱的承诺。

他，也让我们记住了——世界上来来往往地经历光辉和荣耀的有许多人，可孩子的爸爸却只有一个。这不仅仅是故事，是记忆，更是对亲情的承诺。

以爱的名义，让他记住了自己的成长梦想。

以爱的名义，让我们记住了他——骆家辉，一个能彻底将爱的名义记忆到底的中华男人。

（冯有才）

最响亮的掌声

他是一家"大篷车"歌舞团的节目主持人，为了生活，他们常年在外漂泊，东奔西走到各地演出。

这天，他们来到一个江南小城，在一家半新不旧的剧院里进行演出。他想，门票白天已经全部推销出去了，晚上的演出又可以放松了。说实话，歌舞团经常在这样的环境中演出，演员们大可不必用尽全力，反正把节目演完就算给观众一个交代。

果然，演出开始后，观众的热情并不是很高，掌声也稀稀落落的。但是，让他感到奇怪的是，每个节目演完后，总有一双手在使劲地拍着巴掌，那掌声听起来分外清晰响亮。

他悄悄地与灯光师打了招呼，借着灯光，他终于看清楚了使劲拍巴掌的人，那是一位老太太。每个节目结束后，老太太就举起双手，拍起响亮的巴掌。看着老太太的举动，听着那孤单而响亮的掌声，他心中一动，觉得哪怕整个剧场只有老太太一个观众，他也要把今晚的节目主持好。于是，他很快调整了心态，开始一丝不苟地主持起节目；同时，也关照演员要好好表演。

随着演出的进行，老太太响亮的掌声也感染着周围的观众，观众的掌声渐渐变得越来越多。台下热烈的气氛也感染着他和舞台上的演员，他们的节目也越演越精彩。

演出结束后，观众们依依不舍地开始散去。他看到那位老太太和他身边的一位中年男子正缓缓离座。他急忙赶过去向老人表示谢意，老太太微笑着点了点头。中年人却对他说："我父母亲原来也是流浪的演艺人，父亲在台上演出的时候，母亲总是在台下为父亲鼓掌。后来，观看父亲表演的人越来越少，掌声也稀落了，父亲为此郁郁寡欢，后来生病去世了。但是，我母亲每次观看演出，总是要使劲地鼓掌，她说人要有一颗感恩的心，给别人鼓掌，也是为自己加油。"中年人说完，搀扶着老太太走了。

"给别人鼓掌，也是为自己加油。"看着渐渐远去的母子俩，他的双眼湿润了。他终于明白，只要拥有感恩的心，哪怕一个人的掌声也可以成就一台最精彩的演出。

（张以进）

从来不曾降临的黑暗

散会后，单位的一群人决定去饭庄吃饭。服务员很遗憾地告诉我们，二楼的包厢保险丝坏了，现在还没有通上电。我们顿感失落，但早已订好桌吃今天的饭了，便也将就着上了楼。

黄昏很快就降临。桌上的菜和我们的脸一起，都融入了黑暗。尽管抢修人员在奋力抢修，但电依然没有通上。

服务员给我们拿来蜡烛，给我们逐一点上。这样的烛光晚餐，远远在我们预料之外。桌上的菜变得朦胧而神秘，同样模糊而隐约的，是我们的脸。此时，我们每个人都沉浸在黑暗里，脸上呈现着最为自然的表情。

一边吃着，一边聊着，感觉气氛也挺好。大抵由于环境的缘故，大家的话语都开始伤感起来。其实，每个人的内心都有一片柔软的角落。此时，这片平时紧缩的柔软正在缓缓舒展着。

其中有一个同事，忽然感叹起来。“说实话，我当了这么多年老师，对得起每个孩子，却唯独对不起她。”她指的是她的女儿。她说，“每天我们回家的时候，女儿都已经睡了，很多时候，我看着孩子的脸，泪水就忍不住往下落。太多的事情，瓜分了我和女儿相聚的时间。周末，冷不丁地就会有工作，本来计划好的事泡汤了。或者某天开个会，把本来属于和女儿的时间又剥夺了。”

当她说完这番话的时候，声音已经哽咽。

同座的有一个是我们的组长，是平时挺严厉的一个人。她也无法从黑暗的感伤中幸免。她说：“你们平时都觉得我挺凶。但是，你们有谁知道我内心的纠结和矛盾。领导分给我的任务，我必须去完成，否则年终奖要扣钱。其实这些任务都是领导给的，而你们的怨恨却只针对我。说白了，我也只是一个干事的人，我既要面对领导的压力，又要面对你们的指责。我觉得自己，真的挺不容易的。”

我们无法想象她此时的表情，但我们从她微微湿润的语气里可以感受到她的无奈和辛酸。她也有家庭，她也有自己的压力，只有在这一刻，我们才能真正体会到她的难处。一时间，餐桌上伤感汹涌。

最后一个发言的是我们的后勤部主任。他说：“坐我这个位置是最繁琐的，大事看不见，小事时时有。每一个假期对我来说都是不完整的。领导一个电话，哪怕半夜，你也得赶到单位。事情做好了，所有人都觉得是理所当然，如果做不好，人人都可能会在背后议论。”

餐桌上彻底沉默了。在这些纷扰的时光里，我们想到的实在太少太少。我们像一个旋转的陀螺，忙于生计的奔波。我们没有时间好好去体会别人的忧伤，体悟他人的不易。只有在这一刻，我们的心事才能静静地流淌。

正当我们沉浸在黑暗与心事的潮水中时，电来了，眼前顿时灯火通明。大家一起说道："来喝酒，喝酒……"于是，我们又忙碌起来，仿佛刚才的黑暗从来不曾降临。

（范泽木）

你是老师亲爱的

中考之后，儿子将初中课本全部清理了，说是为即将到来的高中生活预留足够的书架和空间。但是，他却保留下了一大摞家庭作业本，并郑重其事地对我们说，这些他将永远珍藏，让我们千万不能当成废旧的本子给扔了。

我随手翻了翻，都是儿子的科学作业本。我明白了，也郑重地点点头。初中3年，儿子对科学课逐渐感起了兴趣，这完全得益于教他们科学课的韩老师。韩老师是儿子的班主任。她对儿子的影响大多都记录在这一本本的家庭作业本里，她在每一篇作业后都会留下一段评语，正是这一段段评语，将一个懵懂少年彻底改变。

记得儿子刚上初中时，有天放学回家，儿子一脸羞红。"才开学没几天，就又在学校犯错，挨训了？"我赶紧问儿子。儿子迟疑地将一个簇新的家庭作业本递给了我，是科学作业本。打开一看，才刚刚做了一页，和以往一样，字迹潦草，一看就是不用心的样子。作业后面是一句红笔写的评语，"亲爱的，你的作业本，能不能像你的人一样，长得一样清秀、干净、帅气呢？"一句"亲爱的"，让我的血往上涌，说实话，这还是我第一次看到老师用这样的称呼，写这样的评语。我看看红字，又看看儿子，儿子低着头，我试图看出儿子对这段评语的评价，而儿子显然还没有从这句评语中缓过神来。儿子接过作业本，就回自己的房间去了。那天，儿子一直在自己的房间里写作业。晚上，儿子照例让我在作业本上签名，我惊讶地发现，儿子的作业第一次写得这么工整，几处写错的地方，都是用橡皮小心翼翼地擦拭干净后，才重新写上的。

这个变化完全出乎我的预料。儿子从小开始，就是个出了名的小马虎，几乎每个老师都批评过他，我甚至为此骂过他、揍过他，都没有什么效果。那天的作业后面，韩老师的评语是这样的："亲爱的，你今天的作业本就像雨后的田野一样清爽，我喜欢！"

我不知道从什么时候开始，儿子慢慢喜欢上了科学，但我能感觉出来，他对韩老师的好感与日俱增。有一次，他无意间透露出——作业本每天早晨交上去、下午快放学布置新的家庭作业时才发回来，科学作业本一发到手，他就会迫不及待地打开，想看看韩老师对他昨天的作业以及今天的表现所打的评语。因为按照老师的要求，家长每天必须在孩子的家庭作业本上签名，我也有机会看到韩老师写在作业本上的每一条评语。

"亲爱的，你忘记订正了。""亲爱的，你这个解题方法很好，连老师一开始都没想到呢。""亲爱的，今天的班会上，你怎么没有发言呢？男子汉要大胆地发表自己的观点哦。""亲爱的，这次单元测试，你又进步了，我好开心！"……看了这些评语，我明白儿子的变化了。想象着戴着近1000度近视镜片的韩老师，埋头在一本本作业本上批改，认真地写着评语，我的心里涌起一股股莫名的感动。

"亲爱的"，这是韩老师的标志性称呼。进入中学后，儿子已经进入青春期，一开始我还真有点担心，这样亲昵的称呼会不会让敏感的孩子们过早地懵懂初开。一次，我无意间在儿子的QQ空间上看到了他的一篇日志，他说第一次看到韩老师在作业本上喊他"亲爱的"，他的脸一下子红到了耳根，这是第一次有人这么喊他，虽然是年龄看起来比自己妈妈还大的人。他写道，慢慢地，他和班里的同学一样，习惯而且喜欢上了韩老师的称呼和评语，曾经很害怕也很讨厌老师的红笔。儿子最后写道，现在，韩老师的红笔评语，让他感到很温暖，像火一样。

儿子说得对，像火一样，那是红笔的颜色，也是心血的颜色。那天，我陪儿子将他初中的科学作业本，一本一本都翻了一遍。在最后一本上，韩老师用红笔写了很长的一段评语，最后一句是，"亲爱的，今后记得来看看老师哦！"评语的后面，是儿子写的两个字，“一定”，接着是一连串的感叹号。

中考结束那天，我最后一次看到韩老师，她冒雨等候在考场外，每一个从考场出来的她的学生，都得到了她一个热烈的拥抱。我站在家长群中，注视着这一切。那天，我也给了儿子一个长长的拥抱，那是儿子长得快和我一样高以来，我第一次拥抱他，很温暖。

（孙道荣）

父亲的眼睛

我的父亲只有一只眼睛。

大学毕业后，我在找工作时遇到了麻烦。因为我的学校很普通，奔波了两三个月竟一无所获。后来我不得不每天抱回一沓报纸，和父亲一起寻找相关的用人信息。

有一天，父亲对一家企业的形象广告好像有了兴趣，他呆呆地看了很久，自言自语道：“这小子还真出息了！”我问父亲说的是谁，父亲一指广告中那位总经理的照片：“这个叫宋新德的家伙，早先是咱家的邻居。”我笑了一下：“这么些年了，你不会看错吧？”父亲说：“不会错，老宋家的孩子鼻子大，眼睛小，你看这家伙就跟他爹一模一样。”我接过父亲手中的报纸，心中忽然有了主意。

第二天，我背着父亲去了那家公司，在宋经理的面前，我小心翼翼地提起了父亲的名字和老家的村庄，并道明了我求职的意向。

那位宋经理像看见了外星人一样地看着我：“你爸爸，他是不是……”说完，他一指自己的眼睛。我点了点头：“是的，我父亲是残疾人。”

这时，令我意想不到的事情发生了：宋经理忽然泪流满面，抓住我的手说：“兄弟，我找你家足足快20年了！”

半个小时后，我把宋经理带到了家中。宋经理一见父亲，“扑通”一声跪了下去：“叔，我是小德子呀……”

那一天，宋经理在全市最豪华的酒店招待了我和父亲。席间，我才知道父亲瞎眼的秘密：那一年宋经理12岁，过年放鞭炮时弄出了一只哑炮。就在他仔细摆弄的时候，父亲发现了，他一把夺下这只爆竹，然而就在那一瞬间，可怕的事情发生了：哑炮响了，父亲随即失去了一只眼睛。从此以后，宋家对我家总是千恩万谢，以至于他们全家一直生活在对父亲歉疚的阴影中。半年后，父亲带着全家从老家的村庄搬离了，没留下任何音信……

吃完饭，宋经理开车送我和父亲回家，他塞到父亲手里3万块钱，同时对我说："老弟，下周一你就到我的公司上班……"

那一晚，我和父亲都彻夜未眠。

第二天一早，父亲红着眼睛问我："上班的事怎么考虑的？"我说："爸，宋经理给的钱咱给他寄回去，我再到别处找工作。另外，如果你觉得有必要，咱可以再搬次家……"

父亲点点头："小子，听你的。"说完，他躺下睡了。

而今，我的老父亲已经辞世快10年了。写下以上文字，愿在天堂的父亲平安快乐……

（陶百军）

最后一根冰棒

那年，我刚到小镇上中学，每周都有半天的劳动课。第一次劳动课，班主任陈老师就带领我们到新校舍去平整操场。好在都是山里人，大家拿锄头挖土还是干得有板有眼的。9月初仍骄阳似火，工地上铄石流金，无蔽荫之处，烈日把我们烤得抬不起头来。没干多久，我们便个个挥汗成雨。

就在同学们连喉咙都在冒烟时，与大家一起劳动的陈老师喊了一声，提议用班费去买冰棒。这句话恰似久旱逢甘霖，淋在大家心头上，工地上一阵欢呼声。陈老师就派我和另一位同学去冰棒厂买。

冰棒零售每根5分钱，如果直接到厂里批发，只要4分钱。我们当然要到厂里去批发。领了这项光荣的任务，我们一路小跑来到厂里。厂里为了省电，下午3点后就把冰柜电源关了，拿出的冰棒都软绵绵的，我们只好撑开衣服将40多根冰棒捧在胸前。

胸前和肚皮立即冷丝丝的。这种冰冷，凝固了汗水，但融化的冰水却不断滴到脚上。我们只好忍着身上的冰凉，向工地急奔。

我俩一到，工地沸腾了。但是，冰棒几乎都在包装纸里化成泥状，陈老师用双手小心翼翼地拿着，一根一根地分给同学们。拿到的同学捧着冰棒慢慢地打开包装纸，"咻咻"地吸食起来。不一会儿，整个工地都是冰凉的。

怀里最后的两根冰棒，是融化得最厉害的两根，是我和陈老师的。陈老师小心地挪了一根在手掌上。我看着最后一根冰棒，咽了一下口水。但是，已僵硬麻木的双手却不听使唤，我想先腾出右手，却见冰棒径直滑落了下去。它离开了我的衣衫，掉在地上一点声音也没有，但在我的心里却如霹雳，它的包装纸破了，稀化炸开，冰水渗入灼热的泥土里。

这可是我第一次吃冰棒，我觉得天都塌下来了。

这时，我听到了世界上最有磁性的声音，陈老师把躺在他手心里的冰棒移到我面前，轻声地说："这根才是你的，但你愿意分老师一点吗？"

我想也没想就连连点头。老师打开了包装纸，如果不是他的大手掌[illegible]着，正在加紧融化的冰水将流走。我伸手拿起了冰棒的竹签，这是一根由绿豆加白糖、色素和水冰冻而成的冰棒，虽然它的大部分已脱离了竹签，但端头还粘有几粒绿豆和一小块冰晶。我对老师说，我就吃这个。

我背过身，举起冰棒，就在那块冰晶也要掉下来时，我把它含在了嘴里。

我吃到了绿豆，尝到了白糖的甜，而那一小块冰晶，真的很冰凉，从嘴里一直清凉到心里，一直清凉到二十几年后这个燥热的下午。

（李耿源）

长城也怕疼

4月，春光正好，我们登上长城。迎着山风，看万里雄关，峰峦叠翠，心中豁然开朗。

拾级而上，脚力渐渐不支，三三两两开始停下来休息。

“买根手杖吧，”有人提议，“三条腿比两条腿更轻松。”

路边有商铺，琳琅满目，手杖就摆在显眼的位置。

这是一种用铝合金做的手杖，轻巧，结实，价格也不贵。

一手交钱，一手拿杖。转身正要离开，被老板叫住，顺手递给我们每人一片环状胶皮，仔细一看竟然是一截自行车内胎。

老板笑着说：“手杖太硬，别把长城扎疼了，把胶皮套在拐杖尖上，一来保护城墙，二来可以防滑。”

众人大笑。防滑倒是真，这坚如磐石的长城，还怕一根小小的拐杖戳儿下？

老板说：“各位仔细看看，长城上的伤痕还少吗？”

我们低头仔细端详，只见一条条青石上坑坑洼洼，仿佛青春痘留下的疤痕……

“过去人们穿平底布鞋，这些大石板被磨得很平整。现在的人们，拄着坚硬的手杖，穿着打了铁掌的皮鞋，日复一日，大条石就成现在这般模样了。”

眼前的情景让我吃惊。这些能经受住千百年来风雨侵蚀的大石，竟然抵不过手杖的点点戳戳和人们的“铁蹄”。

“别扎疼了长城”，给手杖“穿上”一双自己做的“软鞋”，这个细微的举措让我感动良久。

无论何时，如果我们能怀着“石头也怕疼”的心态去旅游，一路上便处处是美景。

（付体昌）

向一棵树道歉

那个周末，公司总经理杰克驾驶奔驰车急匆匆地赶往渥太华，他要去见一位美国来的投资商，期望能够得到一笔急需的资金支持。

在一段狭窄的山间公路上转弯时，他的车差一点撞上迎面呼啸而来的一辆大货车，巨大的惯性把他的车推下了公路，车撞到一棵杯口粗的樟树上，停了下来。

还好，及时打开的气囊没有让杰克受一点的伤。他走下车，看到那棵樟树几乎要被车拦腰撞断了，半截树桩与撞断的部分只连着一点点的皮。

"可怜的朋友，你一定很疼吧？实在对不起。"杰克小心翼翼地抚摸着断裂处，慢慢地把树扶起来，用随身携带的胶带固定住。随后，他又从附近找来几段枯木，给断树做了一个环形的支撑架。

"抱歉让你受苦了，愿上帝保佑你度过这一劫难。"杰克又用一块干净的准备用来擦车的布，为樟树包扎了一下伤口。

耽搁了一个多小时后，杰克缓缓地启动车子，继续赶路。

没走多远，杰克忽然想起一本书里介绍过处理断树的注意事项，感觉自己用胶带缠绕断口的方式不妥。他赶紧调转车头，往受伤的樟树那里赶。

这时，投资商的电话响了，他抱歉地说恐怕要迟到了，因为有一棵受伤的樟树需要他。投资商困惑地问他，难道一棵樟树比几百万美元的投资更重要吗？他认真地说："一样重要。"

"真是一个莫名其妙的家伙！"投资商嘟囔了一句。

细细的雨丝毫无征兆地就飘了起来，杰克的担心又加重了，他不知道雨会不会大起来，受伤的樟树是否能挺得住……他开始责怪自己开车有一点儿走神，伤害了那棵无辜的樟树。

解开那密不透气的胶带，他找来一些枯草编成绳子，一圈一圈地缠绕在樟树的断口处。每缠一圈，他都轻轻地道一声"对不起"，仿佛樟树的疼痛已涌进他的身体。

等他赶到渥太华时，那位投资商已离开了。一笔对公司发展至关重要的资金没拿到，他的确感到有些遗憾。可是，一想到那棵受伤的樟树，他又坐不住了，立刻打电话向一位植物研究所的朋友请教，再次对受伤的樟树做了细致入微的护理。

3 天后，他又专程赶到樟树那里，陪着那棵樟树默默地坐了好长时间。

公司的流动资金极度短缺，杰克特别着急，他四处奔波，寻找解决的办法。但是，他始终牵挂着那棵受伤的樟树，仍挤时间赶遥远的路去看望它。看到遭受重创的它一天天好起来，他心里轻松了许多。

他和那棵樟树的故事，不经意间被一位记者知道了。在接受采访时，他依然愧疚地坦言："我要诚恳地向那棵樟树道歉，是我的不小心让它受了伤，承受了那么多的痛苦。"

那位投资商知道了他那天失约的真相，特意打电话给他，说愿意向他的公司投资，因为把资金投给像他这样具有仁爱之心的经营者会特别放心。杰克的公司也由此进入了良好运转中，受到了世人更多的关注，公司经营得更加红火起来。

（崔修建）

送民工大伯回家

春运来袭，火车站的售票口前排起了一条条长龙，虽然所有的窗口都已开放，但汹涌而至的人潮仍把大厅挤得水泄不通。排在我前面的是一个打扮时髦的女孩，她无聊地玩着手机，我们随着队伍一点点向前蠕动。

这时，售票口传来一个男人的惊呼："俺的钱呢?! 俺买车票的钱咋不见了!"那是一个黑瘦老头儿，裤子上布满白灰留下的痕迹，腿边依着鼓鼓的编织袋子，他惊慌失措地翻遍所有的口袋，夸张地把裤管都摸了一遍，又浑身抖了抖。还是没有。

“下一个!”售票员喊道。这位民工大伯无奈地拎起编织袋,走到一侧,仍然不停地翻找着丢失的车钱,好像只有这样才能稳定住此时的情绪。“咋就没了呢? 咋会这样呢?”大伯哽咽着哭诉,“就剩这点儿钱了,这可咋回家呀!”人们望着他,不知该怎么安慰。

我前面的那个女孩好奇地指着编织袋问:“大伯,里面都装了些什么呀?”大伯没有抬头,无力地说:“都是被褥和换洗的衣服。”“那个红色的呢? 露出一点儿头的那个。”大伯瞥了一眼袋子,“是给俺孙女带回去的玩具。”“可以拿出来让我看看吗?”女孩提出了一个荒谬的要求,我能感受到周遭飞来的白眼。老伯并未拒绝,他费力解开袋口,拿出来说:“瞧瞧呗,闺女。”

这是一串发条风铃,下面点缀着彩色的小星星,可惜已经缺了几颗,提手也有些破旧,应该不是新买的。女孩轻轻拧动发条,风铃立刻转了起来,并响起了音乐。女孩兴奋地说:“太漂亮了! 大伯,我可以买下它的一颗星星吗?”不等他开口,就取下一颗,然后递上20元钱。我这才明白女孩的意思,也照着她的做法买下一颗星星,一时间,善良的人们纷纷解囊相购。大伯先是连连摆手,“这不行,这不行”,而后又噙着泪说,“好人啊,好人啊,谢谢大伙儿了”。

等到风铃上的星星倾销一空,女孩问他,买票的钱够了吗? 大伯数数,拿出几张票子说,多了。“多了就回家再给小孙女买串风铃呗!”

刚排到售票口的男孩对大伯招手:“您老先来!”大伯拎起编织袋,不停鞠躬,走近窗口,捧上一把零钱。售票员递过车票,对着麦克大声喊:“让我们借着这把‘星光’,送民工大伯回家!”大厅里响起一片掌声。

(刘学正)

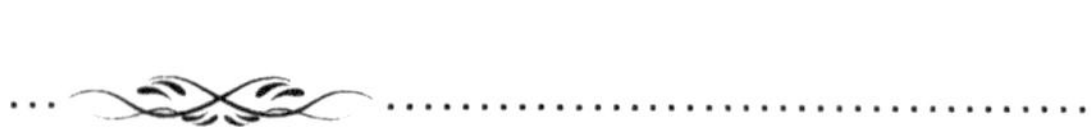

骡子一生能走多远

那头骡子两岁时来到我外公家干活。外公是开豆腐坊的,每天磨黄豆全倚仗这头骡子。

小时候，我很喜欢这头骡子，因为它看起来就很老实很憨厚，比如说我将青草包上尖辣椒喂它，它一口就衔住咀嚼，然后呼哧呼哧地吐，逗得我哈哈直乐。有时候我还趁停工时爬上它的背，喊："得儿——驾！"像骑兵一样挥舞着棍子。外公看见了，会厉声喝道："下来！叫骡子歇歇！"

骡子 11 岁时，长得越发高大。那时，我也上初中了。每次去外公家，我总是不忘与骡子要要。这家伙通人性，见到我也很高兴，用鼻子连续喷气表示欢迎。它的工作室一直是那间土墙小屋，围绕磨盘转圈子。仔细观察的话，你会发现磨盘周围的地面明显凹了一圈，是骡子长年累月踏出来的——为此，外公还将地面垫过几次土呢！

当年考高中，我的成绩不理想，上不了重点中学。那天在外公家，父亲批评我说："不好好学习，你将来想干啥？只有当个骡子！"我向豆腐坊望去，那头 14 岁的骡子正"踢哒、踢哒"地围着磨盘转，眼睛被蒙住——我的自尊心受到很大伤害。也正是从那时起，骡子在我心中失去了尊严——它就是一个工具，一个奴隶，一个没有智慧的可怜的动物。

大学落榜那年的夏天，我很沉闷地来到外公家找表弟们散心。傍晚的时候，随他们牵着骡子出去吃草。夕阳无限好，只是近黄昏。骡子有些老了，17 岁了，牙齿泛黄了。我默默地瞅它，心中很压抑。

当兵退伍回家后，我又去外公家玩耍，第一眼就看见骡子卧在院东角的草棚下。我问外公："它怎么不干活？"外公说："骡子 20 岁了，前几天'退休'了，有一匹驴子接了它的活计。"我到骡子身边蹲下，发现它的眼光很安详，牙齿落了几颗。的确老了，它在我外公家工作了整整 18 年，它的一生基本上就撂在那间作坊里。

意外发生在那之后的第 5 天晚上——骡子忽然病了，发高烧，身体颤抖。外公彻夜不眠，在草棚里陪伴骡子，做护理工作，还不住安慰它说："老伙计，不要紧，天亮就叫兽医来给你打针。"

但是，天亮的时候，骡子也快不行了，躺在稻草上口吐白沫，有出的气没进的气。那时的外公似乎换了个人，腿脚麻利，打热水，捣草药，服侍骡子，忙得团团转，还不让小辈们乱插手……

太阳高高挂上树梢，骡子的头却永远地耷拉下去了。那一刻，外公老泪纵横，抚摸着骡子尚存余温的肚皮哽咽不止。外婆去安慰他，他说："就在草棚下挖个坑，埋了。"我舅舅很不解："埋了？肉可以吃！"我外公抓起一根木棒，甩手扔过去，吼道："它一生为你们走了多远的路程！"

我十分惊讶和感动。我当时就去作坊里，量出绕磨盘一圈的路程是15米，骡子每分钟至少走6圈，每天走6小时，整整走了18年（每年实际工作日约300天）——列出算式是这样的：15米×6圈×60分钟×6小时×300天×18年=174960000米。约17万5000公里。

绕地球一周也不过4万公里。所以，我偷偷地哭了。

（张小失）

会上楼的牛仔裤

10年前初来这个城市工作，为了省钱，我在市郊租了一套6楼一居室的老式工房。因为公司每天加班，我终日早出晚归，快半年了还没真正认识一个邻居。

说心里话，我对这个物质高度发达的城市毫无好感可言，我觉得它冷漠，排外，以为自己叽里咕噜的方言十分优越，视所有的外地人均为乡下人。

那时候我从市区回到住处往往已是深夜，自己随便弄点吃的，或者洗洗积攒下来的替换衣服，沾床就睡。常遇到早晨挂上阳台晒干的衣服，被傍晚突来的雨打湿，第2天还要重洗的情况。而那条牛仔裤就是在一次风雨交加的夜晚掉下楼的。

发现牛仔裤不见了，我没着急，一是因为那是条旧裤子，本就不打算穿了；二是因为已是午夜，底楼的邻居早睡了，如果贸然为一条旧了的牛仔裤，以一个陌生人加外地人的身份去敲邻家的门，遭到的训斥和白眼肯定少不了。

第2天下班，我发现我的那条牛仔裤被装在一只干净的塑料袋里，系在一楼楼梯的扶手上。本来就破的牛仔裤，经过大雨的洗礼，污秽的浸泡，越发显得丑陋。看到的第一眼我就决定放弃它。于是，我没去动，继续让它留在那里。

奇怪的是，第2天下班，那条牛仔裤又出现在2楼的扶手上。我没收牛仔裤，我相信过不了两天这条裤子就会像垃圾一样被人丢掉。

然而，我没料到，第3天这条牛仔裤竟然“走”上3楼，我觉得这个“好事者”可真够执著的。我不禁产生一个好奇的想法：我就不收，看你会不会“跑”上6楼？我想人的耐心总是有限的，他（她）总不至于为了一条无人理睬的旧裤子跟自己过不去吧？

出乎我的意料，第4天这条牛仔裤上到4楼，这让我感动之余感觉很有意思，我有了“认识认识”这位好心人的冲动。

不出意外，第5天下班，它在5楼出现。此刻，我坚信明天这条裤子准会跑上6楼。倘若再不见见这位执拗的好心人，我会后悔一辈子的。

第6天的早晨，醒来后我感到莫名兴奋，楼道里一有风吹草动，我便立刻跑至猫眼前望一望。后来，我干脆搬个凳子持本杂志在猫眼下坐等。

时间一分一秒地过去，那个人没有出现，我的耐心受到挑战。我正为是否先去买菜而犹豫不决时，楼道里忽然传来沙沙的缓慢而沉重的脚步声。我预感到那个人要出现了，忙起身向外张望，结果猫眼里除了墙壁上的一只电表盒，其他一无所有。我没失望，因为那脚步声正越来越近。我发觉这个人的步履间隔很长，行进时停停走走，仿佛在寻找什么东西，而他的喘息越发强烈，胸腔内不断发出“呲呲”的杂音。

脚步声和喘息声先在5楼短暂停驻，随着一阵摆弄东西声，脚步向6楼来了。我原想开门迎接，怕是误会，决定在猫眼里继续观察。

终于，他在我的眼前出现了：一个佝腰、低头、银发稀疏的老人。老人拎着那条牛仔裤，背对着我的门口一阵粗喘，然后哆哆嗦嗦将手里的塑料袋系在楼梯扶手上。

“大爷！”老人欲转身下楼，我喊住他。老人先是一愣，左耳缓缓转向我，接着眯起的双眼斜睨过来。天哪，他竟是个盲人！

我告诉老人这条裤子是我的，不准备要了，并表示了歉意和感谢。老人听后很开心，露出孩子般的笑容。我问老人既然行动不便又为何一层层“送”上来？老人说，这栋楼里像我这样的年轻人还有几户，远离故乡异地“讨生活”不容易，他是怕我们来去匆匆的看不见。我说你完全可以敲门问问的，也不至于费这番周折。他说，这样不好，一个瞎老头子随便敲人家的门不礼貌，再说了，好多人只希望过自己的小日子，反感人家打扰呢！

老人下楼时我要送他，被他婉拒，他说自己能行。看他颤颤巍巍摸索着下楼，我的心弦仿似莫名地被谁抚动了，眼睛湿润起来。我蓦然觉得这城市原来就有爱，而且爱就在身边，只是之前太过于封闭自己而恐惧于接受它罢了。

（刘永飞）

老师，往前走！

她在市郊的一所农民工子弟小学教书。

早晨，她像往常一样匆忙地下楼。在楼下，她习惯性地回望那扇熟悉的窗：爱人和孩子正冲她微笑着。他们告诉她：“别忘了今天是你的生日，下班早点回来。”

她的课都排在下午，最后一节课走进教室时，她突然发现，班里竟多了几张新面孔。她开始讲课，但是她很快发现，新来的几个孩子好像听不懂她的话。

她走过去询问，才发现这几个孩子落了两节课的内容。下课时，孩子们围上来，七嘴八舌地向她提问题。她坐下来一一为他们解答。

她没有想到，孩子们的问题会这样多。但是，她喜欢他们渴求知识的认真劲儿，以至于自己完全沉浸在问与答的交流中。

当孩子们终于安静下来并一个个离开时，她才发现，天色已经昏暗下来了。她看看手表，已经是7点多了。这时，她才突然记起，今天是自己的生日，爱人和儿子此时正坐在布满鲜花、蛋糕和蜡烛还有生日礼物的餐桌前，等待着自己。

但是，她连最晚的末班车也赶不上了，她一时不知所措。

学校距离市区有七八里路，中间还要经过一条狭长阴暗的背街，街的两旁都是黑漆漆的树丛，一想到这里，她的心便开始砰砰乱跳。

但是，她必须要走过去，因为在这条路的另一端，亲人正焦急地等待自己。

渐渐地，那条街的入口就在眼前了，天色更暗了。她能听到夜鸟在树丛中怪叫的声音。她无助地想哭泣。

就在这时，一束光亮从黑洞洞的街口扫过来。一个稚嫩的声音朝她喊："老师，往前走！"光亮后面，是一个朦胧瘦小的身影。她感觉眼睛有些发热，加快了脚步，就在第一束光亮黯淡时，又一束光亮，在她身前展开。她踏着这柔和的暖光，如同行走在云端里。一束一束的光，如同接力，一直延伸到整条街的尽头，伴随她抵达灯火通明的大路上。

在街口，她停住了脚步回头望去，那些光束仍坚守在那条黑暗的街上，如天空中眨着眼的星星，她的泪一下子流下来。

她知道，那些光束，是自己今年收到的最美的生日礼物。

（感　动）

原始的美丽

在荷兰，有个美丽的城市叫作阿姆斯特丹，那里有着蔚蓝的天空，轻盈的海风，缓缓的波浪，而且，这里还有一个美丽的故事。在当地，它和这些风景一样迷人。

20世纪中期，是一个全球经济大发展时期，许多的企业如雨后春笋般地出现，当时的阿姆斯特丹正因为极其便利的海上交通而被人们看好。这个时候，阿姆斯特丹市正在进行市长竞选。一个22岁的小伙子也挤到竞选人群中，和4名候选人一同站在了政治追逐的舞台上。当然，这名小伙子并没有被人看好，不仅仅是因为他的年轻，更因为他出生在一个农民家庭，没有政治经验和阅历，所以他的存在对其他的竞选人构成不了威胁。然而，奇迹就是这样发生。

在竞选演讲的时候，这名小伙子没有阐述他的任何政治路线，说实在的，他也不懂政治，于是，第一个演讲的他最具戏剧性了。他说——

“我的祖父是农民，我的爷爷是农民，我的爸爸也是农民，我同样可能成为农民。当然，这一切都是由你们手中的选票说了算的。但是，无论我是否是农民，我都会将这个故事讲给大家。这也是从我祖父手中传下来的家族秘密。

“我的祖父在他临终的那年，留给了我爷爷一封遗书。遗书中讲述了一个故事——祖父年轻的时候，种了很多的果树，也养了很多的蜜蜂。大家都知道，蜂蜜的价格很昂贵，所以，我的祖父就提取蜂蜜卖钱，当然，也小赚了一笔。那年的冬天，没有了盛开的花朵，蜂蜜又被我祖父提取得差不多了，许多蜜蜂于是在寒冷的冬天饿死了。我的祖父很伤心。在第二年开春之前，饥饿和死亡仍在蜂群中进行着。我的祖父没办法，于是只能用白糖掺水放在蜂箱里，以养活这些饥饿的蜜蜂。就这样，熬到了开春，熬到了春暖花开。

“时间一晃就过去了，再到天凉的时候，我的祖父在蜂箱中提取蜂蜜的时候，他发现：蜂蜜没有了以前的醇香，掺杂了白糖的味道。这点令我祖父十分失望，想到那些冬天饥饿和因饥饿死去的蜜蜂，我的祖父发誓：再也不养蜜蜂了，再也不喝蜂蜜了，再也不伤害这些小精灵了。他把这个当作家族故事传了下来。

“我要说的是：我也不会养小蜜蜂的。蜜蜂本身就是美丽的小精灵，我们没有必要为了一时的利益而去损伤这些小精灵的美丽。让这些小精灵受伤甚至是死去，到时候即使我们努力挽救，可能也会让这美丽变了味，失去原来独有的清香。我们的城市也是，我们需要的是一个原始美丽的阿姆斯特丹，而不是变质的。因为，这些美丽变了质，就永远不可能回到原始的美丽了。所以，我代表阿姆斯特丹说：我们拒绝工业发展，我们需要原始美丽……”

说到这，听众一片掌声。而站在演讲台下的另外几名竞选人，正用力攥着拳头，拳头里面，是一张写着如何通过发展工业来带动阿姆斯特丹经济的演讲词。

当然，这名22岁的小伙子最后成了阿姆斯特丹乃至全荷兰最年轻的市长。他的名字叫约伯·科恩。只是可惜的是，他33岁的时候就死去了。今天去荷兰的游客，依旧可以在阿姆斯特丹的港口处看到他的身影，那是阿姆斯特丹市民自发为他塑起的一尊雕像，雕像的下面有着一行字——我们拒绝工业发展，我们需要原始美丽。

（冯有才）

徒弟马亮

马亮是我徒弟，20岁，前年刚从技校毕业。作为有15年工龄的老车工，这个徒弟是我见过的最不像工人的徒弟。马亮平时穿得干净利索，小皮鞋擦得一尘不染，兜里揣把小梳子，小半天就拿出来抿两下，就连工作服也异常干净，油渍很少，散发着一股子肥皂味。他不喜欢打网游，却喜欢看《南方周末》，喜欢K歌，精力充沛。

周末不加班，马亮就去手机大卖场发传单，赚点外快。若看见熟人，他不会装作没看见，而是上前来小声跟你说："要不要一起来发广告？一天40元，中午有盒饭。"脸上是孩子般的笑容。

马亮干起活来也很利索，最难的内丝车这种活儿，他用了一个月就上手了，半年下来干得不比我差。跟他一起下车间的那几个小伙子，经常在网吧上通宵，早晨揉着惺忪的睡眼来上班时，马亮已经把工作台擦得一尘不染，地面也打扫干净了。我常想，若不是父亲早逝，母亲无钱供他上大学，这孩子应该有份更体面的工作。

都说教会徒弟，饿死师傅，但是对马亮，我打心眼儿里喜欢，我愿意把自己的技术全都教给他。勤奋、聪明的他还自学掌握了磨工技能。青出蓝而胜于蓝，我很欣慰。

2009年夏，受金融危机影响，公司宣布要裁员2/3。一线岗位由原来的两人变一人，一专多能的留下。车间主任每天都提醒我们，千万别出岔子，日常业绩加临时抽查决定各位的去留。我很担心，我知道徒弟马亮是我最大的竞争对手。

很奇怪，那段日子，马亮三天两头迟到，干活也没了精神头。那天下班后，马亮告诉我，他的对象又吹了，工作干着没劲。我安慰了他几句，心情很矛盾，既希望他能留下，又希望自己不被裁掉，但这似乎不太现实……终于，连续两次人力资源部突击查岗，马亮一次迟到、一次早退，“被下岗”了。我有些惋惜，但悬着的心放下了。

前天晚上车间聚餐，从酒店出来，我远远地看见马亮正牵着一个女孩的手逛街。我和身边几位同事开玩笑说，看我这徒弟多有本事，刚吹了一个又找了一个，好小伙儿抢手啊。等公交车时，原来跟马亮住同宿舍的胖刘悄悄拉了拉我的衣服，说：“马亮的女朋友没换，一直就是那个，他辞职，人家也没离开他。”见我纳闷，胖刘说，其实马亮一直在骗你，他曾跟我说，我不能跟师傅竞争岗位，他上有老下有小，万一下岗，40 多岁的人找工作太难了，我一人吃饱了全家不饿，我得替师傅扛过这一关……

胖刘的话让我愣了半天，心头像有团火在烧。

（付体昌）

请让我来帮助你

中午，我接到母亲的电话。老家村里要修路，规定凡是有子女在外面工作的，都要多出 5000 元。母亲说，你在外面也不容易，但村长讲了，这是硬任务，必须完成。下班前，抽空去邮局给母亲汇款。柜台里是一个穿着绿色制服的小姑娘，以前没见过。她一边接过我递过去的钱，一边热情地问：“大哥，要不要买些贺卡，寄给公司的客户？”我摇摇头。在一所学校教书的我没有什么客户。一张贺卡两块五呢。在手机群发拜年贺岁的年代，有多少人还寄贺卡？大公司的 VIP 客户也恐怕早就被什么购物卡和礼品盒代替了。

我能明显感觉到小姑娘的失望，她低声嘀咕着：“这是我们年底任务的一部分。我刚来,一点儿也没推销出去呢。”她像是自言自语,又像是说给我听。又是任务,我心怦然一动,掏出钱来,买了一张贺卡,写上祝福的话,连汇款一起,寄给了亲爱的母亲。

天黑得真快,天空也飘起了雪花。回家的路上,顶着凛冽的风,我使劲地蹬着脚下的“飞鸽”。忽然,一个皮肤黝黑的中年妇女从路边闪出来,挡住前路,我急忙刹闸。“大兄弟,看看房吧。”一口河南话,随手递过来一张楼盘宣传单。

我正要说我已经有房了,只听见她低声说:“只有完成每天带到售楼部10个看房人的任务,才能拿到基本工资。”幽幽的声音,让我内心有些泛酸。还是任务,唉!

“娃的辅导员昨晚还给我打电话,让去交娃这学期欠的5000块学费,说都欠了快一个学期了。唉!”她的声音很轻,但每个字都像从嘴里咬着出来的。

“你的孩子在上大学?”她说了本市一所大学的名字,“我今天挡了很多人的车,人家理都不理,有的还骂我。”

我轻轻地对她说:“你带我去售楼部吧。”

坐在软软的沙发上,瞥见一个工作人员在记录业绩的本子上的一个名字后画了个勾,我的心头一热。然后,心平气和地接受售楼小姐的“洗脑”和“进攻”,尽管心里知道她就是说的比唱的还好,我也不会买……

这个世界上,每个人都潜伏在任务中,大家都不容易,能帮点就帮点吧。

(梁阁亭)

留下麦穗给过路的人

《圣经》中有这样的几条忠告:你在田间收割庄稼,若忘下一捆,不可回去再取;你打橄榄树,枝上剩下的,不可再打;你摘葡萄园的葡萄,所剩下的,不可再摘。要留给寄居的孤儿寡妇,还有过路的行人。

在以色列,至今有一条不成文的规矩依然被民众遵守:割麦子的时候,一定要留下四角的几片麦子不收割,摘葡萄的时候一定要剩下边缘的葡萄不摘取,自家庄园的门口一定要放上一些干粮。他们这样说,是说谁都有处于困境的时候,谁都有走投无路的时候,谁都有需要帮助的时候。

德兰修女说过一句话:“我们都不是伟大的人,但我们可以用善良的心去做生活中每一件平凡的事。”

法国社会有一个由志愿者发起的节日,叫“露宿街头周”。他们动员安居乐业的人们,每年都在那一周到街头去露宿,以体会无家可归、长年露宿街头者的窘迫和艰难,以激发时代的爱心情怀,使他们能在政府的管理部门因为奉命整顿市容市貌而将露宿街头者赶走的时候,作为社会的另一群体成员主动送上关怀,以体现人类社会的心灵尚有温暖的一角。

黑格尔在《生命的哲学》里讲述了这样一个故事:一个被执行死刑的青年囚犯,在被押赴刑场的时刻,围观的人群中突然有一个老太太说:“看,他那金色的头发多么迷人!”那个即将告别人世的囚犯听到以后回转身来向老太太深深鞠躬,并充满感激地说:“如果我的周围平时多一些您这样善良的人,我也许不会有今天。”

俄国作家赫尔岑在自己的回忆录中谈到一个风俗:在寒冷的西伯利亚的乡村,出于对流放者和穷人的关怀,形成了这样的习俗:居民夜间在大门口或者窗台上放一个筐子,里面放一些面包、牛奶或清凉饮料“克瓦斯”,如果有流放者夜间逃走路过这里,或者穷人走投无路、饥寒交迫、又不敢敲门进屋,就可以随手取食,以渡难关。

印度的甘地有一次上火车时,一只鞋被车门挤到车外,他立即把另外一只鞋也抛下去,人们很奇怪,问他为什么要这样做,他说:“如果一个穷人正好从铁路旁边经过,他就可以捡到一双鞋子,这或许对他很有用。”

在中国西藏的拉萨,每年过年也都有一项必不可少的内容,就是到街头布施穷人。穷人成排地站着,众多布施者拿着零钱一路分过去。有的布施者可能会专挑看着顺眼的求乞者分,而那些自己看着不喜欢的人就被他跳过去了。这个时候,就会有人告诫他不能这样有所遗漏,这样做会使那些落空的求乞者受到伤害。唯有依顺序布施,布施完了就结束才是对的,才不失布施的意义。

还有一个动人的故事是这样的,有一个心灰意冷的年轻人,因为遭受了巨大的挫折,决定自杀。在临死之前,他努力回忆自己20多年的人生经历,希望能够找到一个让自己活下来的理由。他想了很久,终于,他想到自己读小学时的一件事情。那是一节美术课,他画了一棵风中的杨树。这时美术老师正好经过他的身后。老师看了他画的杨树之后,感慨地说:“多么真实挺拔伟岸的一棵杨树!你也许可以成为一个优秀的画家呢!”多年过去了,自己竟然忘记了老师的赞美和期待,竟然也忘记了继续画画,毕业以后再也没有去拜访过那位可敬的老师。他决定活下来,报答老师的关怀和希望,成为一个画家。年轻人把烦恼和痛苦放在一边,重新燃起了对生活的希望,去拜访了自己当年的美术老师,重新拜师学画,几年以后,他果然成为远近闻名的山水画家!

英国作家狄更斯曾经这样充满深情地描述生命的意义:“如果我能够弥补一颗破碎的心灵,我便不是徒然地活着。如果我能够减轻一个生命的痛苦,抚慰一个生命的创伤,或者让一只离巢的小鸟回到巢里,我就不是徒然地活着。”

是的,我们每一个人,都应该具有这样的人生信念:我们不能让自己徒然地活着!

(鲁先圣)

两枚硬币的分配

1945年10月,男孩出生于巴西伯南布哥州的一个农民家庭。因家里穷,从4岁起,他就得到街上贩卖花生,但仍衣不蔽体,食不果腹。上小学后,他常和两个小伙伴在课余时间到街上擦鞋,如果没有顾客就得挨饿。

12岁那年的一个傍晚,一家洗染铺的老板来擦鞋,3个小男孩都围了过去。老板看着3个孩子渴求的目光,很是为难。他想了想,拿出两枚硬币说:“谁最缺钱,我的鞋子就让他擦,并且支付他两块钱。”

那时擦一双皮鞋顶多20分钱,给10倍的价钱简直是天上掉馅饼。3双眼睛发出惊喜的光芒。

“我早上到现在都没吃东西,如果再没钱买吃的,我可能会饿死。”一个小伙伴说。

“我家里断粮3天,妈妈又生病了,我得给家人买吃的回去,不然晚上又得挨打……”另一个小伙伴说。

男孩看了看老板手里的两块钱,顿了一下说:“如果这两块钱真的让我挣,我要分给他们一人一块钱!”

男孩的回答让洗染铺老板和两个小伙伴大感意外。

男孩说:“他们是我最好的朋友,已经饿了一天了,而我至少中午还吃了点花生,有力气擦鞋。您让我擦吧,一定让您满意。”

老板被男孩感动了,待男孩擦好鞋后,他真的将两块钱付给男孩。而男孩并不食言,直接将钱分给了两个小伙伴。

几天后,老板找到男孩,让男孩每天放学后到他的洗染铺当学徒工,还管晚饭。虽然学徒工工资很低,但比擦鞋强多了。

男孩知道,是因为他向比自己窘困的人伸出援手,才有了改变命运的机会。从此,只要有能力,他都会去帮助那些生活比自己困难的人。后来他辍学进入工厂当工人,为争取工人的权益,他21岁加入工会,45岁创立劳工党。2002年,他提出“让这个国家所有的人一日三餐有饭吃”的竞选纲领,赢得了选民的信赖,成功当选总统。2006年,他竞选连任,又再次当选总统。

8年来,他践行“达则兼济天下”的承诺,使这个国家93%的儿童和83%的成年人一日三餐都得到保障。而他带领的巴西也从“食草恐龙”变成了“美洲雄狮”,一跃成为全球第十大经济体。

他就是2010年底任期届满而卸任的巴西前总统卢拉。

(李耿源)

亲爱的小孩

我住的地方的出租房里住着许多民工,有些还拖家带口。我经常发现一个小孩在楼下泥地里玩,身上的衣服总是脏兮兮的,脸也不知多长时间没洗了,结了厚厚一层泥垢。

每次我抱着儿子下楼玩,他都会定定地看着我怀中的儿子。我相信,小孩之间是有共同语言的。我放下儿子,那个孩子便笑了,而儿子则“噔噔”跑过去,拉住他的衣角。两人便在墙角手忙脚乱地玩起了堆沙子的游戏。

儿子一个人在家根本待不住,天天拉着我要出门,一天到晚待在像鸽子笼一样的房间里,他闷得慌。现在好了,有个玩伴,可以陪他一起玩堆沙子。

我预计到儿子会玩很长一段时间,于是从信报箱是取出今天的报纸,把广告页铺在地上,然后坐下来,在太阳底下看今天的新闻。

一张报纸看完了,两人仍玩得热火朝天,两只小屁股翘得老高,儿子完全把我忘了。

一个女人站在远处,朝这边看。她欲言又止,犹犹豫豫。

终于她从屋里拿出一块冒着热气的毛巾,轻声喊:“小全,擦把脸。”

女人把那个脏兮兮的小孩搀到自己的怀中,用热毛巾使劲为孩子擦脸,一会儿,孩子的脸便红彤彤了。

过了一会儿,女人又拿出来一件衣裳,站了一会儿,却又走回屋里去了。

我不明白那个女人为什么要给孩子擦脸,但当她拿着衣服站在那的时候,我明白了。和我的儿子相比,她肯定觉得自己孩子的衣着太脏了,那种微妙的心理也许只有母亲才有。

随后几天,那个孩子总是被收拾得干干净净地出现在楼下,有几次我夹着几本书下楼,那个小孩总是会呆呆看着我。

他是一个漂亮可爱的小孩,穿着绘有虎头的衣服,和城里的孩子没有什么两样,但我到现在才发现。

(流　沙)

电梯里的亮光

中午时分,很多人挤进了电梯。电梯启动之前,一个头上扎着蝴蝶结的小女孩赶上了“末班车”。

电梯里人很多,彼此之间都贴得很紧。但是,由于彼此陌生,而且同程的时间有限,于是大家都保持着静默。谁也无意打破这样的沉寂,都抬头看着楼层显示牌上数字的更替。

“嗵”的一声,电梯骤然停了下来,电梯里的灯也熄灭了。刚才在大街上还顶着烈烈的阳光,此刻却陷入了无尽的黑暗。大伙都有些不适应,有性急的甚至开始骂娘了。大伙儿怨声四起,猛敲起电梯的墙壁来,还时不时发生身体的冲撞,电梯的空间显得分外狭小了……

突然,电梯里发出一个女孩的哭声。原来,是扎蝴蝶结的女孩在嘤嘤哭泣。脑筋转得快的首先想到,女孩一定是怕黑的。女孩确实是怕黑的,在黑暗中伤心无助地哭着。

这时,有个男士掏出手机,摁下键,彩色的屏幕发出一丝光芒。四周的乘客见了,纷纷掏出自己的手机,顿时电梯里呈现出一片彩色的世界,仿佛乡间美丽的萤火虫一般。

女孩止住了哭声,被大伙围在了电梯中间。女孩的脸上写满了笑容,犹如在度过一个有亲友陪伴的生日。

电梯停了好长一段时间才恢复正常运转,而这样一片美丽的光芒一直陪伴着女孩。有的人的手机甚至已经快没有电了,却毫无怨色,一脸温和地看着扎蝴蝶结的女孩。

电梯里的人到了自己的楼层纷纷出去了,而那电梯里的亮光却照亮了女孩的心,相信也会照亮女孩的整个人生……

(路　勇)

用爱传递奇迹

因为眼疾和生活中种种不顺心的事，她从小脾气就暴躁得让人无法忍受。随着年龄的增长，她的坏脾气有增无减。然而，噩梦才刚刚开始，父母和妹妹相继离世，她一下子变得无依无靠，接着被送往救济院，她的世界陷入了孤单、黑暗之中。

因为脾气坏，她吃了更多的苦头，救济院的多数人对她都不友好，他们甚至把她关到了这座建筑的底层——阴暗潮湿的地下室。那里有数间囚笼似的装着铁栅栏的小牢房，她被关在其中的一间里。她又抓又咬又叫，还拿食物砸人。医生和护士甚至无法给她做检查。

这时，她遇见了一个改变她生命的人——一个普通的清洁女工。一天，这位比她大不了几岁的清洁女工看到她被关在这样的笼子里，觉得很难过，她慢慢接近她，冲她微笑，第二天还带了些刚烤出炉的巧克力果仁小蛋糕。结果很出人意料，她没有像往常一样暴躁地拿食物砸人。恰恰相反，她捧起蛋糕津津有味地吃了起来，还对清洁女工还以微笑。后来一有空，清洁女工就过来和她说话，有一次竟令她开怀大笑。这真是一个奇迹。再后来，有医生和护士给她看病或诊察时，清洁女工都会先钻进笼子里，握着她的手解释、安慰，让她平静下来。结果医生们发现，这个小女孩听话了许多。只是她的身体状况很糟糕，眼睛几乎失明。

她在救济院治疗了一年——对她来说是段相当艰难的日子。后来珀金斯盲人学院向她敞开了大门，她得以继续学业。

她叫安妮·沙利文。若干年后，已成为一名教师的她故地重游，询问院长有什么她能帮上忙的。院长起初没说什么，后来猛然想起一封刚刚收到的信。

原来有一个男人写信谈及自己的女儿——简直像只小野兽，非常难以管教，并且又聋又哑，甚至还有些精神错乱。做父亲的已无计可施，又不忍心把她送进疯人院，于是写信求助。

安妮·沙利文在了解这一切后，决定见见她，这个像她小时候一样叛逆而倔强的女孩。令人意想不到的是，当她们见面后，小女孩竟然出奇的听话，由狂暴变得温顺起来，像冥冥之中有一种力量，注定了她们的缘分。于是，安妮・沙利文收下小女孩为自己的学生，每天不辞辛苦地引导她触摸、感受这个世界的美好。

这个小女孩就是海伦・凯勒，后来完成了感动、震撼了无数人的不朽之作《假如给我三天光明》。她被美国《时代周刊》评选为20世纪美国十大英雄偶像。

当海伦・凯勒接受诺贝尔提名奖时，被问及谁对她的人生影响最大，她回答："安妮・沙利文。"而安妮却动情地说："不，海伦，对我们的人生都影响最大的人，是蒂克斯伯里福利院的一名清洁女工！"

这个世界确实是存在奇迹的，而每一个奇迹都与爱有关。爱心就像是世代相传的薪火，能够燃烧每个平凡琐碎的生命。而能够把这份爱心传递、绵延，生生不息，创造出一个又一个奇迹，更是最大的奇迹。

（薛　峰）

善待生活的美丽

肯为别人开一窗阳光的人，心灵也一定如阳光般明媚。

——刘克升

和风说话的孩子

午后,我接到一位学生家长的电话,他说他的孩子最近不知道为何,经常一个人无端站在风中,顺着风吹的方向,喃喃自语,一副凝思、沉重的样子。

给了家长些许的安慰和承诺之后,我突然想起关于这个孩子的一个学习细节。记得那是一次非常精彩的作文课程,我给学生们讲了"农夫赶集"的故事之后,班上所有的学生都因为故事的幽默与滑稽而捧腹不已,唯独他眼望窗外,神情迷离,俨然是开了小差。课后,我走到他的位置上,微笑着问他上课为何开小差。他脸一红,腼腆地答道:"老师,我是在听风吹的声音。"说完,他从座位上站起来跑出了教室。当时,我只是以为孩子淘气,未细想这事,现在结合前面家长在电话中所陈述的内容,心里不免产生疑虑:他为何会如此痴迷于风?又为何要忧伤?

为了知道答案,我特意选择了一个流光遍野的午后,给孩子们上了一堂作文写生课,在给他们讲了大约一刻钟时间的景物作文构思技巧后,便让他们自由观察和写作,而我则站在树荫下,一直观望着他。果然,没过多久,他便站在风口处,顺着风吹的方向,呆望自语着,任凭周围的同学欢闹与争吵,他只沉浸在自己的小世界中。

我悄悄走到他的身后,然后用手触碰了下他的小手臂,问他在想什么。他见我站在他身边,显得有些失措,支吾着不知如何回答。我握住他的手,半蹲下来,用微笑的眼神注视着他,然后问:"又在听风的声音?可以和老师一起分享你内心的涟漪吗?"

男孩见我没有丝毫的指责之意,嘴角抽动了下,可还是沉默了。我拍了拍他的肩膀,鼓励着说:"这样吧,你把你内心的故事写成一篇作文,然后明天交给老师看,好吗?"

"嗯,老师。"他点了点头允诺下来。

第二天,我看到了他的作文本——老师以前告诉过我们,要做一个悲悯的人,要为自然界的一草一木,为一个陌生人而感动,学会向他们表达自己的爱。

可是，这段时间，我突然发现那个天天早出晚归的以替他人修补鞋子为生的老人好感人，他那么老了，走路都蹒跚了，却还在为生活努力着；我发现学校后面那条小巷中有一只黑白相间的猫咪好可怜，它似乎是被人遗弃了，没人照料它；我发现墙角的那些柔嫩的草都很伟大，在那么刺眼的阳光下，一直自信地挺立着，向蓝天秀展着自己的美丽。我不知道如何像老师说的那样去向他们表达我内心的感动，但我觉得，风会将我的心声传播，爱的种子是会蔓延的，对吗？我期待着……

手握作文本，眼眶似乎瞬间湿润起来，是的，是这些稚嫩却又真诚的语句感动了我。我拿起笔，在他的本子上打上了一个大大的红色五角星，并写上了长长的批语……

是啊，盈盈自然间，风会传播我们的爱。和风说话，让我们读懂了生命中那一掬最美却也是最澄澈的心灵甘泉！

（陈晓辉）

相信石头会开花

因为先天的智力障碍，方言曾被许多学校拒收，直到她12岁那年，遇到了热心的赵老师，才成为那所乡村小学一年级的学生。

方言在班级里年龄最大，学习成绩却最差，许多很简单的问题她都不明白。有的学生背地里叫她傻瓜，这让自卑的她听了更难过了。

一次，赵老师在课堂上领着学生们进行造句比赛，看谁造的句子精彩。同学们兴趣盎然，一个个不甘落后地晃动着聪明的小脑袋，造出了许多漂亮的句子，赵老师兴奋地不住地点头赞许着。

忽然，老师微笑的目光停在了一直沉默的方言脸上，热情地鼓励道："下面请方言同学给大家用'相信'造一个句子，好吗？"

方言站起来，吭吭哧哧了好半天，终于小声地说出一个句子——“我相信石头会开花。”

她的话音还没落地，同学们便立刻笑成一团。这时，赵老师将一根手指竖到嘴边，示意大家安静。然后，他走到方言跟前，亲切地抚摸着她的脑袋，大声宣布：“方言造的句子最好！”

同学们马上不服气地跟赵老师争论起来，他们七嘴八舌地争辩着——不管什么花，都只能开在泥里、水中、树上等等，只有方言那样的傻瓜，才会相信石头开花的。

“可是，我也相信石头会开花。”老师慈爱的目光里透着坚定。

“老师，您也相信？”同学们困惑地望着他们一向敬佩的老师。

“是的，事实会让你们也相信方言说的没错。”赵老师走到黑板前，用红色粉笔认真地写下了方言的造句。

一个月后，赵老师把一块满是窟窿眼儿的石头拿进课堂。同学们全都惊讶地张大了嘴巴——原来，那石头上面竟真的开着一朵同学们熟悉的小花，鲜艳得和窗台花盆中的一模一样。

“同学们，方言说对了吧？记住——石头也是会开花的。”随着赵老师的目光，教室里响起了真诚而热烈的掌声，经久不息。方言也开心地笑了，笑得花朵一样灿烂。

此后，尽管方言的学习成绩依旧不好，但再没有人说她傻了，她跟同学们愉快地度过天真烂漫的小学时光。后来，方言成了一位很有名气的童话作家，创作了许多漂亮的故事，感动过千千万万的读者。

“没想到，我随意说出的一句话，赵老师竟然深信不疑，还千里迢迢地托朋友弄来那块火山岩，让我和同学们坚信——只要努力，没有什么是不可能的……”多年以后，谈及往事，方言依旧感慨万千。

是的，相信石头会开花，就是相信奇迹会诞生。慧心的赵老师深深懂得——给每一颗幼小的心灵送上一份热情的鼓励，或许会因此挖掘出许多蕴藏的潜能，会照亮一个个精彩的人生……

（崔修建）

疯女人

楼下小路边有一间用纸板、篾片搭的小棚，里面常年住着一个疯女人，四十来岁的样子，胖胖的，喜欢化浓妆，有时穿的衣服活像舞台上跳夏威夷舞的人，艳俗不堪。她通常都在忙活，比如拎桶去远处打水，洗、晒衣服等等，嘴里嘀嘀咕咕的。她的唯一爱好似乎是唱歌，有一天傍晚，我在阳台上听见她高声唱一首关于草原的民歌，音域很辽阔，节奏恰当，似乎受过专业训练，挺悦耳的……可是，正当我听得高兴，忽听她破口大骂！我急忙伸头看，只见她一个人在那里骂，并无承受对象。我很遗憾地摇摇头，回书房去了。

有一天，我路过疯女人的小棚。当时她正在用竹竿挑衣服。刚刚过去，只听后面“啪”的一声脆响，像放了个爆竹！我吓了一跳。回头看，只见她用竹竿狠狠地敲打电线杆，怒气冲冲地骂开了，也不知骂的什么。我急急离开，怕她在盛怒中用竹竿揍我。

自此，我每次经过疯女人的小棚，都有些紧张，尤其是当她站在门边手拿家什呆呆望着的时候。我无法琢磨她的心思，她的脸蛋涂得血红，眉毛描得又黑又粗，从表情上是揣测不出什么的。

昨天傍晚，我又从疯女人的小棚边经过，见她手拿剪刀正在剪一张纸。当时，有两个放学的顽童在小棚边的断墙上玩耍、吵闹。疯女人忽然用剪刀指着两个孩子叫道：“下来！下来！”我愣住了，两个顽童也愣住了。疯女人见没人搭理她，似乎很恼火，提高嗓门对两个孩子喊：“乖乖给我下来！”说实话，我很恐惧，毕竟她手里有把剪刀，而她又是个疯子，谁知道会出什么事？如果出事，我是否该冲上去救两个孩子？如果她在盛怒中与我搏斗，我能否躲开剪刀……一系列疑问在我脑海隐约闪过。

这时，那两个孩子开始小心翼翼地从断墙上往下爬，很紧张的样子——因为手持剪刀的疯女人已经站到断墙下，死死盯着他们了。我就待在那里，不知进退。终于，孩子们下来了。疯女人喝问：“作业做了吗？”两个孩子老老实实站在她面前，小声说着什么。疯女人又叫道："那还不快回家？天要黑了！"两个孩子不啻得到大赦令，低头从她身旁溜过——那时我看见：疯女人在每个孩子的头上轻轻抚摸了一把，挺爱怜的样子，活像是他们的母亲。

也就是说，女人虽疯，但母性依旧。

（张小失）

孩子与小鸟

我在乡下听到这样一个真实的故事。

一位母亲和孩子正在屋子里。这时，一只刚学会飞翔的小鸟误打误撞，飞进了屋子。

母亲捉住了小鸟，高兴地对孩子说，妈妈把它装进笼子里，留着给你玩。

孩子说，不行，快放了小鸟吧，一会儿鸟妈妈找不到它，该会多伤心呀！

母亲说，这好办，可以把鸟笼子挂在院子里，小鸟一叫，就把鸟妈妈引来了，再捉住鸟妈妈，它们不就在一起了？

孩子说，不行，还是得放了小鸟，如果找不到小鸟和鸟妈妈，鸟爸爸得多着急呀！

母亲说，那就把鸟爸爸也捉来，一起放进笼子里。它们一家人在一起了，就好了。

孩子说，不行不行，它们是在一起了，但是被关在了笼子里，它们还是不会高兴的。

母亲说，你怎么知道的？

孩子说，你想，如果你和爸爸不出去劳动，我不出去玩，每天就关在这屋子里，我们也会不快乐的。

…… ……

最后，这位母亲微笑着把小鸟放飞了。

（感　动）

红烧鲤鱼

长这么大吃了很多鱼，淡水的、海水的，清炖的、红烧的，还有最近两年北方很时髦的水煮鱼、酸菜鱼，各种美味吃遍却仍然有一种不满足感。究其原因，我想，大概是15年前那条鱼的滋味已经浸透了我的生命。

那天别人送了一条大鲤鱼，足足3公斤重，妈妈把它放在大铁盆里，倒满水还能露出个脊背，妈妈说先养着，等爸爸回来炖了吃。我和弟、妹盼着爸爸快点从镇上回来。

第二天，大鱼有点蔫了，不像昨天那么活蹦乱跳了，用手摸也懒得动，那天我们给大鱼换了4次水，可它总是提不起精神。

第三天早晨，弟弟跑过来说大鱼死了，我们今天能吃到妈妈做的红烧鲤鱼了。我们都很兴奋。妈妈把鱼杀了，洗得很干净，放在盘子里。我跟弟弟3次跑到村口等爸爸，都没看见爸爸的“大金鹿”。晚上，我们看见鱼的身上被妈妈撒满了盐。

第四天，妈妈闻了闻鱼的味道，把鱼埋进了盐袋子里。

第五天，妈妈让到镇上办事儿的邻居给爸爸捎了个信儿，说家里有事儿让他回来一趟。邻居回来说爸爸那里很忙，办公室前拿着售棉发票兑换柴油化肥的人排成长龙。

第六天，妈妈把鱼从盐袋子里拿出来，拍掉身上的盐巴，从鱼嘴穿了根线挂在铁丝上，鱼肚子也用小木棍撑开。妈说晒干了，就坏不了了。

第七天夜里，院子里突然传来“扑通”一声，起来一看，是小黑狗跳起来想叼鱼，弄倒了顶铁丝的扁担。妈妈于是把鱼拿进了东屋。

第八天，妈妈又把鱼挂在了外头，我们对鱼彻底失望了。

第九天，村委会的人到我们家收缴集资提留款，末了还不走，想在我家蹭饭。妈妈让我悄悄地把那条鱼移到看不见的铁囤后。

第十天晚上，门外响起了爸爸“大金鹿”熟悉的铃铛声，我们 3 个一溜小跑去开门。弟弟喊着“吃鱼喽”。

当妈妈提着鱼走到厨房时，我们听见传来激烈的争吵声，“早该给孩子们吃了！非等我干什么！”爸爸在训斥着妈妈，妈妈只低头往灶里添柴，眼角湿湿的。原来鱼已经坏了，里边生了好多小蛆。

爸爸在压水井旁的黄瓜架下挖了一个小坑把鱼埋了。我们都很失落。

妈妈那天晚上一直在念叨，鱼埋在盐里不应该坏得这么快呀……爸爸不作声了。

第二天，爸爸从集市上买回一条大鲤鱼，妈妈给我们做了盼了多天的红烧鲤鱼。

那年夏天，那棵黄瓜秧特别旺，结出的黄瓜又大又脆。

当我 20 多岁谈恋爱把这个故事讲给女友听时，她用城里人特有的傲慢说，“不就是一条烂鱼么……”我知道那时候她家里已经小康了。

后来我们分手了，我没有半点遗憾。我固执地认为不懂得这个故事的人没有资格谈论爱情。

（付体昌）

别伤害树叶

那年，我 18 岁。浑身透露着世事不谙的青葱颜色，如拇指肚大小的小毛桃一般稚嫩。

记得秋天的一个早晨，路过村头的那棵老枣树时，我下意识地停下脚步，顺手从旁边的柴垛上抄起了一根杆子，朝着老枣树胡乱打了起来。瞬间，老枣树上的树叶纷纷扬扬地飘落了下来。

这时，一位素不相识的老爷爷从一边冒了出来，盯着我问："孩子，你这么卖力，干吗呢?"我白了他一眼："没看见吗，打枣吃呢!"老爷爷好言好语地劝说着："孩子，别打了，你仔细看看，这棵树上没枣!"我根本没把这个老爷爷放在眼里，毫不在乎地反驳说："管它呢，有枣没枣先打一杆子再说!"

我一边说着，一边继续举起手中的杆子，对着老枣树又是一通乱捣。当然了，这一通乱捣，还是没打下一个枣子来。倒是那些青黄的树叶，簌簌飘落着，有几片甚至落在了老爷爷的白发上，显得十分滑稽。我暗暗得意，更加卖力地挥动着手中的杆子。老爷爷丝毫没有理会我对他的戏弄，转身面向老枣树，无奈地摇了摇头，低语道："唉! 罪过啊，真是罪过啊!"

看着一脸庄重的老爷爷，我心里反而生出了一丝忌惮，不由停了手中动作，举着那根杆子愣愣地立在原地，不知所措。

"别以为有枣没枣打一杆子伤害不了什么。少年的盲目和投机，伤害了那些枣子以外的树叶。"老爷爷文绉绉地撂下这句话，慢慢地转身离去。

我忽然觉得，那位老爷爷肯定是一位心地特别柔软、特别善良的文化人。说不定，他还信佛，有着一颗宽厚的佛心哩。

怀揣爱心，才能心无负担。望着凌乱地躺在地上的落叶，我的心灯忽然被老爷爷的话语点燃，内心变得通明、剔透，纯净得像瓦蓝瓦蓝的天空。

那年秋天，我再也没有打过那棵老枣树一杆子。

而且，打那以后，我迅速调整了自己的思维，做事的时候，不再"有枣没枣打一杆子"，而是力求目标再实际一些，指向性再明确一些。因为，我永远记住了老爷爷那句隐含哲理的话语，在做任何事情之前，都暗暗告诫自己：千万别伤害枣子以外的树叶!

（刘克升）

在德国“扫街”

在摄影圈,“扫街”并不是指清扫街道,而是指拿着相机在街上寻找摄影素材。作为一名摄影爱好者,这是我最爱做的事情之一。暑假期间,我随团去了德国旅游,当然不会错过这种“异国扫街”的机会了!

来到杜塞尔多夫市的第二天是全天休息日,一大早,我就拿着我的尼康单反相机和加长镜头走出酒店,来到了街上。不多久,我看见一位年轻的姑娘正在一家花店门口摆弄着鲜花,那场景甚是温馨动人,于是便举起相机远远地对着她悄悄拍照。我这样做是有原因的,因为在国内扫街,遇到的都是些警惕与怀疑的眼神,似乎生怕让人揪住他们什么把柄似的。特别是一些商店,他们总是怀疑我们这些摄影爱好者,是不是一些去他那里窥探商业机密的“间谍”,我就遇到过好几次“不删照片,不准离开”的事情呢!

正这样悄悄拍着,那位姑娘竟然注意到了我,她略迟疑了一下,面带微笑地对我招招手,示意我可以走近一些拍。当我走近几米后,她神情自若地边工作边充当起了我的模特,根本不问我是什么人,也不问我拍去做什么用!

告别这位姑娘后,我接着往前走,在来到特雷大街和康德大街的交叉口时,看见一对中年男子正因为汽车的一点小摩擦而斗着嘴。那两人的样子说吵架不算,但却也是各执一词,没人认输!我瞧着好玩,就找了一个不易被发现的角度举起相机,刚想按下快门呢,其中一位略胖点的中年男子发现了我!

我连忙垂下相机,但那位胖男子反而抬抬手,示意我可以接着拍,他又对另一位男子低声说了两句什么,那位男子朝我这边看一眼,俩人随即站在“车祸现场”,相互勾肩搭背地摆出一副“铁哥们”的样子,让我给他们拍照,我连忙“咔嚓”地按下快门!见我拍好了,他们对我挥手致了意,然后接着开始理论。

就这样一路拍去,没多久,我来到一家服装超市门口,那家超市虽然不算特别大,但无论是装潢还是摆设都非常有格调!因为有所顾忌,所以我只能够不动声色地在门口找了一个适合的角度往里拍,还没拍两张呢,镜头里忽然出现了一个中年妇女,她友善地对我笑笑,自我介绍说她是这家服装超市的老板,随后,她竟然邀请我走进店里去随意拍！

我如鱼得水般地在店里拍了许多张满意的照片，离开前，我既感激又好奇地问她说："难道你不怕我是商业间谍，来窃取你的商业秘密？"

"天哪！这里本身就是一个面向公众的场所，既然能让人看，为什么不能让人拍？再说我们合法经营，手续齐全，又有什么值得我担心的呢？"老板听后显得非常不理解，随后她还略带几分感激地说，"其实我还要谢谢你呢，你进来拍照，说明你已经肯定了我的这家店，无论你是否购物，我都应该感谢你！"

老板说这些话的时候，脸上始终洋溢着阳光一般的微笑，似乎根本就没有什么值得她担心的！

我在刹那间意识到，做人正需要一种充满阳光的心态，只要心里充满阳光，我们眼前就会是一个和谐美好、充满信任的世界，反之，我们只能生活在时刻保持警惕与怀疑、步步为营、到处都是假想敌的冰冷世界！

（陈亦权）

为生命取个温暖的名字

荷兰有一家神奇的奶牛农场。说它神奇，是因为这个农场饲养的奶牛每年的产奶量总是比其他农场奶牛的产奶量多出 500 品脱。这个神奇的差距，令许多研究者着迷——品种、牧草，水源，圈舍……人们用尽了各种科技手段，也没有检测出这些奶牛和其他奶牛有什么不同。后来，还是有人找到了差别：其他农场主只是把自己的奶牛看作一群能挤奶的动物，而这个农场主却给自己的每头奶牛都取了一个名字，在牧牛过程中，他用名字温情地呼唤它们。正是这些充满爱心的名字，使每一头奶牛都生活得愉悦放松，可以产出更多的牛奶。

我认为这个故事并不神奇，因为我经历过许多这样的事。小时候在乡下，任何生命都是有名字的。人们将家里养的黄牛一般叫大黄，马叫兔儿，骡子叫小黑，狗叫花花，屋檐上的燕子叫剪刀。甚至院子里的树和园子里生长的花草，也都会有一个好听的名字。如果孩子们捉住了蛐蛐，黑的就叫它精灵鬼，黄的就叫它金刚。因为名字，人们和这些生命有了休戚与共的感情，牛、马和骡子干起活来，格外卖力气，小狗忠诚地看家护院，燕子年年都不忘再回来。大树和花草总是充满生机。而乡下的人们也从不会去伤害它们，人们对它们像朋友一样，我看过一头牛临死前的情景，主人哭得伤心，如同失去了亲人，而那头牛躺在地上，依恋地看着自己的主人，眼里也流出眼泪。还有邻家养的狗老死了，主人没有剥皮吃肉，而是选了一个僻静的地方，在夜里把它悄悄埋了。

和人的名字一样，每一个为生命所取的名字，都是一个温暖的符号，它拉近了人类和生命的距离，让人类和这些生灵平等对话，和谐共处。

每个人都会有丰盈美好的记忆，而这些记忆是由许多名字组合而成的，除了人的名字，更多的是其他生命的。而正是这些名字，会成为我们记忆中的一颗颗闪亮的珍珠，他们让我们感觉到了岁月的温情和难忘。

而对于那些被赋予名字的生命来说，名字也绝不单单只是几个音节，因为它们也都是有着爱恶与灵犀的，不被关注、缺少温暖的生命，就会情绪消极，缺乏生机与活力。那些被尊重、被宠爱的生命，会有幸福感，有诗意生活的力量和希望。

不妨从现在开始，为与我们今生有幸擦肩的那些生命，取一个温暖的名字。不论它是一头牛、一条狗，还是一棵树、一朵花，或是一只蚂蚁、一粒种子。

（感　动）

蘑菇底下的礼物

有一年夏天，在犹特拉金的一个林区里住着一个来寻找创作灵感的年轻人，他喜欢这里的蓝天、绿草以及林间的悠悠鸟鸣。一次，林务区长 7 岁的女儿要过生日，他想送给这个可爱的小姑娘一份特别的礼物。

第二天清晨，他带着小姑娘来到林子里，金色的阳光穿过树叶在地上投下了斑驳的影子。他对小姑娘说："我送你的生日礼物就在这林子里面，你去找吧！"小姑娘欢快地在林子里找起来，很快，她发现在每一朵蘑菇下面都藏着一件小东西，有包着银纸的糖果、一束蜡制的小花，或一枚顶针、丝带、红枣……她惊喜万分，仿佛进入了一个新奇的童话世界。

这个年轻人就是安徒生，他在生活中也创造着迷人的童话。事后他这样说："她一生都会记着这件事。她的心绝不会像那些没有经过这一美好事件的人们的心那样，会轻易变得冷酷无情。"

在今天的生活中，童话离我们越来越远了，越成长心中越是充满各种欲望，从而丢掉了生命中太多闪光的东西。在名利拥挤的心间装上一段童话吧，或拥有童话般美丽的心情，当我们用一颗温柔纯净之心去拥抱生活，一定会在美丽的蘑菇底下找到许许多多弥足珍贵的礼物！

（包利民）

难忘的风铃声

夏天时我去朋友家小住了几日。朋友以前是一个拾荒者，现在又开了个废品收购站，夫妻俩天天奔波。好时一天赚个一两百，差时赚个五六十。夫妻俩供着两个小孩，日子不算富裕，但凑合着也能过。

朋友把我安排在二楼，他说，二楼空气比较好，临窗能看到城市的溪流，夜晚还可以听见溪边树上的蝉鸣。我不禁为朋友的生活态度感动起来。

小酌了两杯，朋友的面色有些红润。他让老婆看着店，自己则陪我上楼。他利索地在地上铺了一张床，和我并肩躺下。

午后，起风了。我的头顶响起了一连串叮叮当当的响声。我睁开眼，才发现是一长串风铃，这是他用捡来的铝制品打造的。他喜欢午后在地上眯一会儿，当有风吹过的时候，风铃就会叮叮当当地响起。他说，这是临溪的房子，当风铃响起的时候，他就觉得自己到了海边，海风正慢慢地从脸上吹过。我不禁惊叹起来。朋友颇为自嘲地说，虽然喝的墨水没你多，但我还是挺会享受的一个人。

傍晚时，我和朋友坐在地上看书。他这儿有许多书，其中不乏中外名著。这时，门口挂着的风铃响了，朋友说，我老婆回来了。过了一会儿，果然看见他老婆笑盈盈地走了进来，手上还拎着刚从菜场买来的菜。

晚饭快烧好的时候，又是一阵铃声。朋友马上抬起头说，这两个兔崽子回来了。说完，两个活泼可爱的小孩已经奔了进来。朋友马上对孩子介绍说，快叫叔叔，这位叔叔是爸爸小时候的同学，是个大学生，你们以后可得学着点。

我问朋友，你怎么能这么准确地判断来人呢？朋友说，其实我只能准确地判断自家的人。我老婆进来，通常是拨动一连串的风铃声，而这两个小兔崽子进来则是断断续续的风铃声。原来，这是他们心照不宣的信号。我又一次被感动了。

有一天晚饭，朋友的妻子回来得比较晚。朋友早已做好了晚餐，他歉疚地对我笑笑说，我们一起等风铃响吧。那一刻，我眼眶有些湿润，这或许是我听到最真诚动人的一句话。

几日后，我告别朋友。我想，我已经带走了美妙的风铃声。回家的路上，我又一次想起那天他和我并肩躺着时说的一句话，他说，只要听到风铃声，哪怕生活再困顿，我的内心也会窗明几净。

（范泽木）

推一下的惯性

20 世纪 70 年代初，在上海一所中学当教师的一个年轻人因为一些原因不得不离开自己喜爱的讲台，他怀揣着 50 元钱来到了香港，几经辗转终于找了一份做地盘的工作。

在连续加了一个星期的班后，终于可以休息一天了，可年轻人没有什么地方可去，于是他来到了维多利亚公园，这是他到香港后第一次到维多利亚公园。可能因为境遇落魄，美丽的景色怎么也无法让他兴奋，他找了一把椅子坐了下来，眼睛漫无目的地四处观望着。这时，他注意到，在秋千架前一个瘦小的妇女由于体弱无力，几次尝试着将孩子抱上秋千都失败了。他走了过去，帮妇女把孩子抱上了秋千架，并加力荡起了孩子，刚才还愁眉不展的孩子脸上立刻绽开了笑容，笑声随着秋千一起荡来荡去。妇女连连对他说着感谢。在交谈中，年轻人得知这位妇女是印尼华裔，丈夫在印尼驻香港领事馆工作。

3 天后，年轻人遇见了另一位印尼华侨朋友，在和朋友的叙谈中，年轻人得知这位朋友因为领事馆的商业签证遇到麻烦，一批准备运往印尼的货物迟迟不能起运，而且每耽误一天，损失就加重许多。年轻人立刻想到了自己在公园遇到的那位妇女，便毛遂自荐地表示要走一趟，看能不能帮助解决问题。年轻人带着文件和礼物敲开了那位妇女的家门，这位妇女热情地将他引见给了自己的丈夫，这位领事馆的官员在了解了个中原委后，帮助补办了一些手续，批下了商业签证。年轻人的朋友兴奋异常，决意送给年轻人 5 万元钱表示谢意。这 5 万元钱相当于这个年轻人当时工资的 10 年之和。年轻人凭借这 5 万元钱做资金，涉足商海。如今，那 5 万元已经滚成了 14 亿元的资产。

这个年轻人就是世界景泰蓝大王，香港亿万富翁陈玉书。

如果说，从 5 万元到 14 亿元是汗水和智慧打造的，那么，从 50 元到 5 万元则是由善爱赢取的。

推一下秋千是一个十分简单的动作，简单到没有任何色彩目的，简单到只是出于心。而正是这轻轻一推，却折射着一个人的修养和习惯。当爱和善一旦成为习惯，惯性荡起来的就不止是一个秋千，或许是造就一生的机遇。

在机遇还没有到来的时候，不要气馁，先养成我们的习惯，机遇也许就会随着惯性到来。

（澜　涛）

让客套变得真诚

那天我的文章进展很不顺利。先是被煤气刷卡员打扰，然后接到两个打错的电话，紧接着又有邮递员上门送挂号信，思路被一次次打断，我烦不胜烦。已经是交稿的最后期限，编辑那边催得火急，说整本杂志就差我的专栏了。可是，没有办法，那天我的思维变得异常迟钝。

一个小时过去，思路终于变得顺畅和清晰，可是刚刚敲下两行字，就再一次被突如其来的敲门声打断。那是陌生的敲门声，"笃，笃笃，笃，笃笃"，节奏感强烈，小心谨慎却韧劲十足。

怒气冲冲地去开门，见门外站着一位背一个大布包的男孩。男孩戴着眼镜，穿着笔挺的西装，扎一条银灰色领带。天气酷热，可是男孩的领带却打着漂亮并且结实的结。他一只手擦着汗，一只手把那个大布包往肩上颠了颠。他拘谨地冲我笑笑，说："对不起打扰您了。"

我问他："有什么事吗？"满脸不耐烦，身体把防盗门堵得很紧。

他说："是这样，我是××公司的推销员，我们公司新推出一款剃须刀，价格很便宜……"

"可是，我已经有一个非常不错的剃须刀了。"我打断他的话，我不再需要任何剃须刀。

"我们的剃须刀很便宜……"男孩满脸窘迫，他重复着他的话，脸上的汗不停地淌。我怀疑他刚做推销员不久，此刻他肯定非常紧张。

"要不这样，你留下名片，我需要的话，会打电话给你。"我抱着双臂，下了逐客令。

"对不起，我没有名片。"男孩肯定听出我的推脱之辞，红着脸说，"您听我说，我们的剃须刀，真的很便宜……"

"可是，我不需要！"我冲男孩咆哮一声，声音大到连自己都不敢相信。我想那一刻我终于爆发，整个下午积压到一起的怒火瞬间找到可以发泄的对象。随后，我"砰"地甩上了门，再也不肯理睬那个仍然站得笔直的男孩，一个人回到了屋子。

文章终在傍晚前完成。尽管很不理想，可是毕竟按时交上稿子，我的心情也变得轻松很多。

去小区花园散步，再一次碰到那个男孩。男孩正坐在一个石凳上休息，看到我，急忙站起来，冲我尴尬地笑。

“卖出剃须刀了吗？”我问。想起刚才对他的态度，心中隐隐有些自责。

“卖掉了一个。”男孩的脸再一次红起来，“想不到能在这里碰到您……刚才我还一直在想要不要再去您家……”

“还去卖剃须刀？”

“不，我想给您道个歉。”

“给我道歉？”

“是，给您道歉。”男孩说，“我知道一个人心情烦躁又被打扰的滋味……”

“你怎么知道我心情烦躁？”

“我注意过您的表情。”

“可是，道歉的应该是我啊！”我说，“我有什么资格对你大喊大叫呢？我心情不好，又不是你的错……你只是推销员，你一点过错也没有……”

“是我打扰了您。”男孩说，“这一切，只因为我敲开了您的门……所以，请您一定要接受我的歉意。”

男孩说话时，始终盯着我的眼睛。他的表情郑重并且诚恳，他站得很直，两手贴紧裤缝，脖子上的领带依然打着漂亮的结。显然这是一位刚刚走出校园的男孩，他没有花哨的推销手段，可是他真诚的态度瞬间打动了我。是的，真诚。此时的男孩，绝不是客套。他说话很慢，却让人感觉每一个字都踏踏实实，分量很重。他的表情诚挚，让人不忍拒绝，客套却不是这样。客套时，所有人说出来的话都是轻飘飘的，如同鸿毛掠过脸颊，不会有任何感觉——我相信这世上有一种表情是不能够伪装的，那就是真诚。

那天我和他聊了很多，最后，我主动买下一只剃须刀。我想可以把它作为礼物送给我的朋友，我相信剃须刀的质量和价格都没有任何问题——因为男孩的笨嘴笨舌，以及镜片后面那双真诚的眼睛。

生活中我们会遇到太多客套，生活中我们也会给别人太多客套。问别人早上好、中午好、晚上好，祝别人健康、祝别人快乐，向别人致谢、跟别人道歉等等。我们当然不是虚情假意，但太多时候，我们并不真诚。说那些话的时候，我们表情随意，心不在焉。可是，我们并不在意对方的态度，因为我们并不指望对方相信我们的态度。

我在想，假如能让生活里的客套多出一分真诚，那么这个世界也许就会多出几分美好吧？

（周海亮）

多走几步

由于我喜欢读书看报，虽然电脑早装上了宽带网，可是依然每天风雨无阻地去买实体报刊阅读。小区的人门出口处不远就有一家书报亭，那是我经常光顾的地方。有一天，我为了赶写一篇编辑的约稿，熬了个通宵，睡觉起来迟了，再去报亭买报，已经卖完了，只好向远一点的报刊亭搜寻。

沿小区边的路向西走约有100米处，是一所中学，门前也有一家报刊亭。正巧在这里找到了我要的报刊，而且还发现了许多我非常喜欢的文化类报刊。我想，也许是这里临近学校，喜欢接触书报的师生多，报刊亭才订这些报刊卖的吧。我与喜欢文化的人天生有缘，很自然地就与报刊亭的主人聊了起来。原来报刊亭的主人也是一位文学爱好者呢！她开了这个小报刊亭，既解决了谋生的问题，又让自己的兴趣得到延伸，可以边工作边学习。

临走时，我选了好几份我喜欢的报刊。她甚至没有翻看一下定价，就一口报出了汇总的价格，我递过钱去，才发现她一直坐在那里一动不动。此刻我才注意到，原来她是一位残疾女孩。她把各种各样的报刊都整理好了，架子上摆一份样刊，需要的人自己就可以直接从柜台里取了。她似乎看到了我关注的目光，灿然一笑，而后对我说："欢迎你常来。"我对她说道："我会常来的。"

后来，我了解到：这位女孩用自己的收入供养了弟弟上学读书，还支撑起一个摇摇欲坠的家庭，因为她的父母早亡。我的心被深深地震动了。这是一位多么坚强的女孩啊！此后，我再买书看报就舍近求远，每次都会多走几步到这里选书买报，而她也会根据我的要求增订一些我想要的报刊。这是别的报刊亭不愿做的——他们只订那些好卖又赚钱的书报。

每次到女孩子这里买报，都会享受到她的温情服务。其实，只要我多走几步路，就能给一位坚强的残疾女孩子以默默的帮助；每天多走几步路，就会让女孩子感受到人间的温馨；而我们的心灵如果能向弱者多走几步路，则会让那些弱小的灵魂感受到整片爱的晴空。那么，我们就不要吝啬我们的脚步，我们的心，我们的爱，向那些弱小的、需要帮助的心灵多走几步吧！

（仲利民）

温暖的手势

有那么一段日子，似乎是永无尽头的黯淡与落寞。当时我栖身的小城，绿荫掩映，我暂时居住的那条小街，那时开满了丁香花。只是每天垂头来去，竟忽视了那份美丽。有时沿街遇见那些来来往往的人，还会产生一份无由的厌恶，仿佛什么东西入了我的眼，都会变得丑陋无比。

渐渐地，我注意到一个八九岁的男孩，他经常出现在路旁一所破旧的小二层楼的阳台上。每天的早晨，我去上班，经过那里时，他都会站在那里，直直地看着我，然后两手平放在腹部，掌心朝上，向上抬起，至胸口再放回腹部，如此反复，如同练气功的姿势一样。晚上回来时也是如此，本来我的心里就够烦了，一见这孩子莫名其妙的举动，更是说不出的讨厌。

越是讨厌反而越是下意识地强迫自己去看他，久而久之，便觉得这个孩子可能智商有问题，因为他好像也没有上学。我觉得街坊们应该知道他的情况，我却懒得打听——邻居们之于我，就如熟悉的陌生人，从未说过话。渐渐地，我也便对那个男孩熟视无睹，虽然他每天还会在我路过时直直地看着我，做着奇怪的动作。

秋天的时候，我终于要离开小城，去开始一个艰难的开始。忽然莫名地，我对这条美丽的小街，对那些一度觉得庸碌的人，便生起一种亲切感。也许要告别这一段时，才会蓦然涌起这种思绪。毕竟他年回望时，也算是一段足迹。

离开的那天，我走上小街，便有了一种全新的感觉。那个孩子依然站在阳台上，还是不变的动作，仍是那样看着我。忽然便起了怜悯之心，于是在楼下喊他，他表情动作都没有变化，旁边摆小摊的一个大娘对我说："别喊了，听不见，又聋又哑的孩子，可怜见的！"原来如此！回头看了那个孩子很久，我才离去。

多年后的一天，我在为写文章查一些关于手语的资料，忽然就看到了一个熟悉的手势，心中刹那间如起了雾一样，千里之外的那个小城再度清晰，开满丁香花的小街，那个聋哑男孩。忽然有了流泪的冲动，忽然明白了那个男孩为什么一直看着我。电脑上，那个手势的动画旁，注明着意思，那就是"快乐"。

（包利民）

开一窗阳光

大路南边，有一片建筑工地。工地外面，围了一堵高大的院墙。院墙内，走动着建筑工人们忙碌的身影，响彻着搅拌机的轰鸣。

这条路，这片工地，还有那堵院墙，是五年级小学生小云从自己家到一所英语培训学校的必经之处。离小年还有10多天的时间，学校就放寒假了。为了充实寒假生活，小云报名参加了英语短期培训班。

这天早上，在去那所英语培训学校的路上，小云忽然发现，贴着那堵院墙的北面停了一辆三轮车，三轮车一边的地面上整整齐齐地摆了一排装有带鱼的纸箱子。原来，这里来了一个卖鱼人，他把带鱼箱子在地面摆好后，缩回墙根，紧靠在院墙上，裹紧了黄大衣，躲避迎面而来的寒风。

一连几天，小云都会在这个地方看到那个卖鱼人。他总是缩在院墙北面，由于一整天照不到多少阳光，再加上北风肆虐，阴冷穿透皮肤、侵入骨髓，使他看起来更像一截硬邦邦的树枝，显得非常弱小与可怜。小云禁不住走上前问道："叔叔，你为什么非得把鱼摊摆在这个地方呢？这地方多冷啊，你不如把鱼摊搬到路北去，在那儿差不多一整天都能晒到太阳呢，那样你自己就暖和多了！"

小云关切的话语让卖鱼人感到了温暖。他搓着双手，微微笑了笑，回答说："谢谢你啊，小姑娘！可是，你不懂啊，在这儿卖鱼，对我来说是最好的地方。因为这个地方很冷，带鱼才不会轻易化冻。如果把鱼摊摆到路北那儿，阳光暖洋洋地照着，带鱼不化冻才怪呢！"

这卖鱼人可真不容易啊！小云小小的心里暗自感叹着，忽然她便萌生了一个想法：她要把自己的零花钱攒起来，不再乱花一分，等攒够了60元，就拿这些钱去买一些带鱼，好让卖鱼人早把带鱼卖完，早点回家过大年，不再缩在这里忍受无边的寒冷。

小年一眨眼过去了，眼瞅着大年的脚步声越来越近，小云终于攒够了60元零花钱。她早打听好了，这正好是一箱带鱼的价钱。她兴冲冲地来到卖鱼人跟前，小心翼翼地摸出那把零花钱，高高地捧在手里，大声说道："叔叔，我买一箱带鱼……"

卖鱼人吃惊地望着小云，还没等他作出反应，从工地的院墙内又走出了一高一矮两位民工。他们带着铁锤、钢钎等家什，来到卖鱼人身边，用卷尺在院墙上面比划了几下，做好记号后，挥动铁锤和钢钎，三下两下，就在墙壁上弄出了一个中规中矩的方形小洞。然后，又在上面装了一块玻璃，形成了一面异常简陋而又格外独特的窗户。

霎时，暖洋洋的阳光穿过明亮的玻璃，透过这面小窗，恰到好处地照射在卖鱼人身上。两位民工拍了拍卖鱼人的肩膀，友好地说道："哥们，出来卖鱼挺辛苦的吧？我们老板也是从农村一步一步混出来的，刚才，他反复嘱咐我们，一定要给你把这面小窗开好，让你既能卖好鱼，也能舒舒服服地享受阳光的温暖。"

肯为别人开一窗阳光的人，心灵也一定如阳光般明媚。两位民工顺利完成任务，哼着小曲，一前一后返回了建筑工地。

小窗下，迎着明晃晃的阳光，卖鱼人笑了，小云也笑了。

（刘克升）

求个心安

那天风刮得很大，我与母亲一起从街上回家。路过巷口的拐角处，母亲不走了。我问她怎么了，她指了指旁边的一棵大树，说："看见没？那根断树枝快被刮下来了。"我抬头，果然是，有一根断了的树枝在风中招摇，只有一点皮还与树干在连接着，但是如果再来一阵大风，断枝肯定会被刮下来。

"你上去把断树枝拽下来。"母亲说。

"为什么？"我不解。

母亲说："如果谁从这里经过，万一断枝掉下来砸着了人咋办？"

"可是，那又不关咱的事。"

"但是，你既然看到了，就应该防止它砸着人，"母亲说，"咱只求个心安。"

求个心安，这是母亲教给我的做人之道。面对即将而来的灾难，与你无关，你可以做，也可以不做。不做不违背本分，但做了，能够对得起良心。事实上有许多事都是这样，人们面临着做与不做的选择，而这正体现着善良与厚道，正是平庸与伟大的区别。

有天中午，8 岁的小侄女给我打电话，说小区后的自来水管爆裂了，地上流了好多水，"都是干净的水，看着怪心疼的，这事该向谁报告啊？"我当即表扬了她，这种公德心，弥足珍贵。

与朋友一起进书店看书，朋友每抽出一本书翻看一会儿后，总随手插进书堆中，有一些书的封面都被弄褶皱了。而我总会把褶皱的书拿出来，平整后再小心翼翼地放进去。一次，我的举动竟被书店管理员看见了，她微笑着说："如果每个人都像你这样就好了!”我心怡然。

一次在公交车上,前面坐着一个女孩,那时是夏天,天气炎热,她穿的是一件比较宽大的褂子,下面的衣襟正好被座位棱子刮着,如果她猛地站起来,肯定会把褂子刮烂的。我把这个情况告诉了她,她满脸感激。还有一次也是在公交车上,一个年轻的妈妈抱着一个两三岁的孩子,那孩子胖乎乎的小手,总是爱往凳子缝隙里伸,万一挤着了,后果很严重。同样地,我也把情况告诉了那位年轻的妈妈,她同样谢个不停。

其实我可以不说,更不是为了获得感谢,我求个心安。

去开水房提水没开门,我便拎着空瓶折回来,遇见也有去提水的,我会对人说没开门,免得他白跑一趟。其实我可以不说,但我求个心安。

下火车时,看见两节车厢之间站了许多没座位的人,我会对他们说,往里走,还有一些空位能够坐。其实我也可以不说,但我求个心安。

雨夜从小道走过,途经一长段泥泞的地方,很是难走。随后在路口遇见也欲拐向小道的人,我会对他说,改走其他路吧,前面泥泞。其实我还可以不说,但我求个心安。

心安是心境恬淡安静,是追求平和对得起良心。求个心安,其实是因为有一颗滚烫坚定的责任心,心怀他人,心念仁慈。凡事求个心安,心胸亦坦荡无边,心情亦畅快自然。

我们不能决定他人的选择,但我们能求个心安,如此就能够享受生命中每一处细小的宁静和悦然。

(薛　峰)

把生命当作神来信仰

青藏高原属高海拔高寒地带,这里的生态环境是非常脆弱的,如果稍有破坏，便会永久不可恢复。一棵树，一株草，在这种环境里存活都是很艰难的。

但是，在高原上行走时，我最大的感受却是这里的生态环境保持得极好。天空洁净透明，河水清澈见底，树木葱郁，绿草如茵，野生动物时常出没。

在最恶劣的自然条件下，却有着最优美的自然环境，这不能不让人感觉惊奇。

一位藏族朋友告诉我，藏民从远古时期就生息在辽阔的青藏高原上，他们热爱养育自己的这一片土地，更相信万物都有灵性，都有生命。在他们的意识里，山是神山，每一道泉水、每一个湖泊都是神的眼睛，每一片草原和森林都是神的肤发，每一只野生动物都是神和菩萨的坐骑。他们认为挖金掘矿、砍伐树木太多，水土就会失去光泽。

所以，藏民从不会屠杀野生动物；对自然中的一草一木，一山一石都很爱护；他们不会把垃圾、污水倒入湖中，也不会往湖里乱丢肉类或污秽的东西；更不会乱砍滥伐，肆意践踏树木、花草。正是这种观念，让他们的生活完全融入了充满蓝天、白云、雪山、草地、茂密森林的大自然中，真正实现了与大自然和谐的共存。

当世界各地掠夺式地开发资源、破坏生态的时候，淳朴的藏民们却依然保持着这样的一个传统——每年夏天，他们都会到山上、草原上、森林里、泉边湖畔，查看每一片草场和森林有没有被破坏，点数每一道山泉和湖泊，看水的流量与去年相比有没有减少，如果境况同从前一样，他们还会留在这里；如果有了恶化，他们就要离开这个地方，到另一个地方生活。有些藏民还会请喇嘛到家里念经，制作“波德”（矿物宝瓶）埋到地下或湖里，以保水土丰美。

这是我听到的最令人肃然起敬的信仰。我想，与其说高原上的藏民信仰神，相信万物有灵，不如说他们是在尊重、热爱着一切生命，他们是把整个大自然都当成神来膜拜信仰。正是这种信仰，使得自然条件恶劣的青藏高原成为这世界上最后一片没有被污染、被破坏的净土。

如果我们每一个人都能把生命和自然当成神来信仰，那么这世界的任何地方都会是圣境，是天堂。

（感　动）

弹壳中的秘密

著名的美国作家和战地记者艾莫尔·本蒂讷在他的《塌陷的城堡》一书中，记载了他在二战中亲眼目睹的一件令人难以置信的奇事：

那时候，我作为飞行导航员和随军记者在B－17轰炸飞行分队服务，分队奉命对纳粹统治下的德国卡赛尔市进行轰炸。轰炸机遭到德军猛烈的防空炮火的阻击，这原本没有什么好奇怪的，但不同于以往的是，这一次，我们的油箱被击中了。奇迹就发生在这一刻，通过事后的勘验发现，炮弹弹头穿透油箱达20毫米，竟然没有引发爆炸！飞行员波恩·福克斯告诉我："还有更稀奇的事情呢！"那天波恩从飞机上下来后，他就向分队长索要那枚没有引发爆炸的弹壳，作为这次天大的幸运的纪念品。分队长告诉波恩：这样的幸运弹壳并不止一枚，而是发现了整整11枚，毫无疑问，其中的任何一枚发生爆炸，都足以让人和飞机在天空中变成碎片。然而，11枚击中飞机的炮弹，竟然全都哑了火。这样的奇迹真是比太阳从西边升起还让人觉得不可思议。

为了解开心中的巨大疑团，我们立即将这些弹壳送到了军械维修处，让他们打开弹壳，以探究竟。几天后，维修处告知我们：他们已经解开了其中的秘密，但上级严令他们不能将秘密透露给任何人。

这个谜团一直到战争结束几十年后才被揭开：当军械维修员们打开了那些弹壳，他们发现每个弹壳里都没有填充炸药，而是装满了泥沙作为替代物，在其中的一个弹壳泥沙中，维修员发现了一张经过仔细折叠的纸片，纸片上写有一行谁也不认识的文字。最终，一位军事专家认出了纸片上的文字是捷克语，并将它翻译了出来："这是现在我们唯一能做的事情！"

艾莫尔在书中感叹道：这的确是战争史上的一个奇迹，一个由人间正义所制造的奇迹。

（尹玉生　编译）

窗外的柿子树

婆婆家的院子里有一棵柿子树，就种在西堂屋的门口。柿子树的树冠很大，整个西堂屋门前的那一大块天井就都笼罩在柿子树的树荫下。

每每节假日回去小住，我都喜欢坐在西堂屋的窗前看书写字。一些阳光很好的上午或者下午，风轻轻地穿过浓荫茂密的柿子树叶，再穿过那扇淡绿色的纱窗吹进来，轻轻抚着我的脸，心也不觉痒痒的。当然，这时肯定还会有一些阳光落进来，那些随着柿子树叶一起摇曳不定的阳光，恍如隔世般的透明、宁静，常常会使我忘记了看书。

我就那么静静地望着它们，胸膛里空空荡荡的，也像透明了一样。很长时间过去后，当我从自己的恍惚中惊醒过来，我常问自己，我想什么了呢？也许什么都想，也许什么也没想，可谁知道呢？

阳光不说话，我也早忘了。

我就那么静静地坐在那里，一切也都是那么静静的。院墙外面或许会有谁走过的声音，不远处或许会有孩子们笑闹的声音，更远的地方或许还有谁家的鸡在打鸣的声音，但这所有的声音都只会让人觉得这个上午或者下午更加幽静。连阳光也是那么静啊，静静地散发着淡淡的、绿色的幽香。当然，这时还会有一些鸟叫的声音，那鸟儿就在窗外的柿子树上，可柿子树的枝叶那么茂密，我使劲仰着脖子，累得眼睛都流泪了，还是找不到它们。

我最喜欢的是秋天的时候，这时的柿子树上已缀满了一个个青中泛黄的大柿子，柿子树的枝叶也因此而沉甸甸的，风吹来，柿子树缓缓摇动，一副很优雅、很沉静的模样。这时的天空也是出奇的明亮，站在柿子树下望上去，每一片柿子树叶都是闪闪发亮的，就像一面面银色的会跳舞的小镜子。偶尔也会发现一两个红了的柿子正藏在某片叶子的后面，这时，任谁的心也会在瞬间激动起来，那柿子想来一定是很软了吧？也一定很甜了吧？如果把它放在嘴里……那就赶快找个梯子把它们摘下来吧。可是，这样的柿子谁也别想会吃到自己的口里，因为等爬上去时才会发现，那红红的柿子向着阳光的一面，早已被小鸟啄着吃了呢。

我就特别恨那些小鸟，有小鸟飞到柿子树上时，我就急着拿竹竿去轰，可它们却只是又飞到附近的几棵树上，等我一放下竹竿，就会“呼”地又飞过来。有时它们甚至连飞都不愿飞走，只是从这根树枝跳到那根树枝上，它们知道我打不到它们，它们在故意气我。我生气了，累了，只好坐下来，坐在树下，任它们在树上欢呼雀跃，任它们的翅膀拍打得树叶啪啪作响。可是，你听，它们的声音是多么好听啊！那么清脆，那么急切，真像是一群饿了的孩子，正在叽叽喳喳地抢吃东西，让人又不忍心再去轰它们走了。

回到屋里，坐在窗前，看阳光在书本上摇曳，听鸟儿在窗外鸣叫，心却怎么也宁静不下来。这时，屋后又传来了吱吱呀呀的推碾的声音，大门口的过道里也传来了啪啪的下棋的声音，心里便不由得一动，潮水一样的心事由遥远的地方漫过来，漫过了我的心，又漫过了我的眼，我甚至对自己说：要是能在此生活一生一世该多好啊。

可是，我们毕竟还有自己的工作、自己的生活啊，明天，或者后天，我们就该回去了，就该投入令人紧张的工作里了。我们能不能带着窗外的这棵柿子树一起回去呢？我们能不能带着这一树的鸟鸣回去呢？

柿子树只是那么静静地站着，并不说话。

它只是那么静静地站在那里，用它那特有的、幽邃的目光注视着我。我知道，它在等着我们下次再来。

（王晓明）

大山深处的温暖

一次，我和实习记者小杨去采访大山里的一个养羊专业户，回来时下起了滂沱大雨，车子陷进一大片黄土里去了，不管怎么努力都冲不出来。

小杨从公文包里拿出一沓钱来说要去找人帮忙。我问他拿这个干什么。小杨惊讶地望着我："现在什么年代了，做什么都要讲究效益，没这个东西，能解决问题吗?"我知道小杨说得也有理，昨天我们的车到一个镇上时，车胎坏了，出了200块钱才有人愿意帮我们推到修理站。

"可是，这是在大山，不是在城里。"我说。

我们下了车，走了半里的山路，才看见稀稀疏疏的十几幢房屋，小杨敲开了第一家大门，说："我的车被陷住了，你能不能帮我推一下，我给你20块工钱?"那人看了看小杨，"砰"的一声把门关了。去第二家时，小杨把价钱加到了50……到了第十家，小杨干脆说："给你200块，你去帮我推下车，干不干?"那人哼了一声，鄙夷地说："谁稀罕你的臭钱。"只剩下最后一家了，小杨一筹莫展地叹口气，我说："让我来吧。"

敲开大门，我开门见山地说："大爷，我是名记者，进山来采访一个养羊专业户。下雨车陷住了，您能不能帮我们一下?"一听是记者，大爷的眼睛亮了，连忙领我们进来，沏了两壶热茶，大爷告诉我们，已经有好多年都没有记者进来过了，大山里穷，谁也不想来报道。老大爷一边说一边从里屋拿来两副蓑衣，递给我和小杨，又取出面铜锣。我问大爷怎么自己不用蓑衣。大爷笑了："山里人，都习惯了。"

老大爷走到山路的正中间，使劲地敲着铜锣，不一会儿工夫，各家各户的门都打开了，女人和小孩首先跑了出来，然后是男人，手里都拿着棒子或者锄头。

老大爷吆喝着说："老少爷们，这是城里来报道咱们山区的记者，下雨，车被陷住了。大伙儿都来帮帮忙，这年头，来山里游山玩水的官员倒很多，为山区着想的就没见过，世道变了呀。"

女人和小孩马上跑回去拿草，不一会儿，车前面铺了几十米的稻草路，男人们撬的撬，推的推，车子很快就到了安全地带。

小杨摸出一条烟，大爷连忙制止，大爷说："大家帮你并不是因为你的钱，山里人是缺钱但并不缺志气。"一席话把小杨说得直点头，临走的时候，小杨走上去和每一个人握手言谢。

车子慢慢往前开，我透过后视镜，看到男人们都在后面紧紧地跟着，我心中突然涌上一种莫名的感动……

（王国军）

水晶心，钻石泪

2005 年 9 月 3 日，在南非约翰内斯堡，戴比尔斯公司突然宣布：驻于金伯利镇的采矿队已全线撤回，该公司长达 134 年的钻石开采史也彻底画上了句号！消息公布的当天，南非股市全线崩盘，甚至连欧美也卷起了一阵风暴。

众所周知，戴比尔斯是全球钻石业的龙头老大。其广告词“钻石恒久远，一颗永流传”，俘虏着每对年轻情侣的心。封矿就等于自断生路——这不但对自身，对整个国家都是一场重大的灾难啊！得知消息后，当时任总统的姆贝基如坐针毡。旋即，他下令召开高层会议，以探明其中缘由。

政要们纷纷表态。一部分人认为，总裁庞科·盖勒苏一定是打算另谋出路，因为钻石行业存在着这样一条真理：矿井越往下挖，钻石就越小，品质也越低。针对日渐黯淡的前景，洞悉一切的盖勒苏果断地收手了。说不定此时，他正酝酿着什么石破天惊的大动作呢！

还有些高官则认为，这是盖勒苏在为自己的罪孽而忏悔。自从 1869 年世界首颗钻石在金伯利镇被发现以来，矿井就一直在被掘深。到如今，形成了举世闻名的“金伯利大坑”：井口面积有 24 个足球场那么大，并深达 800 余米。一颗颗璀璨夺目的石头背后，是无数条为之赴汤蹈火的生命。可以说，钻石开采史就是一部血腥争夺史。可能年岁渐长的盖勒苏意识到了这点，于是便下令关闭了矿场。

究竟真相是怎样的？大家莫衷一是。而此时，盖勒苏和女儿媞妮却不知所踪，据说是飞往夏威夷度假去了。姆贝基眼瞅着一路下滑的经济局势，心如火燎。两个月后，心事重重的他累倒了。恰在这时，却有人声称能提供一个重大线索，但前提是保守这个秘密。病榻边，姆贝基召见了这个神秘的人，他就是盖勒苏家的老管家洛班·桑汤。桑汤仔细回忆起封矿前一晚家里发生的一件事：

夜幕降临时，盖勒苏正批阅着文件。媞妮弹谈完一首曲子，突然回过头冷不防地说：“童话里说，上帝的眼泪掉下来，就凝结成了钻石。那他每天都在流泪，一定遭遇了不少痛苦吧？”盖勒苏垂下墨色的眼镜，没有作声。接着，媞妮指着琳琅满目的钻石工艺品:“这些都是他的泪吗?”“是的,孩子。”盖勒苏敲了敲烟斗。忽然,他发现女儿的眼角微微闪着钻石的光芒。这位络腮胡子大亨突然弓下身,吻着女儿的额:“放心吧,宝贝儿!我不会再让上帝流泪了。”这时,小媞妮打了个呵欠,揉揉眼睛,接着就由女仆领进了卧室。

那晚,盖勒苏房间的灯一直亮到了破晓。当时摆在他眼前的是一个多么艰难的抉择!“要知道,主人是最疼媞妮小姐的,”老管家不无深情地说,“相依为命的这些年里,主人始终都在无微不至地呵护着她……”接着,桑汤还说起了一段往事:在盖勒苏婚后的第3年,爱妻就因车祸而丧生。深陷悲痛的他却没有再娶,而是和小女儿生活在了一起。他为人低调,此后,一直过着简朴平淡的日子。

姆贝基听后深受震撼。第二天的国民大会上,他作了一份报告,题目是:一颗善良的童心和一个伟大的抉择。

(马晓伟)

让时间停下半小时

2007年9月,南美洲国家委内瑞拉突然更改了时区,把本国的时间调慢了半个小时。

虽然只是半小时,却引起了巨大的争议,因为时间变动给这个国家带来了很大的影响。首当其冲的是金融业,为了适应新时间,银行和证券公司不得不召集程序员重新编写电脑软件程序。推迟半小时营业,一些商店的营业额会受到极大冲击。而一些政府部门的工作人员则要学会适应新的作息时间……在许多人对调整时间感到莫名其妙时,全国的中小学生们却兴奋不已。

改时间以前,按照委内瑞拉学校的作息时间,中小学生每天天不亮,就要起床去上学。特别是许多居住偏远的孩子,为了上学更是要起大早,摸着黑赶往学校,孩子们很少能看到早晨的太阳。

有一个异想天开的孩子给委内瑞拉总统查韦斯写了一封信,他在信中说,因为每天要起大早去上学,所以已经有很久没有看到早晨的太阳了。孩子说自己最大的梦想就是能让早晨的时间停下半小时,这样就可以每个早晨都能迎着太阳去上学了。但是,他说这个梦想是个难题,也许只有总统才能帮助自己实现它。

孩子的来信深深打动了查韦斯总统,他亲自组织工作组,对全国的中小学校进行了调查,结论证明了那个孩子的说法:大多数孩子不但看不到早晨的太阳,还因为睡眠不足而影响了身体健康和功课。

这让查韦斯作出了决定:全国时间调慢半个小时。这个决定令许多人感到震惊,有人说这是查韦斯的一时心血来潮,还有人干脆说他疯了。

“我不介意别人说我发疯了,新时制将实行下去。”这位总统在电视节目上说,“这半个小时,就可以让孩子们能够在天亮以后起床,而不是在日出之前就得爬起来去上学了。”

(感　动)

修　车

周末,我借了朋友的摩托车,却在半路爆胎了。幸好,不远处就有一家修理店。我费劲地把车推到了修理店,老板马上笑眯眯地迎了出来。他像个老朋友似的给我递烟,然后又和我拉起家常,让我觉得很温暖。

坐下来后我才发现,原来等着修车的人很多,老板却先帮我修了,还让旁边的修理工给我倒了一杯水。纳闷之余,我不禁有些感动。

车修好了,老板坐上车骑了一圈,直到确定没事了才把车交给我,说:“你慢点骑。”这时我才想起来,我还没有付钱。老板却说:“不用了,您上次已经付过了。”我上次已经付过了?

他说："我知道你不是车主，但是他真的已经付过钱了。"

回到朋友家，我和他说起了这件事。朋友问我："是不是阿翔修理店？"我说是的。

朋友说那是上个月的事了。当时摩托车排气管的螺丝松了，摩托车跑起来啪啪作响。他骑到阿翔修理店，阿翔三两下就修好了。朋友要付钱，阿翔却坚决不肯收，说这只是举手之劳。最后，朋友硬是把钱塞给了阿翔，说："虽然对你来说是举手之劳，但对我来说却是解决了一个大问题，这钱是一定要给的。"

看来，阿翔是记住朋友的车牌号了。原来，他一直记挂着这份温暖。

很多时候，生活就像一面镜子，你总能在人群中找到你曾经付出过的东西。

（范泽木）

存储美丽的方法

在公园看到这样一对父女，爸爸不胜其烦地讲着道理，6 岁的女儿却不停地摇头，我见小女孩双手死死抓住一朵月季花，便明白了事情的缘由。

我走近小女孩，对她说："可以听叔叔讲个故事吗？听完后你再决定摘不摘，好吗？"

小女孩想了一会儿，点点头。

"在热带雨林中，生活着一种叫作绿鬣蜥的动物，它性情温顺，还是个素食主义者，对人类和自然没有丝毫威胁。它绿色的皮肤很漂亮，在阳光的照射下能发出特别炫目的色彩，就像绿宝石一样美丽。"

"就像童话里的绿宝石吗？"小女孩问，见我点点头，她感叹道，"那可真美丽呀！"

"对呀，非常美丽！所以，见过它的人都很高兴，希望能把这种美丽的肤色带回家，然而当人们尝试着杀死绿鬣蜥，从而得到它的皮肤时，奇怪的事情发生了。”我顿了顿，小女孩用专注的眼神望着我，“绿鬣蜥被捕杀后，它那绿宝石般的皮肤在瞬间褪去了光彩，变得如灰土般毫无生趣了。”

“为什么会这样呢？”

“因为，绿鬣蜥的皮肤之所以如此美丽，是因为它体内的血液流动而产生的，当它的血液停止流动时，光彩自然也就跟着消失了。”

“那回来的人再也看不到像绿宝石一样的色彩了，真遗憾。”

“不是这样的，从那以后，人们就开始饲养绿鬣蜥了，现在宠物店都有出售呢，这样人们就每天都能看到宝石绿了。比如，你很喜欢手中的这朵花，你会打算怎么办呢？”

“我知道啦，谢谢叔叔！”小女孩笑着松开双手，扯起爸爸向花店走去。

（刘学正）

童年的清明节

春天就这样不知不觉地来临了，清明节也快到了，早有友人约好，如果天气好，清明节那天要去踏青。于是就常常翻翻日历，常常收看天气预报，总觉得时间过得太慢，那天似乎来得太晚。

也许随着年龄的年年增长，阅历的不断丰富，近年来，许多节日在我心里已变得越来越黯淡了，清明节却不一样。特别喜欢“清明”这两个字，觉得只有这两个字才是春天的真正写照。春天的日子，清新的春风，明媚的阳光，走在春天万物复苏的原野上，心情也该是清爽明朗的才对吧？只是不明白人们为什么非要在这个日子里纪念亡灵，把原本快乐放松的日子弄得阴郁灰暗，愁肠百结。

童年时的清明节却总是快乐的，总是与五彩缤纷的煮鸡蛋、柳哨、秋千、春风、桃花、杏花以及满坡满野的绿色连在一起的。记忆中，那时的天空也总是晴朗的。

那时，我住在姥姥家里，清明节还不到，姥姥就早早地攒好了鸡蛋、鹅蛋，只等清明节那天早晨，在我还没起床的时候就给我煮好，然后三姨就会用从“叫货郎”那里换来的洋红洋绿把鸡蛋染成红红绿绿的。可是，我最喜欢的还是三姨画的那些花鸡蛋，有的像个小孩子的头，有的像个大西瓜，有的上面还画着一座小房子、一朵小花。我总是舍不得吃，就用三姨用毛线编的鸡蛋网挂在脖子上，直到很多天后，鸡蛋都有点变味了，才不得不拿下来。

清明节那天，我们吃鸡蛋从来不会自己磕破了吃，而是许多小伙伴在一起比赛碰鸡蛋，看谁的鸡蛋最硬，赢了的自然高兴，输了的也绝不会生气，因为他已经吃上了白嫩嫩香喷喷的煮鸡蛋了。要知道，那时的孩子们可是很少有机会能够吃上鸡蛋的，鸡蛋都被大人拿去称盐打油了，只有在清明节这一天，才会给孩子煮上几个。

清明节的早晨，家家的门框上、磨眼儿里都会插着松枝、柳条儿，据说是为了避邪。直到长大了，我才知道那是为了纪念春秋时期一个叫介子推的人。古人已远去，可年年清明插松枝柳条、吃煮鸡蛋的风俗却流传了下来，这也算是那位古人给我们在春光明媚的日子到郊外去踏青找的一个最好的借口吧。然而在小时候，我最喜欢的，还是让舅舅领着去折柳枝，拧柳哨。我一直不明白那么一根纤细柔软的柳条儿，怎么到了舅舅的手里一会儿，就变成了一支支声音或嘹亮、或尖利、或低沉的柳哨呢？有很多年没有听到柳哨的声音了，其实，我觉得那才是春天的声音。

手里拿着柳哨，舅舅还会带我去荡秋千。在村前的那片槐树林里，舅舅用一根麻绳绑在相邻的两棵树上，让我坐上去，可我胆小，只敢自己慢慢地荡。舅舅着急了，他看别的孩子都荡得那么高，笑得那么响，就来到我的身后，用力地推我，我吓得大哭起来，一松手，竟从秋千上摔了下来。舅舅把灰头土脸的我背回家，姥姥跑过来，一看我没被摔伤，才松了一口气，一转眼，看见舅舅站在一旁笑，姥姥的气就不打一处来，抄起身旁的一根柴禾就去打舅舅：“你把她摔成这样还笑？”舅舅吓得抱头跑到门外。我看见舅舅那个狼狈的样子，不觉破涕为笑，姥姥也便笑了。

记忆中姥姥的笑容还是那么清晰，可她离开我们却已整整6个年头了……

泰戈尔说，让死者有不朽的名，让生者有不朽的爱吧。我想，我们只有好好地过好活着的每一天,才是对死者的最好的安慰吧?

所以,清明节的那一天,我们得笑着,去踏青……

(王晓明)

如果我们缺少一只手

缺憾常常撕扯向往,也常常黏合美丽。

杰米·杜兰特是20世纪的伟大艺人之一。第二次世界大战结束后的一天,他被邀请参加一场慰劳退伍军人的演出。可是,因为演出安排得太紧张,他遗憾地告诉邀请单位,自己只能够做几分钟的独白。主办单位前来邀请他的负责人还是很高兴他能到场,便欣然同意了。

当杰米·杜兰特走到台上,掌声立刻潮水般响了起来。这样的场景,杰米·杜兰特早已经司空见惯了,可奇怪的事情还是发生了,他做完独白后没有按照事先和主办单位说好的立刻离场,而是表演起来,15分钟,20分钟,30分钟……这一场演出出乎所有人的意料,因为这几乎是杰米·杜兰特最近一年以来时间最长的一次演出。

当杰米·杜兰特鞠躬下台,主办单位的负责人拦住要匆匆离去的他,感激而有些诧异地问他怎么会改变计划。杰米·杜兰特说道:"我本打算离开,但我没有办法离开,因为我看到了第一排的两名观众……"原来,在第一排坐着两个男人,两个人都在战争中失去了一只手,一个人失去了左手,一个人失去了右手,但他们互相配合,用各自的一只手有节奏地击打对方的手,那样的开心、响亮……

我的心在这个故事前颤抖着、澎湃着,似乎那两只相互击打着的手发出的响亮的声音穿透了半个世纪的风尘流变,击穿了我的肌肤和心骨。我知道,能够让这声音悠扬不息的,是那双拍打的手背后的爱戴和尊重,想必让杰米·杜兰特临时改变计划,超时表演的也是这份爱戴和尊重吧!而真正让我震颤的是——即便我们缺少了一只手，也具备撼动他人的能力！

当我们的条件受到损伤，当我们的能力被命运打折，我们仍没有理由气馁和颓废。因为，我们还可以从身边的人的身上合作出我们的心意、激情和力量。

如果我们缺少一只手，记得，我们还有身旁的朋友。

（澜　涛）

温暖心灵的橘子

大学毕业后我去了一家研究所工作，那时所里刚好接了一项关于“改变郊区经济薄弱村贫困面貌”的研究课题，我被安排到了该课题的考察小组，负责去郊区村上调研各项资料。

采访挺顺利，村民们都非常热情，以生硬的普通话介绍着自家的情况。经过了解，村民们主要以种植业收入为主，年轻人都去了城里打工，然后每月给家里寄些钱。村民们生活拮据，孩子的学费是一笔很大的负担，多户家庭都看不起病，等病得实在不行才去就诊。如果碰上一场大病，这户人家就等于垮了，因为他们10多年的积蓄，还付不起一笔昂贵的手术费。

我推开要采访的最后一户人家的房门，屋里没人，有个内院，围墙由一块块砖块堆砌而成。院子里长满了各式的花草，生机盎然，赏心悦目。院子的一角长着3棵橘树，奇怪的是，每棵橘树上都只有一个橘子。我刚想伸手去抚摸，身后突然响起了斥责声，一个约莫10多岁的小男孩如箭一般冲到我前面，伸开双手护住了橘树，用生气的眼神瞪着我。随后，一位中年妇女走了上来，指责孩子的不礼貌。男孩不听，跺着脚，手指向我，意为我是坏人。我和中年妇女都笑了，经过交流才知，她是这家的女主人，孩子爸爸在城里打工，一年回来两三趟，家里平时就靠种橘子为生。之所以每棵橘树上都只留有一个橘子，是因为当地的一种风俗，意思是摘橘子时不能全摘光，要剩下一个，代表着来年的丰收，代表着生活的希望。男孩7岁的时候，因不懂事摘掉了树上最后的一个橘子，结果被他爸爸狠狠地打了一顿。

我和男孩妈妈在屋内交谈之时，他一直站在橘子树前，生怕我会再次过去破坏。直到我走到屋门外向他们告别时，他才走出院子，用疑惑的眼神望着我。

行走在离开村庄的路上，回忆着采访时的点点滴滴，我们的心情都十分沉重，总觉得自己身上担负着很大的责任。隐约间，身后传来了熟悉的叫喊声，我转过头，是那小男孩。男孩跑到我面前，气喘吁吁地说："叔叔，妈妈说你们是来帮助我们脱贫致富的，所以，我把橘子摘下来了。这样，我们家的希望可以先放一放，或许可以把更多的生活的希望带给比我们还穷的人们。"说完，男孩递给我一个红色的塑料袋，袋子里装着那3个橘子。男孩的话像一阵和煦的风，吹散了我心中的阴霾。我抱起他，紧紧地，紧紧地，视线模糊，却又不知该说些什么。

最终，课题研究很成功，引起了相关领导的重视，对这些贫困村也加大了扶持力度……

尘世里，人来人往，行色匆匆，许多人只是擦肩而过，淡忘的多，记住的少。可是，总有一些人，会让你难以忘怀，记忆犹新。你感动的，不是他那光彩夺目的外表，也不是其尊贵显赫的地位，而是他的平凡，他的朴素，他的那颗纯真善良的心。好比男孩送我的那3个橘子，这么多年来一直生长于我的心灵之树上，时光愈是流逝，它所承载的情感就愈是浓烈、执著、温馨而又美好！

（陈晓辉）

感谢一只流浪猫

这是一个飘着雪花的黄昏，我站在阳台向楼下俯瞰，一个人与猫的故事在街上上演。楼下有一个公交车站点，有大约七八个人正在焦灼地等车。而在距人群不远处，一只流浪猫正在寒冷中徘徊着、嘶叫着，它显然无助到了极点。最后，它向等车的人群走去，也许，在它看来，在这冰天雪地的钢筋水泥世界里，只有不远处的人类才是自己最可依赖的吧。

猫钻进了人群，人群开始骚动。一个年轻女人一声尖叫，她身边的男人开始用力踢那只猫，猫挣扎着再次钻进人群，人们开始不停地躲着它、避着它。猫的希冀一个个都破灭了，它只好依旧无奈地趴伏在离人群不远的雪地上悲伤地哀叫。这时，我看到一个推着垃圾车的清洁工走过来了。这是一个年过五旬的老妇人，她显然发现了那只流浪猫，就俯下身子轻轻地把她抱在怀里，猫就不再叫了，乖乖地偎着她，并用舌头舔着她的手。老人用手拭去它干涩凌乱毛皮上沾满的灰土，然后脱下外面的褂子，把猫严实地裹在里面，放在马路边一个避风的墙角里，然后离开了。所有的人都看着这一切，肃静无声。

几十秒后，事情出现了令人想不到的逆转。人群中的一个男人把新买的电饭锅从纸箱中拿出来，他拿着空纸箱，走到那个墙角，把猫放在了空纸箱里；接着，有两个小学生从人群中走出来，他们从书包里拿出几包小食品，撕开包装，放到了那个纸箱里；还有两个男人走到纸箱旁边，他们好像在商量着什么，然后，一个男人拿出手机开始打着电话；公交车开过来了，开始尖叫的那个女人突然着急地与她身边的男人耳语着什么，最后，她跑过去抱起那个纸箱，和男人上车离开了。

本已为事情就此结束了。就在这时，我看到那个清洁工人又神色焦急地回来了，她来到原来放猫的地方驻足了很久，才推着车离去。

我想，如果这只流浪猫通人性，它应感恩刚才所有救助过它的人，但当我换个角度想那些动了恻隐之心的人，这些人更应该感谢那只流浪猫，是它，救活了他们即将枯死的心灵。

（感　动）

捡垃圾的姑娘

那天晚上，我到楼下地下室取东西，猛然看见一位小姑娘正俯在公用垃圾桶上挑拣废纸盒、旧金属、破塑料。小姑娘看起来十八九岁的样子,面目清秀,穿戴整齐。

“好好的女孩为什么要捡垃圾?”站在我身后的邻居也看到了,她不由自主地咕哝道,“为什么不去找份体面的工作?”

“或许女孩神经不好。”另一位邻居附和道。

虽然邻居们说话声音很轻,但这个捡垃圾的女孩还是听到了。只见她涨红着脸,扔下已经打好包的废旧物品,快步走开了。看着她匆匆离去的身影,我仿佛看到她的眼泪流下了。

这一幕使我联想到自己在她这个年龄的时候,因为缺钱,去建筑队干过苦工,每天被累得身子好似散了架;也曾经为了节约 5 角钱,步行 15 公里路回家。对于陷入困境的人来说,还能有多少好的办法呢?

几分钟之后,一个小伙子骑着三轮车过来,将那打好包的废旧物品装进车,并向我们打听那位女孩去了哪里。

邻居指了指她远去的方向。

看看那方向,小伙子觉得不对头,着急地问:“我是她的同学,发生了什么事情吗?”

“我说了一句不假思索并且十分愚蠢的话,可能伤了她的自尊心,抱歉!”邻居说。

“我也不应该说她神经不好。”另一位邻居说。

“唉,真糟糕,”小伙子说,“女孩子都是要面子的,她这样做也是为了生计呀。”

“发生什么事了吗?”我和邻居们意识到这其中另有隐情,便走到小伙子身边关切地问。

“事情是这样的,她父母长年卧病在床,靠她当货车司机的哥哥一人支撑这个家。可是,在去年的雪灾中,她哥哥不幸在路上翻车受伤住院。为了养活她父母,为了给她哥哥治伤,也为了自己不辍学,她不得已便在放学之后靠辛勤劳动挣点钱。要知道,她今年才 18 岁啊,正在读高三呢。”他用坚定的声音告诉我们几个人。

“没想到,我不能雪中送炭,反而在伤口撒盐。”邻居不安地晃动着双手。

另一位邻居说:“你看看,你看看,我真该挨打,说了句不该说的话。”

小伙子说:“不要紧的,我见了她,和她说你们很支持她就行了。”说完,小伙子推着车子就要走。

“稍等,”邻居突然想起什么,“我地下室里有一些纸箱,正打算扔掉呢。”

“我也有一些旧杂志和酒瓶、易拉罐,你等等,正好麻烦你。”另一位邻居说。

我立刻明白了邻居们的用意,赶紧也跑到我的地下室里,把淘汰的煤气灶和以前装修房子剩下的钢管,放到小伙子推着的车上。

“大哥、大姐,你们真是好人!谢谢你们了!”小伙子感激地说。

“你更是好人,”我和邻居们异口同声地说,“我们应该感谢你,感谢你帮我们把这些不用的东西搬走。”

在连连道谢声中,小伙子离开了。望着他那远去的背影,邻居说:“能管住自己的嘴,不头脑简单乱评论人,就是美德。因为很多事情有两面,表面上看可能让人觉得不可思议,但深处却别有苦衷。”

另一位邻居说:“在今后看见这个小姑娘来时,我们就去把废弃的物品、一时用不着的东西,都放到垃圾筒里,或许这些能让她多收入个三块两块的。”

其实,人世间有多种善良。看见他人伤心,如果没去安慰,不雪上加霜也是种善良;另外,帮助他人渡过危机,不一定需要你去捐款,只要举手投足之间就可以默默地帮助他。

（高兴宇）

你是在等我吗?

男孩喜欢上了一个女孩。

女孩是很美丽也很俏皮的那种。青春期的男孩没来由地喜欢上了她,深深地喜欢!可是,他不敢向这个女孩表白。为了能多看女孩一眼,男孩只能在放学的路上，在某个路口支了单车，躲在一边，悄悄地等待女孩的到来。

飘过那个路口的空气，也记不清被男孩的咚咚心跳惊扰过多少次了。附近那个修车的老头也直摇头，叹息男孩的青涩，还有那颗迷离的心。也许，女孩不开口，男孩的爱可能就这样一直地沉默，一直地等待下去。

幸而有一天，女孩在那个路口，突然停了下来。她笑吟吟地来到男孩跟前，轻声问道："你是在等我吗？"

霎时，男孩的心被温暖了。那个下午，他和女孩并排骑着单车，走了好长好长的一段路，说了好多好多的话……

像我们预料的那样，故事的结局写满了青春期的忧伤。男孩与女孩终究没能够在一起。但是，成长中的男孩，却打心眼里记住了那个女孩，并且被女孩的好一直感动着。

有人喜欢你，那是你的福气。你如果知道他喜欢的是你，在等的也是你，不妨主动上前，把爱与不爱说开。哪怕你不喜欢他也不要紧。在不爱面前，你教他学会放手，给他去等另一个人的机会，这是对方应得的爱的回馈。

茫茫人海中相遇，不要缄默，不要躲避，更不要漠视，让我们轻轻地问一句："你是在等我吗？"

（刘克升）

中秋回家

临中秋前，工程进度很紧，一群民工却跑来说，中秋想回家一次。老板听到这个消息，急得不行。民工家住河南，一来一回至少得十天半月。这段时间恰值农忙，民工吃紧，他们一走，一时间又上哪找人啊！

老板让我去和那群民工谈谈，必要时适当给些经济补偿，尽量把人留下。

去之前，我了解到这批民工跟着老板干了快3年了，这3年里，逢年过节的都没回去，为老板干活也兢兢业业的。

此刻，我的对面就坐着这批民工，坐最前面的民工显得有些拘谨。我笑了，说："别紧张，咱们就聊聊，好吧？"

那民工也朝我笑，笑得有些生涩，张开干涩的嘴唇，露出一口满是烟垢的黄牙。

我问他们能不能等这次除夕过后再回，主要最近活真的紧了些。

那民工回头看了下其他的民工，说："其实，其实我们这 3 年都没回去。"我点了下头，"我明白，"我说，"但这次情况比较特殊一些。"

那民工似乎有些不好意思，把头都低了下去，说："要不我们尽量早些回来，你看行吗？"

我苦笑，说："其实这次老板也说挺过意不去的。主要也是工期太紧，如果大家能留下来，每人都可以补贴 200 块钱……"

那民工似乎嘴动了动，忙又回头看其他民工，看他们都没反应，于是就摇头。

我一看没辙，我说："那你们准备明天走吗？大约啥时回？"

那民工却似乎在想着更为难的事，干涩的嘴张了张想说，又生生咽了下去。

我看了半天，忍不住问怎么了。

民工看了我一眼，嘴哆嗦了下，说："你能不能先给我们结些钱？"

我想起来之前老板再三叮嘱，尽量少给他们钱，他们家在外地，拿了钱下次说不定就不来了，像他们这批熟手千万得留住。

我说："你们要多少钱？"

那民工回头看了下大家。"你看，能不能给我们多结些？"他指着一个显得最老的民工，"他儿子在大学读书，生活费每月 100 块不到。他本想平时多拿些钱，可老板到年底才结清的。"他又指着另一个略年轻些的民工，"他孩子常年生病，才 5 岁，最近又住院了，他……"

趁他介绍的间隙，我把他们一个一个看了个遍，听着他的话，看着他们满是疲惫的黝黑的脸。我忽然想起了父亲，父亲脸上总是疲惫而艰辛的，我读书把父亲的背都读歪了。

我忽然感觉脸上湿湿的，我擦了一把，就看见民工们都在看我，我朝他们笑了笑，说："没事，我帮你们把工资结清吧。我是老板下面的总管，我手上有几万块备用金。”

民工们似乎不相信自己的耳朵，都有些愕然地看着我，却没朝我走来。

我拿出他们的考勤表，看了下，他们上次是结到过年的，年后都只领些生活费。我问谁先来。民工们相视看着，半天才慢慢走过来一人，脸上还是半信半疑着。

我问了他的名字，算完，钱到民工手上，拿钱的手一下就拽得紧紧的，似乎怕我变卦收了回去。我看着有些辛酸。

就这么一个一个结完钱。民工们却都没走，都看着我，我笑了，问：“还有事吗？”

他们都摇头，带头民工说：“我们明早走。”

我点了下头：“路上小心，早去早回啊。”

说完，我就直接去老板那儿。

果然，老板听说我不仅放走了民工，还给他们结清的了钱，大发雷霆。老板满脸愤怒的神情，说：“你知道他们对这个工地有多重要吗？他们跟了我 3 年，如果他们走了，你知道会有多大损失吗？同样工资再招一批这样的人，活可能只能做他们的一半啊。”

等老板气消了，我说：“老板，给他们结清工钱，可以由我来承担，你从我的工资里扣。”

老板看了下我，正要说话，秘书匆匆进来说，门口来了一群民工，说要找我。老板挥了下手，让他们进来。

我愣了下。

是这批民工。他们跑得似乎很急，都气喘吁吁的。

我问：“有事吗？”

带头的民工似乎有些不好意思，他脸微微红了红，说：“对不起，我们骗了你。”所有的民工一下都朝我鞠了一个大大的躬。

我看呆了，忙上前扶起他们。

带头的民工说：“其实，我们是找了另一个工地的活，钱比这里多，但我们想先去做几天，如果确实不错的话，我们就过去了。”

我说：“那你们不怕我不给你们结工资吗？”

他摇了摇头，说："我们不怕，现在政府对拖欠农民工工资抓得紧，你们不给，我们就直接找他们。"

"那你们这次不回去了吗？那钱怎么给家里呢？"我说。

"不回了，你相信我们，我们也相信你，大家商量了下，钱少点就少点，老板确实少不了干活的人，我们都留下了。"

民工们回工地了。

老板问："你怎么想到为他们结清钱呢？你不怕我因为这事把你开除了？"

我摇头，说："我不怕，我的父亲和他们一样，也曾经为他的儿子到处打工。"

老板笑了，说："感谢你，也感谢你的父亲。另外，我决定了，给民工加工资。"

（崔　立）

无言的一课

星期天晚上，我们全家围坐在宽大的橡木桌前吃晚餐。突然，我女儿凯蒂的笑声压住了众人的闲谈声："姥姥，你真好玩！"大家的视线都转向了我妈妈，只见她灵巧地用刀尖扎着微小的豌豆，并准确地将它们送进了嘴里，一个也不曾掉落，我们都习惯于用叉子对付小小的豌豆，从没有见过有人如此熟练地用餐刀吃豌豆。每一个人都不由自主地为我妈妈鼓掌叫好。待掌声停下，妈妈为我们讲述了隐藏在她奇异用餐习惯背后的一个动人故事——

"那时候我还是个小姑娘，家里很穷，整个社会都处在经济大萧条时期。但是，因为我父亲自己种植各种蔬菜，所以我们的餐桌上总还算丰盛。经常有刚刚跳下火车的流浪汉在我们家门前徘徊着，希望能吃上顿饭。事实上，在我家的餐桌上，常常都需要额外地多摆上一套餐具。

"那是一个夏日的傍晚，我正在打扫厨房的地板，我听到父亲叫道：'莉丝，再拿一套餐具，我们今晚有客人。'我们的客人在门口迟疑着，点着头表达着他

的感激之情。‘看，我们的客人不怎么说话，’父亲说道，‘他像我们一样饿了。他叫亨利。’

“晚饭端上桌，我们都已经坐好，亨利依然站着，在父亲的招呼下，亨利轻轻地坐在了椅子的边沿，腼腆地低着头，将帽子放在了自己的腿上。在说过了祝福的话语后，我们准备开始吃晚饭。

“大家都在等着，作为礼仪，要等客人吃下第一口。亨利估计是饿坏了，他手握餐刀，根本没有注意到我们大家都在看着他。他将餐刀伸向面前的豌豆盘子前，扎着一个豌豆，颤颤巍巍地将它放进了自己的嘴里。用餐刀吃豌豆！我瞥了我妹妹玛丽一眼，然后我俩都捂着自己的嘴窃窃地笑起来。亨利毫无察觉，他一刀又一刀地吃着豌豆。

“我父亲瞥了我们姐俩一眼，放下他的叉子，又瞪了我一眼，然后拿起餐刀，将它伸向了自己面前的豌豆盘子，当他尝试着将豌豆举起的时候，有几次豌豆都掉落了下来，但父亲没有放弃，直到他成功地将一颗豌豆送进了自己的嘴中。

“那天晚上，父亲再也没有拿起过自己的叉子，因为亨利一直都没用叉子。父亲以无声的语言教了我一堂课。他知道应该怎样维护面前这个男人的自尊，知道怎样才能让一个身处陌生环境、面对一桌陌生人的人感觉舒适。即使在我那样年幼的年龄，我也体会到了父亲朴素行为背后蕴含的博大的关爱之心。”

讲到这里，母亲不再说话，慈爱地看着她的外孙女，再次将餐刀伸向了豌豆盘中。

（尹玉生　编译）

接受善良

那天，我和同事去某城出差。办完公事后，同事说他在某城有一位朋友，姓张，闲来无事，我们决定去拜访一下。

路上，同事告诉我，3 年前，他曾去过张某家几趟。同事提前给张某打了电话，张某听说同事要去，就在电话里喊着要来接我们。同事笑着说不用，说闭着眼也能找到。

我们打的来到张某所住的小区外，刚下车，一个十来岁的男孩从里面跑了过来，他一脸善意地看着我们，问："两位叔叔，你们是外地人吧？"

我们点点头，不承认也不行，因为我们普通话说不好，一张嘴便露馅。同事摸摸男孩的头，笑着说："是啊，我们是来找朋友的。"同事说了张某的名字，男孩眼里一亮，说："你们找张叔叔啊，走吧，我带你们去。"

说着，男孩就在前面引路，同事招呼我跟了上去。男孩一边走，一边指着小区内的楼房给我们介绍："那是3号楼，这是5号楼，那边是6号楼……"

说起张某来，男孩更是一脸的兴奋："张叔叔可是好人啊，你们是他的朋友，你们肯定也是大大的好人。"

我们被男孩逗笑了。同事说："小朋友更是好人啊，今天若不是你带路，我们恐怕要转到黑天呢。"

我暗暗发笑，同事对朋友夸大其词，到头来还要一个孩子带路。

过了一会儿，男孩把我们带到一栋楼上，在一户门前停下。男孩露出一口洁白的牙齿，笑着说："到了，这就是张叔叔家。"说着，提着脚，伸出一根手指轻按了一下门铃，然后向我们递了个笑脸，说声"叔叔再见"就转身往楼下跑。

同事伸手去拉，没拉住，便招呼："喂，小朋友，我还没感谢你呢。"男孩回过头来，一脸灿烂地朝我们笑笑，很潇洒地摆摆手，说："不用，不用。"

这男孩有点小大人的意思，我起初还以为他自愿当向导，要谋点小利呢，或者最少要给他买点糖果吧，谁知竟然揣测错了，忍不住暗道惭愧。这时，张某开门出来了，他友善地看看我们，又朝楼下男孩的背影看一眼，问同事："良子怎么跑了？"不用问，他口中的良子就是那个男孩了。同事笑着说："这男孩很乖，他给我们带路，来到后就跑了，一点小利也不图。"

"他是个懂事的孩子。"张某说着，目光落到我脸上，上前一步，热情地和我握手，然后转过头，猛地一拳头擂在同事肩上，笑骂："3年不来，就把我的住处忘了，你这朋友当的不够意思吧。"同事脸微微一红，说："不是，我没有忘。"张某佯装生气地说："那你为何要让良子带路？"同事笑着说："因为这男孩怀着一颗善心，要为我们带路，如果拒绝了，他小小的心灵肯定会抹上一点阴影，所以我才装作不认识路，让他带来。他的使命完成，笑得很开心呢。"

原来同事是故意给男孩一个给予善良的机会。是啊，男孩笑得很灿烂，可见给予了善良，男孩很开心，很满足，他肯定认为自己做了一件很有意义的事。

生活中我们常常会遇到善良，比如朋友送来一件礼物，一本书，甚至轻轻的一句问候。但是，很多时候，我们自认为不需要，便错过了让朋友给予善良的机会。其实，善良就像阳光一样，只应接受，不该拒绝。

（刘东伟）

更重要的事情

马格丽特·桑斯特是一位杰出的社会活动家。她在一个大城市的贫民窟工作期间亲身经历的一件事情，令她至今难以释怀。

那时候，在马格丽特的不懈努力下，一家健身房终于同意可以在贫民区的孩子们放学之后，免费为他们开放。一天下午，一个男孩架着双拐蹒跚着走进了健身房。他的一条腿严重扭曲，只好在旁边一脸羡慕地看着正在健身房兴高采烈地玩耍着的同龄人。在和小男孩聊了一段时间后，马格丽特得知，小男孩受了重伤的腿是被卡车碰撞导致的。因为家中贫困，男孩一直没能到医院治疗。马格丽特，这位极富同情心的社会工作者立即将这个小男孩带到医院做了外科检查，检查后发现，如果经过一系列的手术，小男孩的腿是完全有可能康复的。只是因为送来救治的时间过晚，手术的难度较大，所需费用也较多。经过马格丽特多方奔走和游说，医院同意减免一部分医疗费用，一位银行家开出了一张限额支票，小男孩的家人以及马格丽特本人也共同凑集了一部分资金。在接下来的几个月的治疗中，一切都进展得非常顺利。

终于有一天，小男孩甩掉拐杖，走进了健身房，他来到篮球架前，将篮球投进了筐中。在以后的日子里，马格丽特一直关注并帮助小男孩一步步走向康复。“当有一天，我看到小男孩居然跑了起来，”马格丽特回忆道，“我的泪水抑制不住地流了下来。”

“现在，小男孩已经变成了一位健壮的小伙子。”马格丽特向她的听众问道，“你们知道他今天是做什么的吗？”

“和你一样，是一位受人爱戴的社会工作者。”许多听众自信地回答道。

“不，”马格丽特否认道，“他既不是社会工作者，也不是教师、工人或者农民。他因为抢劫正在监狱里服着他的3年刑期。”

说到这里，台下一片寂然，马格丽特已是泪流满面。她哽咽着继续讲述道：“这是我一生中最愧疚的一件事情，我只顾忙于教他如何走路，而忽略了更重要的事情，那就是教他应该往哪里走！”

（尹玉生　编译）

绝境中的友情

大地震发生的一刹那，女孩和男孩刚离开座位没几步，教室就坍塌了。那一刻，女孩虽然藏到了桌子底下，但还是在被重重一击后昏厥过去。

不知过了多久，女孩吐出一口气，悠悠醒来。这时，她听见有个声音在呼唤她，是邻桌男孩的声音。可是，周遭一片漆黑，不知是什么时候了，她无法弄清男孩所在的位置，便动了动身子。剧烈的疼痛将她的意识扯得七零八落。她无法动弹了！死亡的恐惧，让她哭出声来。

“不要怕，坚持住。我在这儿陪着你。”听到女孩的哭声，男孩镇定地说，“保持体能，不要哭，不要乱动，总会有人来救我们的。”

听到男孩的声音，女孩看到了一线希望。可是，难挨的痛楚让她再一次昏迷过去。

女孩并不知道，这时的男孩已经不行了。地震抖落的水泥板冰冷地压在他的身上，血泊中的他，气息越来越微弱了。只有他自己清楚，属于他的生命正一点一滴地离这个世界而去。

他喊着女孩的名字。昏厥的女孩没任何反应。男孩知道自己没救了，但是，女孩也许还有救。这一闪念，让生命尽头的男孩有些兴奋，有些激动。他断断续续说了一些话，那是说给女孩听的。

再一次醒来的女孩，虽然神志不清，却还是听到了男孩的声音，男孩时断时续的鼓励和安慰，让女孩变得异常平静。

终于，废墟外有动静了，女孩努力地喊出声来。救援人员将身受重创的女孩从废墟中救出来时，女孩泣不成声，指着废墟下面，说，还有人活着。然而，当救援人员想方设法将男孩从废墟中挖出时，他早就没有气息了，很特别的是，他身边摆放着学习用具——一部具备数码录音功能的随身听。

随身听里的电池早耗尽了。有人装上新电池，打开随身听，里面传出来的声音虽然非常微弱，且断断续续，却字字千钧，那是男孩鼓励女孩不要放弃，要坚强地活下去的声音。

这声音，女孩熟悉极了。泪眼蒙眬中，她仿佛看到，在生命的最后时刻，男孩从容地按下了放音键……

（程应峰）

在日本听箸

我曾在日本海港城市名古屋工作多年，对那里的风土人情稍有了解，亦受益颇多。每每拿起筷子夹菜，脑海里总会映出一位表情凝重的日本老人双手捧箸、朗声吟诵的情景。

一年前，因所在公司中断了在名古屋的业务，我被调回国。临行前一天，我逐一拜别日本友人，到福田先生家时已近中午，福田夫人做了丰盛的饭菜待客。餐毕，在讲过"蒙赐盛馔"之后，我与福田先生很自然地谈到了中日的饮食文化，福田先生轻叩筷子说:“不要小瞧它,箸的历史文明是惊人的!”我接道:“是啊,筷子的最早使用时间虽难考证,但可以肯定至少在3000年以上,商朝末期它已经是王公贵族的日用品了,有‘昔者纣为象箸而箕子怖’为证。”福田先生颔首而笑,说:“如果你还能抽出点空的话,现在请随我去听箸吧。明天是箸节,佐藤先生每年都会在今天讲箸。”

佐藤先生讲箸的地方离住所不远,驱车不过十余分钟。清幽的小院,小径两侧植满了花草,尚未入屋便有朗朗吟诵之声入耳。屋内出乎意料的宽敞,有三五十人盘坐榻榻米上悉心听授,我随福田先生轻步走到靠墙的位置,一个中年男人挪挪身子腾出了一片空地。“……戒刺,戒以箸刺食,痛在他人罪留我手,食之还敢品其味否?戒淋,戒取食如淋雨,污人餐具时心境必亦沾染。戒私,戒置公箸于无物,私……”一位鬓发皆白的老人双手捧着一双筷子,半合双目,髭须随洪亮的声音微微颤动,“戒渡,戒……”

约莫一刻钟,随着佐藤先生的结束语,听众依次散去。我有些遗憾,对福田先生讲:“你说箸有三十六戒,可惜我们只听了十几戒而已,可否再去请教一下佐藤先生?”福田先生做了一个出屋的手势,抱歉地笑笑说:“我们出去谈吧。”出了院落,福田先生停下来说:“佐藤先生年纪大了,中饭还没用,我们不便打扰,请见谅!”在接下来的交谈中得知,佐藤先生讲箸,除去三十六戒箸以外还有箸史、箸怨等。箸史还好理解,箸怨是指什么呢?福田先生看出我的疑惑,说:“走,我们去一个地方,到那里你就知道箸有何怨了。”

又是10多分钟的路程,开启车门,映入眼帘的是一辆辆垃圾运输车,车上堆着密密麻麻的编织袋,里面满是白亮刺眼的一次性筷子。“我们是在一家垃圾处理工厂的门口,每个星期都会有卡车从餐饮街的垃圾场过来,这仅仅是其中的一家!”福田先生用手指着扬起尘土的车辆,声音有些激动,“日本每年消耗近300亿双箸,若折合成木材,相当于几十万立方米,也就是说每年都有几百万的树木被砍伐,叫木箸怎能不怨?叫人怎能不为之痛心呢?”

回到国内,我跟一位朋友提起此事,他一脸的不相信,说:“那个福田骗人的吧,谁都知道日本是全球森林覆盖率最高的国家,若依他所言,日本的树木还不都得被砍光?”我默默地走开,心中隐约有种痛在滋长,我实在没有勇气告诉他,其实日本的一次性筷子，大部分都是从中国进口的。

（刘学正）

我的“大白兔”情结

小时候，我除了盼过年，就是盼小萍的父亲回家探亲。前者是因为我可以穿新衣、买鞭炮、收压岁钱；后者是因为可以吃到他带回来的美味的糖果。

当时，小萍的父亲在上海当海员，每隔个一年半载会回家探亲，他的每一次归来，就宣告我的节日来临。那时候，我会飞快地往他家奔，到门口便把脚步放慢下来，深呼吸几次，然后装作若无其事的样子走进院子，像往常找小萍玩耍时那样，但心里却怦怦直跳。见她父亲在家，我会故作惊讶地倚住门框说：“叔回来啦?!”小萍的父亲应诺着摸摸我的脑瓜说又长高了，然后走进东厢房，听得里面一阵窸窸窣窣之声，然后就抓着一把糖出来了。我先是矜持片刻，然后双手捧了糖，慢慢地退出他家的大门。然后找个没人的角落，坐下来细细品尝那奶香四溢的糖果。

每一次我都告诫自己，不要吃得太急，要在嘴里慢慢嚼，可是糖到嘴里总是忍不住一口吞下去似的咀嚼，似乎只有这样才算过了瘾。为此，我几乎每次都要伤到舌头。吃完糖，我意犹未尽，就把一张张画有大白兔图案的糖纸摊平，装入口袋。没人时，我总喜欢把它们掏出来，放在鼻下狠劲地吸两口，直到浓浓奶香味儿完全消失了，我仍舍不得丢。心想：要是这味道能保留到小萍的父亲下次回来该多好啊！

那时候是1982年，6岁的我还不识字，不知道我当时所吃的就是“大白兔”奶糖。

后来的日子，我最喜欢跟小萍一起玩儿，因为跟她玩儿乎总有奶糖吃，以至于后来见到小萍，我总看她绣有花纹的上衣口袋。后来，我的行为被小萍的妈妈发现，再后来不知咋的，被村里人也知道了，他们还给我起个“馋猫”的外号，因我长了一双招风耳，他们干脆叫我“大耳朵馋猫”。那时的我觉得自尊很受伤。可是，没有办法，家里太穷，我又实在受不了那浓香的诱惑。

一晃10多年过去了，也许是因为我对“大白兔”的产地有特别感情，我报考了上海的大学，然后在这里成家立业。每年探亲，我总会带许多糖果回家，其中“大白兔”必不可少。有一年，小萍的母亲生病，我拎着糖果去看她。病床上的她显得很憔悴，她先是夸我能干，接着说我母亲有福气，说着说着就想起什么似的哭了。她说：“孩子呀，婶子对你有愧啊，那时候一块糖都不舍得给你吃。其实呀不是婶子小气，你大概还不知道，那时候小萍有病，身体弱，医生说要加强营养，可是她顶不住奶粉的味儿，也只能给她吃奶糖了，她爸爸说这奶糖营养高……”

从小萍家出来，我一人来到村后小萍的坟前。荒草萋萋之中，我把一包她最爱吃的奶糖摆开，想要说什么，眼泪却先涌了出来。有时候，我常胡思乱想，会不会是因为我每次都分吃她的奶糖，才导致她营养不良，并因此病逝了呢？

今天，我家的果盘里总少不了“大白兔”奶糖，除了它真的好吃外，还有我的这种难解的情结。有时，我也会跟妻子讲我与小萍的故事。一次，妻子泪水涟涟地说：“如果她还活着，你会娶她么？”“会的。”我说，“她给我的不仅是快乐的记忆，她还给了我一颗善良的心。”

（刘永飞）

隔窗相望

这几个月来，我习惯到阳台上晨练，随着吐故纳新，双臂伸展，新的一天便开始了。

但是，没多久，我便发现对面楼上的窗户上贴着一张脸，他在悄悄地看着我。这情形一连持续了十几天。一天，我读报时看到一条入室盗窃的新闻，心里开始惴惴不安，虽然现在小区的安全防护措施越来越高，楼窗都拉上了坚固的护网，但所谓“道高一尺，魔高一丈”，窃贼总能想尽千方百计入室成功。

那天晚上，我想起对面窗户上那张脸，竟然一夜不能合眼。第二天一早起来，我没有去阳台晨练，连窗帘也不敢拉开，我把大厅、卧室里摆放的贵重物品一概收藏了起来，将家中的现金留下几百块钱的生活费贴身揣好，剩下的全部存入银行。但是，这样还是不安心，为了应付随时可能发生的入室盗窃行为，我给在公安的同学打了招呼，告诉他，一旦接到我的电话，要十万火急地赶来，并且将同学的手机号码设置了快捷键拨号，做完这些后，心里才放松了许多。

这么一折腾，一晃就是一上午。吃了午饭，我便躺在沙发上休息，朦胧中，突然听到门铃响，我一机灵爬起来，左手抓起手机，拇指触在快捷键上，右手拎起床头早就准备好的棍子，然后悄悄地来到门口，从猫眼里往外看。

外面站着一位50来岁的女士，我松了口气，把棍子放下，打开门。我问女士：“您找谁？”女士看看我说：“是我男人让我过来看看的，你没事啊，没事就好。”

我愣愣地问：“你男人，我认识吗？”

“你们天天早晨见面的，在阳台上。”说着，女士走进客厅，把窗帘拉开一角，指着对面的窗户，“瞧，我男人就在那儿。”我看到了，此时，那个男人的脸又出现在对面的窗户上，他已经看到了我，向我挥了挥手。

女士叹息着说：“我男人自从摔断腿后，就成天闷在家里，哪里也不能去，他发现你坚持晨练后，就对我说，他羡慕你有一个健康的身体，希望每天都能看到你，从你的身上感觉到生活的新气息，但是，今天早上，他没有看到你，他担心你出了什么事，所以让我过来看看。”

听到这里，我明白了，于是伸手把窗帘全部拉开，一片温馨的阳光顿时充满了客厅。我向对面窗户里那张脸友好地挥挥手。

从此，我每天早上都要出现在阳台上，和对面窗户里的男人彼此交换一个微笑。

生活中，我们往往能够珍惜亲情，珍惜爱情，珍惜友情。其实，人世间除了亲情、爱情、友情之外，还有一种情感让人感动，那就是，邻里之情。

（刘东伟）

危机中的春天

我忘了自己是怎么走出厂区大门的,只知道自己的眼前一阵迷茫。

从老家到这个城市打工有三五年了,我一直在这个厂里很稳定地工作着,还有了一个稳定的女朋友,甚至还憧憬着再打几年工就把女朋友安安稳稳地娶回家。可是,这一切的稳定都被这场突发其来的国际性金融危机打垮了。即便厂里不停地缩减工作时间,不断地降低工资,我也一直坚信这一切的艰难很快就会过去。

可是,最终我迎来的却是个噩耗。厂里终于不堪重负,我的名字被列在了第一批的辞退名单上。这一切来得过于突然了。另一个噩梦,是女朋友带来的。女朋友提出了分手,女朋友甚至振振有词地告诉我:你连工作都没了,难道让我陪着你一起喝西北风吗?

我觉得自己有些欲哭无泪。

我很茫然地在路上走着,没有方向,更没有目标。工作是我的物质支撑,而女朋友是我的精神支柱,可这一切,居然在顷刻之间被摧毁得粉碎。

我也曾想过去别的厂找活做,可在这场灾难性的金融危机影响下,哪还有厂有能力招人?

我在路上不停地走着。不知不觉就到了一条河边,天也渐渐暗了下来。我满脸苦笑地站在栏杆前看着那条河,不知什么时候,忽然觉察到身后似乎有人在跟着自己。

我开始也没在意,自己身上要钱没钱,如果碰到的是强盗,估计他也抢不到什么,大不了烂命一条,反正什么也没了,活着也没多大意义,不如死了干净。

我沿着河的栏杆走了很长一段路。

身后的那个人一直紧跟着我,却始终没做任何的行动。

天已经完全黑下来了,河边有路灯,但路灯的距离有些长,以至于很多地方都照不到什么光亮。我想,这个人是不是想等我走到了阴暗之处再行动呢?我想了想,就故意走到阴暗处时放慢了脚步,可令我纳闷的是,身后跟着自己的那个人,居然也放慢了脚步。

这就让我难以理解了。

难不成是自己的错觉？或者别人也正好路过这里？为了印证自己的判断，我还特意加快了自己的脚步。可是，很快我就听到了身后同样加快了的脚步声。看来，那人真的是在跟踪我。

最终，我很坦然地站在河边的栏杆前。

然后就有一个人抱住了我，一个稚嫩的声音分明在喊："叔叔，可别想不开啊。"我满是讶然——天哪，居然以为我要自杀啊！

我回过头，就看到了身后这个抱住自己的小孩，一个看上去只有十二三岁的小孩。

小孩见我看着他，居然还很勇敢地走上前，说："叔叔，凡事看开一点啊，自杀是解决不了任何问题的。"

小孩边说边指了指栏杆外的那条河，那条很宽阔的河。我明白了，这小孩原来是怕我要投河啊，怪不得老跟着我呢。

小孩看到我恍然的样子，又说："叔叔，别想不开。我妈说过，冬天来了，就意味着春天离我们不远了。"

我苦笑，这孩子还真挺体贴人的。我看了看这片漆黑的天，忽然意识到了什么，于是问小孩："你怎么一个人在这儿啊？"

小孩笑着告诉我，他在等妈妈下班，妈妈10点下班。

小孩还告诉我，自从爸爸前年去世后，家里欠了很多的债要还，所以妈妈每天都要打几份工，这家饭店是妈妈每天打的最后一份工，他会每天在这里等妈妈下班。说着，小孩就指了指不远处隐约可见的一家饭店，饭店门口是硕大的一块牌匾——"春天饭店"。

此刻，天已有些冷了。小孩的穿着分明有些单薄了，脸却是红扑扑的，满带着温暖的笑。

我看着这个懂事的小孩，即使他家里再怎么困难还不忘去劝慰别人。想想自己那些失去，又算得了什么呢？

我心头一松，居然长舒了一口气。这一刻，我忽然想到了千里之外的爸妈，我想，好久没回家了，该去看看他们了。

（崔　立）

善待生活的美丽

在幼儿园的美术课上,老师要求大家自己构思,作出一幅自认为最美丽的画来。

听完老师的话,大家凝然了。甚至连原本准备好开始作画的笔,也都纷纷地停了下来。大家都眨着眼睛,看着老师。

大家的这一番不知所措的反应,让老师陷入了沉思中。

不一会儿,教室里忽然开始变得嘈杂起来,大家纷纷跑向窗口,朝窗外望去。看到大家的这一举动,老师觉得很奇怪,也朝窗口走去。

原来,不远处的高楼上,有一个工人正用绳索吊住自己,在给高楼擦拭窗外的玻璃。看到这,大家纷纷议论起来。

"瞧！那个人怎么那么不怕死啊?"

"是啊！他爸爸一定不是局长,不然,他的衣服会和我的一样漂亮的!"

"是啊！他的家里应该没有钱的,不然,他怎么会自己干活,而不请个保姆呢?"

听到大家的这一番感慨,老师这才回过神来。他忙让大家坐回到自己的座位上。然后问道:"大家看到正在擦玻璃的那个叔叔了吧！大家有什么想法吗?"

大家纷纷抢着回答起来。

"他是一个很辛苦的工人。"

"我们现在如果不好好读书,将来也会和他一样的!"

"他真可怜!"

听到大家的这一番感慨,老师一阵阵地摇头。然后,反问大家:"可是,难道你们没有看出来吗？从这里看他,他特别像电影中的蜘蛛侠!"

随着老师话声的落下,大家纷纷再朝窗口看去。只见,那个工人正敏捷地从这个窗口跳到那个窗口,远远地望去,真的很像很像电影里英俊潇洒的蜘蛛侠。

看到这,教室里响起了一阵阵欢呼。下课的时候,老师也意外地接到了厚厚的一大沓画。

现实中最美丽的画,不是凭空想出来的,而是由生活用爱心画出来的。只有善待生活,用充满爱的眼睛去观察生活,赞扬生活,它才会释放出它的极致,它的最美。

(冯有才)